DREAMBOOKS

무당신마

양경 신무협 장편소설

5

ORIENTAL FANTASYSTORY & ADVENTURE

dream
books
드림북스

무당신마 5

초판 1쇄 인쇄 / 2015년 6월 15일
초판 1쇄 발행 / 2015년 6월 22일

지은이 / 양경

발행인 / 오영배
책임편집 / 편집부
펴낸 곳 / (주)삼양출판사 · 드림북스

주소 / 서울시 강북구 도봉로 173
대표 전화 / 02-980-2112 팩스 / 02-983-0660
편집부 전화 / 02-980-2116 팩스 / 02-983-8201
블로그 / blog.naver.com/dreambookss

등록번호 / 제9-00046호
등록일자 / 1999년 3월 11일

ISBN 979-11-313-0286-6 (04810) / 979-11-313-0209-5 (세트)

이 도서의 국립중앙도서관 출판시도서목록(CIP)은 서지정보유통지원시스템홈페이지
(http://seoji.nl.go.kr)와 국가자료공동목록시스템(http://www.nl.go.kr/kolisnet)에서
이용하실 수 있습니다. (CIP제어번호: 2015015885)

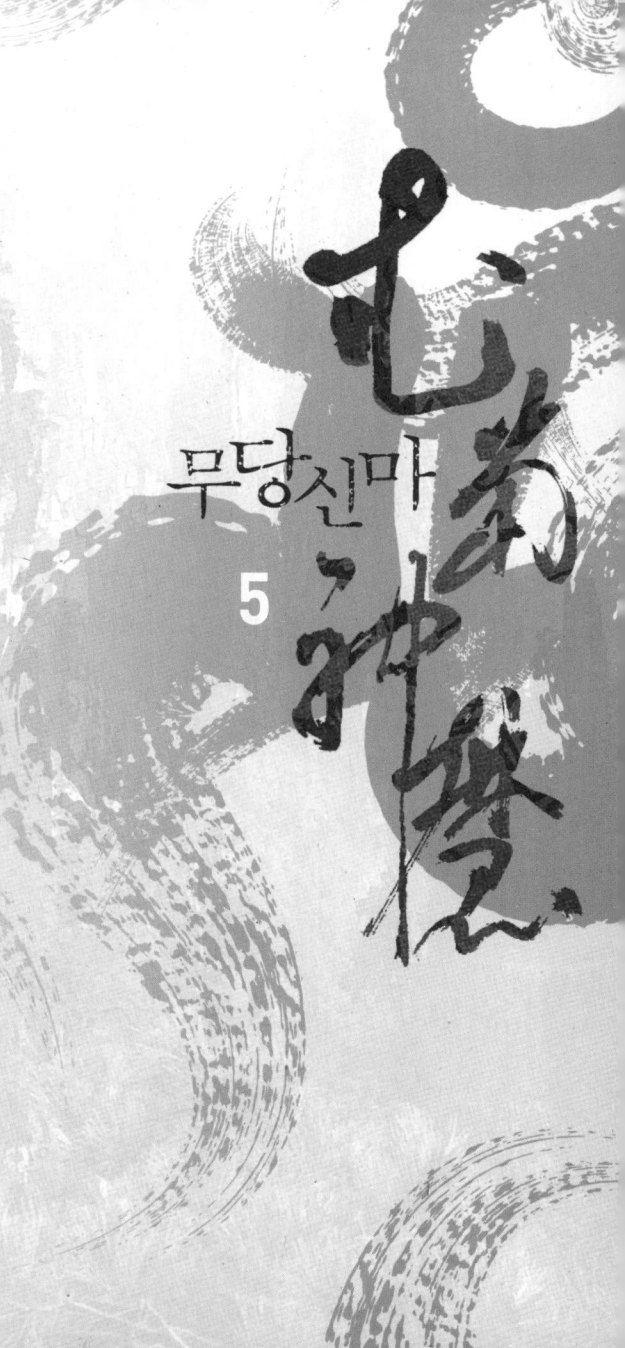

양경 신무협 장편소설

ORIENTAL FANTASY STORY & ADVENTURE

무당신마

5

dream
books
드림북스

목차

무당신마

第一章

　정(正). 사(邪). 마(魔).

　지금껏 무림이란 거대한 존재를 지탱해 온 무게추.

　이 세 개의 무게추는 서로를 견제하고, 때론 서로 힘을 합치며 무림을 지탱해 왔다.

　그렇기에 정사마 어느 한 곳도 절대적인 우위에 설 수도, 다른 두 곳을 온전히 집어삼키지도 못하였다.

　언제까지고 영원할 것만 같던 균형이었다.

　그런데 그것이 기울었다.

　고작 무당의 젊은 제자에게서부터 시작된 일이다.

　무당의 젊은 제자의 손에 천마가 죽었다.

천하십대고수의 일인이자, 천하제일인에 가장 가깝다 평가되었던 천마가 무당의 젊은 제자의 검에 목숨을 잃었을 때.

무림을 지탱해 온 정사마의 균형은 그 의미를 잃어버렸다.

무림맹주가 천마의 죽음을 확인했다.

이로써 천마의 죽음은 누구도 부정할 수 없는 사실이 되었다.

주인을 잃은 마교는 구심점을 잃고 흔들렸고, 마도는 혼란에 빠졌다.

사도련(邪道聯)을 중심으로 한 사파는 바빠졌다.

무너진 균형추는 곧 격변을 의미한다.

정마의 마찰을 강 건너 불구경하듯 지켜보던 여유도 더는 소용없는 일이 되었다. 힘의 균형이 바뀌었고, 또 앞으로도 바뀌어 갈 것이다.

몰아치는 급류처럼.

무림의 정세는 한 치 앞도 알아볼 수 없을 만큼 급격하고도 복잡하게 바뀌어 나간다.

여유는 사치다.

조금이라도 뒤처지는 순간 격변이라는 급류 속에 존재마저 쓸려 버릴 것이다.

사도련을 중심으로 한 사파는 강호의 변화에 촉각을 곤두세우는 한편, 이 격변 속에서 살아남을 방도를 마련해야만 했다.

그리고 정파는.

무림맹을 중심으로 침묵하고 있었다.

치우치기 시작한 무림의 균형.

그 중심에 정파와 무림맹이 있다.

또한, 그 결정이 득이 될 수도, 실이 될 수도 있다.

그러니 함부로 결정 내릴 수 없다.

특히나 정도문파의 연합으로 구성된 무림맹의 특성상 결정의 시간은 사도련보다 오래 걸릴 수밖에 없었다.

하지만 모두 안다.

결정은 곧 나게 되어 있다.

그리고 그 결정은 모든 것을 바꾸어 버릴 것이다. 또한, 그들의 결정에 무림은 새로운 질서를 맞이할 것이다.

그것이 강호 무림에 발을 딛고 사는 모든 이들의 시선이 무림맹으로 쏠리는 이유이기도 했다.

곧 새로운 질서를 맞이할 거대한 바람이 불 것이다.

그리고.

이러한 무림의 혼란 속에서.

이 모든 격변의 시작이자, 새로운 중원 정파의 영웅.

천하십대고수의 새 얼굴이자, 천하제일인에 가장 가까운 존재로 그 이름을 새겨 놓은 당사자.

현 무림에서 가장 뜨거운 이름을 가진 장본인.

이현은.

"제기랄! 영웅은 개뿔!"

투덜거리고 있었다.

"저녁때 됐으면 상이나 차려 올릴 것이지! 뭘 그리 혼자 꿍얼거리고 있어? 또 맞고 싶은 게야?"

등 뒤로는 허기로 예민해진 혜광의 타박이 들려온다.

"아! 갑니다! 가요!"

신경질적으로 대답한 이현은 급히 자리에서 일어났다.

이현의 두 눈은 형형색색 알록달록한 멍이 깊게 새겨져 있었다.

맞았다.

오늘 아침에!

범인은 언제나 그렇듯 바락바락 소리 질러 대고 있는 혜광이다.

"무슨 놈의 영웅이 아침 준비 좀 늦었다고 개 맞듯 맞아?"

서러운 마음에 중얼거렸다.

감정이 북받쳐 올랐다.

"천하제일은 개뿔! 귀신은 뭐하나? 저런 인간 안 잡아가고!"

무당산 밖에서야 정도무림의 영웅이니, 새로운 천하십대

고수이니, 천하제일에 가장 가까운 인물이니 하지만.

그건 어디까지나 무당산 밖의 일이다.

밖에선 뭐라 불리든.

그에 대한 대접이 어떻든.

무당산 안에서는. 아니, 혜광의 아래에서는.

그저 때 되면 밥하고, 청소하고, 빨래하고. 그마저도 마음에 안 들면 구박받는 서러운 일꾼에 불과했다.

텅!

밥상을 내려놓는 이현의 손길이 신경질적인 것은 당연한 일이었다.

"자! 드십시오! 못 얻어먹고 죽은 귀신이 들리셨나! 왜 이렇게 닦달하십니까! 거참!"

"끌끌끌!"

신경질적으로 내뱉는 말에도 혜광은 그저 웃는다.

'확실히 제정신은 아니야!'

기사멸조의 중죄를 저질러도 그냥 웃는다.

저녁상 늦는 것이 기사멸조보다 중죄인 인간이다. 그런 모습을 보면 확실히 제정신 박힌 노인네는 아니다.

'어쨌든 끝이다!'

저녁까지 차려 올렸으니 삼시 세끼 다 차려 올린 것이나 진배없다. 그러니 더는 시달릴 일은 없다.

이현은 그렇게 믿었다.

하지만.

"고기는?"

흡족한 시선으로 상차림을 훑어보던 혜광의 물음이 곧 이현의 착각을 일깨웠다.

"고기는 어디 있느냐? 고기는!"

혜광은 순순히 저녁상을 받을 마음이 없나 보다.

전에는 그래도 무당파 내에서는 고기는 찾지 않더니, 신강에서의 외유를 끝내고 온 뒤에는 대 놓고 고기를 찾는 혜광이다.

"고기! 고기 내놓거라! 고기! 몸에 좋고 맛도 좋은 고기! 소화 잘되는 고기! 갓 잡은 고기!"

무당파의 중심에서 고기를 외쳐 대는 혜광의 반찬 투정을 보고 있노라니 가슴이 갑갑해져 왔다.

한숨이 나온다.

문득 이런 생각도 들었다.

"하! 차라리 마교로 갈까?"

강자존의 법칙으로 움직이는 마교다. 천마를 죽였으니, 마교에 투신하면 최소한 부교주 자리쯤은 척하고 내놓을 것이다.

안 내놔도 상관없다.

다 죽이고 스스로 천마 자리에 오르면 그만이다.

적어도 그곳에서만큼은 이 말도 안 되는 땡깡을 감당하진 않아도 될 것이다.

"끌끌끌! 어디 해 보아라! 네놈 덕에 이 나이에 무림 영웅 한번 되어 보자꾸나!"

물론, 마교로 넘어가는 순간 혜광을 적으로 상대해야 할 것이다.

"제길!"

이래저래 갑갑하기만 했다.

*　　　*　　　*

보모도 아니고, 밥순이도 아니건만.

혜광의 노동력 착취는 변함없었다. 아니, 오히려 시간이 갈수록 도를 더해 가고 있었다.

이유는 있었다.

"끌끌끌! 새로운 천하십대고수께서 손수 해다 받치는 밥상을 다 받아 보는구나!"

그저께 아침에 혜광이 이죽거린 말이다.

"비공식 천하제일인이라지? 이거 나중에 뒷방 늙은이 취급당하지 않으려면 알아서 기어야겠구나?"

어제 점심때 혜광이 한 말이다.

"좋겠구나! 그 나이에 벌써 정파 무림의 영웅에, 천하제일인씩이나 되었으니! 끌끌끌!"

오늘 저녁때 혜광이 한 말이다.

'질투하고 있다!'

이쯤 되니 부정하고 싶어도 부정할 수 없다.

혜광은 질투하고 있다.

'하긴, 이해는 간다만……'

이해가 안 되는 건 아니다. 천마도 한칼에 때려잡은 이현이지만, 그런 이현을 한주먹에 쥐어패는 인간이 혜광이다.

비공식 천하제일이고 나발이고 하는 것들은 이현이 아닌 혜광의 몫이어야 할 말이다.

벌써 아주 오래전부터.

일찍이 천하십대고수로 손꼽히는 태극검제 청수진인을 키워 냈을 때부터 그래야 했다.

하지만 혜광은 무림에 드러나지 않은 존재.

작금의 무림에 청수진인의 존재를 모르는 사람이 손꼽히듯, 혜광의 존재를 아는 사람이 손꼽힌다.

이상한 일이다.

그러니 혜광이 천하제일은커녕 천하십대고수에도 꼽히지 않는 것은 당연한 일이었다.

하지만.

'그게 내 잘못은 아니잖아!'

이현은 억울했다.

억울한 심정을 목 놓아 소리치고 싶었다.

하지만 그럴 수가 없다.

소리치면 소리친다고 혜광이 또 무어라 핀잔을 줄지 모른다. 차라리 핀잔이면 낫다. 가뜩이나 심사 꼬인 혜광이라면 그것을 빌미로 또다시 주먹질해 댈지도 모른다.

요즘 이현은.

맞아도 너무 많이 맞았다.

'제길! 나도 어디 가서 꿀리지는 않는데!'

천마를 단칼에 죽였다. 어디 가서 꿀릴 정도가 아니다. 심지어 지금 이 순간에도 강해지고 있다. 내공이 무섭게 불어난다.

이미 야율한이였을 때 천하제일의 자리에 올랐던 이현이다.

그때의 깨달음이 어디로 가는 것은 아니다. 부족했던 것은 내공이었고, 그 내공도 신강에서의 일 이후 급속도로 불어나는 중이다.

실제로.

이제 청수진인도 그다지 어려운 상대는 아니다.

아니, 천마에 비하자면 청수진인은 훨씬 상대하기 쉽다.

'빌어먹을 노인네!'

문제는.

역시나 혜광이다.

내공이 불어나기 시작한 이후 몇 번이나 덤볐다. 자의로 덤빈 적도 있고, 살기 위해 타의로 덤벼든 적도 있었다.

그리고 깨졌다.

깔끔하게!

반박의 여지조차 없이!

세상천지 무서운 것이 없는 이현에게, 단 하나 무서운 존재가 혜광이다.

그리고 그 혜광은 심사가 꼬일 대로 꼬인 채로 꼬장을 부려 대고 있다.

문득 궁금해졌다.

이현의 고개가 돌아갔다.

"스승님한테도 이랬습니까?"

그곳에 청수진인이 있었다. 조용히 검을 손질하고 있던 청수진인은 이현의 물음에 흠칫 동작을 멈췄다.

그리고.

"허허허허허!"

웃었다.

허허로운. 여전히 사람 좋은 웃음을 흘렸다.

그리고 그것은.

"그랬군요."

부정이 아니다.

차마 그랬노라 말하지 못하고 그저 웃음으로 긍정을 대신하고 있을 뿐이다.

"어떻게 버티셨습니까?"

"허허허허! 그저 익숙해지면 그만인 일이니 너무 심려치 말거라."

"저요? 아니면 사숙조요?"

"허허허허!"

"염병! 둘 다네!"

또다시 사람 좋은 웃음을 짓는 청수진인의 모습에 절로 욕이 나왔다.

둘 다 익숙해져야 한다.

익숙해지고 또 익숙해져서 그냥 무덤덤해져야 한다.

그게 어디 말처럼 쉬운 일인가.

최소 일 년. 어쩌면, 몇십 년이 걸려야 할 일인지도 모른다.

그래도 혹시나 하는 심정으로 물었다.

"그래서 스승님은 얼마나 걸리셨습니까?"

"그래도 요즘은 좀 낫더구나."

위로랍시고 하는 말도 전혀 위로가 되지 않았다.

"그럼 최소 몇십 년이겠습니다?"

"허허허!"

실없이 웃어 대는 청수진인의 웃음이 오늘처럼 얄밉게 느껴지는 날도 없었다.

"마지막으로 하나만 물읍시다."

"허허! 그러거라."

"도대체 그 영감…… 아니, 사숙조께선 왜 안 나선답니까? 나서기만 하면 천하제일인은 따 놓은 당상이지 않습니까?"

억울하고 분하지만. 그리고 인정하긴 싫지만.

사실은 사실이다.

천마 하나에 벌벌 떨던 무림이다. 혜광이 정면에 나서기만 하면 천하제일인은 당연히 혜광의 몫이다. 이견의 여지 따윈 없다.

적어도 이현의 상식 안에서는 혜광을 감당할 만한 무위를 가진 인간은 무림에 없다.

그랬다면 지금처럼 이 말도 안 되는 꼬장을 감당해야 할 이유도 없는 일이기도 했다.

일순 청수진인의 표정이 무거워졌다.

덩달아 목소리도 낮아진다.

"그 이유는…….."

잠시 말을 멈추던 청수진인은 이내 미음을 먹었는지 다시 대답을 잇기 시작했다.

그때였다.

"사질아!"

저 멀리서 들려오는 낭랑한 목소리.

돼지 목에 진주 목걸이처럼 과분하기 짝이 없는 넘치는 내공을 쓸데없이 써 가며 팔랑팔랑 뛰어오는 소녀.

"저 쥐똥 같은 건 꼭 중요한 순간에!"

청화다.

무언가 중요한 말이 시작될 듯한 순간에 눈치 없이 튀어나오는 모습이 마음에 들지 않는다.

확실히 청수진인은 이야기를 멈추는 모습이다.

대신.

"어허! 사고에게 쥐똥이라니! 그 무슨 말버릇이더냐!"

짐짓 엄한 표정을 지으며 경고했다.

청화를 쥐똥이라 불렀다는 것 때문이다.

물론, 이현은 신경 쓰지 않았다.

이젠 청수진인이 무섭지 않다. 아니, 혜광만 아니었다면 벌써 무당파와 함께 뒤엎었을 것이다.

그러는 사정을 아는지 모르는지.

"사질아! 이분이 너 보고 싶다고 해서 모시고 왔어! 잘했지?"

쫄래쫄래 뛰어온 청화가 해맑게 웃는다.

'저건 또 뭐야?'

가뜩이나 반갑지도 않은 마당에 뒤에 또 뭘 달고 왔다.

큰 칼을 등 뒤로 비껴 맨 사내다. 얼굴에 앳된 빛이 도는 것이 나이는 대략 약관에 걸친 모습이다. 그리고 이쪽을 바라보는 반짝반짝거리는 눈빛.

낯선 사내의 반짝거리는 눈빛을 마주하는 순간 이현은 직감했다.

무언가 귀찮아질 것 같다.

그리고.

"하북에서 온 장한곤이라 합니다! 대협의 명성을 듣고 흠모하는 마음을 가눌 길이 없어 이렇게 염치 불고하고 찾아뵙게 되었습니다. 부디 한 수 가르침을⋯⋯."

예상은 빗나가질 않았다.

사내놈이 흠모하는 마음을 고백하는 것부터가 달갑지가 않다.

하물며 한 수 가르침이란다.

'이럴 줄 알았으면 죽이진 않는 건데.'

벌써 후회가 밀려들었다.

괜히 천마를 죽여서 이 고생이다.

혜광의 질투 아닌 질투로 갖은 타박과 구타를 감내하는

것만이 천마 모가지를 딴 부작용이 아니다.

사실 천마를 죽인 후 가장 후회하는 후폭풍은 따로 있었다.

이현은 온갖 미사여구로 범벅된 장한곤이란 사내의 말을 잘랐다.

"줄 서."

"예?"

장한곤이 눈을 댕그랗게 떴다.

사내가 눈을 댕그랗게 뜨고 바라보는 것 또한 그다지 반가운 풍경은 아니었다.

그런데 불행하게도 또 요즘 부쩍 익숙해진 풍경이기도 했다.

천마를 죽인 이후 가장 후회하는 것.

"너 같이 찾아오는 놈들이 한둘인 줄 알아? 비무고, 한 수 대련이고 간에 먼저 번호표 뽑고 줄 서라고!"

고작 약관의 나이도 벗어나지 않은 무당의 젊은 제자가 천마를 한칼에 죽였다.

이름이 날 수밖에 없다. 고로 명성이 높아진다.

그리고 명성이 높아지면.

찾아오는 놈들이 많아진다.

한 수 가르침을 받고 싶다느니, 무공을 겨루고 싶다느니,

그것도 아니면 무슨 차기 강호 경영에 관해 토론을 나누고 싶다더니 하는 온갖 이유로 찾아온다.

그런 이유로 무당파를 찾아온 방문자만 해도 오검연 때에 버금갈 정도다.

앞으로 시간이 지나면 지날수록 늘어날 것이다.

그리고 당연히.

이현은 비무니, 가르침이니, 강호 경영을 주제로 한 토론이니 하는 것 따윈 쥐뿔 관심도 없다.

그러니 상대해 줄 생각도 없다.

"아오! 언제 한번 날 잡아서 저것들 다 내쫓아야 하는데!"

귀찮다. 끈적지다. 거기다가 많기까지 하다.

하나같이 성가시고 짜증 나고, 적응 안 되는 족속들이다.

지금은 그저 귀찮아서 내버려 두고 있었을 뿐이지만 이제 그것도 한계다.

어떻게든 조치를 해야 한다.

"안 되겠습니다. 여기서 기다리십시오. 내 저것들을 확……!"

마음먹은 김에 해치워야 한다.

이제는 늘어나면 그땐 쫓아내는 것도 골치다.

한번 제대로 쫓아내고 나면 그다음에는 소문이 무서워서라도 찾아오는 놈은 없을 것이다.

이현은 당당히 두 팔을 걷어붙이고 일어났다.

이제 귀찮은 떨거지들을 떨쳐 낼 시간이다.

빠악!

아니, 강렬하게 후두부를 강타하는 통증만 없었어도 그랬을 시간이었다.

"뭣이? 저것들을 확! 뭐? 그래도 네놈 얼굴 한번 보겠다고 찾아온 놈들인데! 뭐? 확? 그래! 이제 비공식 천하제일인이니 뭐니 한다고 눈에 뵈는 것도 없더냐?"

강렬한 고통과 함께 등 뒤에서 들려오는 까랑까랑한 목소리.

청수진인이 아니다.

더욱더 늙고 신경질적이고 성질 더럽고, 폭력적인 인간의 목소리다.

'이 귀신같은 노인네! 기척도 없이 언제 나타나서는!'

혜광이다.

언제 나타났는지는 모르지만, 다짜고짜 뒤통수 얻어맞은 입장에서는 억울하고 분할 수밖에 없다.

"아! 왜 또 무턱대고 주먹질이십니까! 주먹질이! 제가 뭘 또 어쨌다고요!"

반항해 본다.

이렇게라도 해야 그래도 억울한 마음이 풀린다.

하지만.

"끌끌끌! 뭘 또 어쨌다고요? 이제 비공식 천하제일인이라고 이 몸은 눈에 뵈지도 않는 모양이구나! 네놈 입으로 그랬지 않느냐. 네놈 낯짝 보겠다고 무당까지 찾아온 손님들을 확 뭣이라?"

혜광이 입가가 비틀려 올라갔다.

얼굴엔 웃음을 짓고 있지만 손은 주먹을 쥐고 있다.

분위기가 심상치가 않다.

급한 마음에 입에서 나오는 대로 지껄였다.

"그러니까 제 말은 그냥 확 다……."

"확 다?"

패착이다.

혜광이 말꼬리를 잡았다.

부릅뜬 두 눈이 번들거렸다. 필시 곧 피를 볼 작정인 것이 분명했다.

본능과 누적된 경험이 전해 오는 경고에 이현은 신경을 곤두세웠다.

아무리 이현이라도 이 정도 눈치는 있다.

'확 다 쥐어패서 내쫓는다고 하면 분명 주먹 날아온다!'

그러니 사실대로 말할 수는 없다.

몸 건강하게 오늘 하루를 보내려면 잘 말해야 한다.

돌아가지 않는 머리를 굴리려니 쥐가 날 지경이다. 어찌되었든 나름 답은 찾았다.

"확 다 손님 대접해 드려야 하지 않나…….

그럼에도 혜광의 번들거리는 안광을 피해 시선을 돌리는 것은.

'마, 맞나?'

못내 불안하기 때문이다.

천하의 혈천신마가 어쩌다 정신 나간 노인네 눈치를 보게되었는지 한숨만 나올 지경이다.

다행히도.

"끌끌끌! 그래! 손님이 찾아왔으면 대접해 드리는 것이 예의지! 암! 언제까지 저리 기다리게 해서야 되겠느냐? 안그렇더냐?"

정답인 듯했다.

혜광의 입에서 나오는 예의라는 단어가 왜 이렇게 어색하게만 느껴지는지 그 이유를 알 것도 같았지만, 굳이 입을 열어 이야기하는 우는 범하지 않았다.

일단은 오늘 하루는 무사히 넘어갔다는 데에 의의를 두어야 했다.

"그, 그렇죠. 손님이 찾아왔으면 대접을 해, 해 드려야죠! 암! 그, 그렇죠!"

마음에도 없는 소리를 하려니 혓바닥이 다 꼬인다.

하지만 어쩌겠는가.

이것이 현실인 것을.

입에서 무어라 튀어나오는지도 모르고 일단은 살아야 한다는 생존 본능에 입각해 입에서 나오는 대로 지껄이고 있었다.

"끌끌끌! 그래! 무당은 자고로 예를 중시하는 곳이지 않더냐. 좋다! 가 보거라!"

"예? 어디를요?"

"어디긴 어디야? 손님맞이지! 아 참! 아까 번호표 뽑아 주더구나? 몇 명째더냐?"

손님 맞이하러 가라는 말에 정신이 돌아왔다.

하지만 이미 배는 한참 전에 떠난 지 오래.

"음…… 조금 전에 삼백열일곱 번째요!"

혜광의 물음에 청화가 해맑게 대답했다.

저 해맑게 웃는 쥐똥만 한 입을 확 찢어 버리고 싶은 심정이다.

삼백십칠.

고로 삼백열일곱 명의 손님을 맞이해야 한다는 의미다.

"썩을!"

"끌끌끌! 그래! 명색의 비공식 천하제일인인데 그 정도는 찾아와야지! 암! 안 그렇더냐?"

이현의 입에서는 절로 욕이 튀어나오고, 혜광의 입에서는
흡족한 웃음이 가득 머물렀다.

깨달았다.

'이 노친네 질투 때문에 이러는 거야!'

비공식 천하제일인!

그 빌어먹을 말 같지도 않은 수식어 때문에 팔자에도 없
는 손님맞이를 하게 생겼다.

＊　　　＊　　　＊

챙!

"다음!"

퍼벅!

"다음!"

연무장 중앙.

이현의 눈은 이미 풀릴 대로 풀려 있었다.

목소리는 기계적이었고, 움직임은 조건 반사적이었다.

한 번의 움직임에 한 명씩. 길어도 십 초식.

찾아온 손님들을 처리하는 데 걸리는 시간은 그것으로도
충분했다.

아니, 모자랐다.

"다음!"

또 한 명을 한칼에 때려눕힌 이후 입으론 습관적으로 다음을 외치고 있었지만, 속은 썩어 문드러져 가고 있었다.

'썩을! 언제 끝나는 거야!'

벌써 이현의 옆에는 나무로 깎아 만든 번호표가 가득 쌓여 있었다. 사열 횡대로 쌓아 놓은 양이 거짓말 더해서 무릎 높이를 훌쩍 넘는다.

달리 말하면 그만큼 많은 손님과 비무를 했다는 이야기다.

족히 사흘 밤낮 꼬박이다.

잠 한숨 안 자고 화장실 갔다 오는 것이 쉬는 시간 전부다.

지금은 그나마 낫다.

무림의 정세와 강호 경영을 토론해 보자고 달려드는 인간들은 진짜 지옥이었다. 물론, 이현은 단 세 가지 대답으로 일관하기는 했다.

'그래?'

'내가 점쟁이야? 미래 강호 정세를 내가 어떻게 알아!'

'글쎄?'

이것이 이현이 한 대답의 전부다.

그럼에도 참 오랜 시간이 걸렸다.

공력이 전부 혓바닥에 모였는지 무슨 할 말이 그렇게 많은지 알다가도 모를 일이다.

마음만 같아서는 그놈의 혓바닥을 확 잡아다가 뽑아 버리고 싶었지만, 혜광이란 노괴 때문에 그럴 수도 없다.

그저 반복해서 세 가지 대답으로 돌려 막는 것이 이현이 할 수 있는 전부다.

그리고.

이제 비무다.

그나마 이현이 할 수 있는 전공 분야라면 전공 분야다.

비무는 좀 빨리 끝났다.

다만.

그럼에도 비무를 신청하는 인간들이 한둘이 아니라는 점이다.

짜증은 머리끝까지 차올랐다.

그래도 자존심이 있어서 또 질 수는 없다. 끝없이 줄 서고 있는 비무 신청 대기자들을 모두 때려눕히려면 허투루 내공을 쓸 수도 없다.

내공을 아끼고 하는 비무다.

내공을 아끼는 대신 체력이 소모될 수밖에 없다.

이제 팔이 후들거리고, 다리가 천근만근이다.

그럼에도 아직 비무는 끝나지 않았다.

"다음! 다음 없어?"

다음을 외쳤는데도 대답이 없자 절로 신경질이 치솟았다.

어차피 더 있는 것 안다.

기척이 느껴진다. 아직도 많다.

오늘 잠이라도 잠깐 자 두기 위해서라면 한 명이라도 더 빨리 상대해 줘야 하는 이현으로서는 이런 시간 지연은 짜증 나는 일이다.

그런 이현의 신경질적인 외침 때문이었을까.

"저, 접니다! 삼백십칠번! 하북에서 온 장한곤입니다! 대협께서 이렇게 몸소 비무를 해 주신 것은 저희 장씨 가문의 영광으로……."

"하…… 그때 그놈이네?"

긴장 반 기대 반으로 장황하게 잡설을 늘여 놓는 장한곤의 얼굴이 낯이 익다.

따지고 보면 이 장한곤이란 놈이 원흉이다.

장한곤만 아니었으면 혜광에게 꼬투리 잡혀서 이 팔자에도 없는 손님맞이 비무는 하지 않았어도 될 일이다.

무엇보다 암담한 것은.

'더럽게 많이 왔네!'

사흘 전에 얼굴을 본 장한곤이 눈앞에 있는데도 아직도 대기자는 수두룩하다.

그사이 늘었다는 의미다.

이 비무가 언제나 끝날 수 있을지 눈앞이 깜깜해질 지경이다.

어찌 되었든.

해야 한다.

비무!

"잡설 치우고 들어와!"

"옙!"

치솟는 짜증을 억지로 찍어 누르고 차갑게 말했다.

그 말에 장한곤이 곧장 대답했다.

바짝 얼어 있는 표정과 달리 장한곤의 자세는 신중했다.

등 뒤에 덜렁거리던 대검을 뽑아 들고 자세를 낮춘다.

대검을 곧추세우고 마치 배가 땅에 닿을 듯 극단적으로 낮춘 자세다.

'호오! 이것 봐라?'

순간 만사가 귀찮기만 했던 이현의 눈에 이채가 어렸다.

'기본기는 제대로 됐네.'

이현을 찾아와 비무를 신청하는 이들 중 대부분. 아니, 거의 전부는 정도문파의 자제들이다.

그들 역시 기본기는 탄탄했다.

다만.

'겉멋도 안 부리고.'

그들의 기수식에는 겉멋이 보인다. 아니, 그들의 펼치는 초식 움직임 모두 겉멋이 묻어나 있다.

정파의 특징이기도 하다.

멋있게 보이는 것. 있어 보이는 것. 괜히 비장해 보이는 것.

얼굴에 금칠 좋아하는 정파의 특성은 초식에도 고스란히 묻어 나와 있다.

실리보다 명분을 추구하는 모습과도 닮아 있었다.

그런 탓에 겉으로 보이는 것을 중시한다.

기수식부터 초식, 보법까지.

큰 약점을 노출하지 않는 한, 조금의 이점을 포기하는 한이 있더라도 타인의 눈에 보이기에 부끄러울 만한 자세는 되도록 피하는 것이다.

그에 반해 눈앞의 장한곤은 다르다.

얼핏 남들의 눈엔 웃기게 보일지도 모를 자세를 아무렇지 않게 취한다.

그러면서도 진지하다.

자세를 낮췄으니 중심이 단단하다. 무소의 뿔처럼 세운 거검에 바짝 움츠린 자세는 빠르고 강력한 공격을 가능하게 해 준다.

기수식에서부터 이처럼 관심을 끌게 하는 것은 그 많은 비무 신청자들 중에서도 손가락에 꼽을 정도다.

"가겠습니다!"

그렇게 평가하는 사이.

장한곤이 비장한 목소리로 말했다.

"오라니까! 시간 없어!"

속마음과 달리 장한곤을 독촉했다. 사실이기도 하다. 빨리빨리 다음 상대도 처리해야 잠시라도 눈을 붙일 수 있다.

시간은 금이다.

"옙! 핫! 주무정패검(走武正覇劍)!"

쓸데없는 초식명과 함께 달려든다.

역시나 이현의 예상대로다. 달려드는 속도가 보통이 아니다. 장한곤의 덩치에 거검. 거기에 절대 멈추지 않을 것 같은 패기가 더해지자 사뭇 위협적이다.

기대에 어긋나지 않은 모습이다.

쿵! 쿵! 쿵!

달려드는 보보에 실린 힘이 어찌나 대단한지 장한곤이 지나간 땅거죽에 반 치나 되는 족적이 남겨졌다.

수욱!

그리고.

들어온다. 마치 무소가 뿔을 내밀 듯이 낮은 자세에서 곧 추세운 거검을 곧게 찔러 들어왔다.

그 힘마저 절대 예사롭지 않다.

어지간한 사람이라면 달려오는 기세 때문에 뒤로 물러서 피할 수도 없고, 그렇다고 검을 마주쳐 받아 내기에는 거검 에 실린 힘을 감당하기 어렵다.

그사이.

어느덧 장한곤의 검이 코앞까지 다다랐다.

'제법이긴 하다만……!'

물론 그건 어디까지나 어지간한 사람의 이야기다.

이현은 이미 '어지간한'이란 범주에서 벗어난 인간이다.

적어도 싸움에서만큼은!

퍽!

짧고 강렬한 소리.

이현의 코앞까지 검을 들이댔던 장한곤은 땅바닥에 대 (大)자로 엎어진 채로 널브러져 있었고, 이현은 느긋하게 근 육을 풀고 있다.

찰나에 일어난 일이다.

그저 몸을 빙글 돌리는 것만으로 장한곤의 검을 빗겨 내 고, 동시에 회선각을 펼쳐 장한곤의 뒤통수를 후려쳐 버린 것이다.

어쨌든 또 하나 처리했다.

그럼에도 아직 비무를 기다리는 손님들은 더럽게 많았다.

'육시랄! 밀린 숙제 몰아서 하는 것도 아니고!'

이래서 과제는 그때그때 처리해 둬야 하나 싶다.

"다음!"

이현은 신경질적으로 소리쳤다.

＊　　　＊　　　＊

정신을 차린 장한곤은 고개를 푹 숙인 채 처마 그늘에 궁둥이를 붙였다.

맨바닥에 엎어져 기절한 탓에 앞판은 흙투성이다.

"쓰읍!"

혼절한 상태에서 침이라도 흘렸는지 얼굴에는 흙알갱이가 야무지게 달라붙어 있었다.

"그래도 너무 실망하진 마시오. 그대의 실력이 모자라서가 아니지 않소."

무의식적으로 얼굴에 묻은 흙을 닦아 내던 장한곤을 향해 누군가 위로의 말을 건넸다.

고개를 돌려 확인해 보니 수염이 덥수룩한 사내다.

장한곤과 앞서 이현과 비무를 펼쳤다가 한 방에 명치를

얻어맞고 기절한 채로 토를 뿜어냈던 탓에 장한곤도 확실히 기억하는 얼굴이다.

"그래요. 그래도 겁먹지 않고 도전한 기백이 어딥니까."

그 옆에 누군가 또 거들었다.

앞서 말한 사내보다 먼저 이현과 비무를 펼쳤던 사내다.

그 역시 한 방에 나가떨어졌었다. 다른 것이 있다면 발검술을 펼치겠다고 했다가 검을 채 뽑기도 전에 정신을 잃었다는 정도였다.

어쨌든 기억에 남는 사내들이다.

"그렇게 말씀해 주셔서 감사합니다."

말을 걸어 온 사내들의 얼굴을 확인하고 장한곤이 다시 고개를 숙였다.

그런 장한곤의 주위로 두 사내가 다가와 어깨를 토닥였다.

"하긴, 그래도 너무하긴 너무했죠. 이해합니다. 그래도 그분 얼굴 한번 보고 한 수 가르침이나 받을 수 있을까 하고 먼 길 찾아왔는데…… 이건 뭐 비무라 할 수도 없으니……."

"쩝. 어쩌겠소. 이미 천마를 단칼에 때려잡은 분이신데, 어디 우리 같은 사람들이 눈에나 들어오겠소."

뒤에 말을 걸어온 사내가 짧게 불만을 토로하자, 먼저 장한곤을 위로하던 사내가 작게 고개를 끄덕이며 수긍했다.

사실 말이 비무지 비무라 부르기도 민망했다.

비무를 시작하기 전에 벌써 초식명은 외치지 말 것이라고 이현이 먼저 못을 박았다.

정파 출신인 그들로선 그런 비무 자체가 생소했다.

어디 그뿐인가.

한 수 가르침이나 받을 수 있을까 기대했건만, 막상 비무가 시작되면 대부분 한 방에 나가떨어졌다. 이건 뭐 배우고 말고 할 건더기도 없다.

심지어 한 방에 나가떨어졌으니 어디 가서 하소연하기도 창피할 지경이다.

그렇게 두 사람이 작게 불만을 토로하며 장한곤을 달랬다.

그리고 잠시 뒤.

"……것이 아닙니다."

장한곤이 작게 중얼거렸다.

"웅? 무슨 말이오?"

너무나 작은 목소리라 차마 그 말을 모두 듣지 못해 사내들이 되물었다.

그리고.

"그것이 아닙니다. 저는 오히려 도사님의 깊은 마음 씀씀이에 감격하여……!"

장한곤이 숙였던 고개를 번쩍 들었다.

아직 얼굴에 털어 내지 못한 흙먼지가 가득한 얼굴로 덩치만큼이나 커다란 눈망울로 눈물을 그렁그렁 맺고 있었다.

"그, 그게 무슨?"

한창 실망한 장한곤을 위로하고 있던 두 사내는 뜬금없는 그 모습에 황당한 기색이 역력했다.

산 만한 덩치의 사내가 두 눈에 눈물을 그렁그렁 맺고 있다는 것 자체가 그 두 사람에게는 어색하고 차마 두 눈으로 바로 보기 버거운 모습이었다.

그러나.

장한곤은 진심이었다.

실망하지 않았다.

"처음에는 실망했습니다. 설마 이런 식으로 비무를 할지 몰랐으니까요."

창피하지도 않았다.

"한 번에 나가떨어지고 정신을 차렸을 때는 창피했습니다. 이처럼 허무하게 패할 줄은 꿈에도 상상하지 못했으니까 말입니다. 그리고 서운했습니다. 새로운 천하십대고수의 가르침을 받을 수 있을지도 모른다 기대하고 먼 길을 찾아온 기회를 이렇게……."

물론, 처음에는 실망했고, 창피했고, 서운했었던 것은 사실이다.

"그러나 지금은 아닙니다. 곧이어 생각하게 되었습니다.

그리고 깨달았습니다!"

"무, 무엇을 말이오?"

"도사님은 진정 저희에게 깊은 가르침을 주시기 위해, 그리고 더 많은 이들에게 은혜를 베풀기 위해 이리하셨음을 말입니다."

높아져 가는 목소리에 절절히 담긴 진심.

커다란 덩치만큼이나 큰 목소리에 감동으로 격동하는 마음을 감추지 못하는 그 기색이 가득 묻어 나왔다.

그리고 그것이 사람들의 의문과 관심을 끌었다.

벌써 장한곤을 위로하던 두 사내 말고도 이미 이현에게 패하고 무기력하게 쉬고 있던 다른 사내들까지 장한곤에게 시선을 던지고 있었으니까.

"응? 그게 무슨 말이오?"

덥수룩한 수염의 사내가 다른 이들의 의문을 대표하기라도 하듯 물었다.

모두의 의무에 찬 시선을 받은 채.

장한곤이 조용히 이야기를 시작했다.

"여기는 무당파입니다. 또한, 그분은 이미 천하십대고로 인정받으심은 물론, 비공식적으로나마 천하제일에 가장 가까운 위치에 있으신 분이십니다."

모두 알고 있는 내용을 마치 심각한 내용이라는 듯 이야기한다.

그 말에 사내들의 얼굴엔 의혹이 더욱 짙어졌다.

"그거야 모두 다 아는…… 아! 그럼?"

다만, 덥수룩한 수염의 사내는 무언가 느끼는 바가 있었다.

그 사내의 눈빛에 장한곤은 고개를 끄덕였다.

"그렇습니다. 그분이 원치 않으시면 저희 같은 것들과는 비무를 하지 않으셔도 되는 분이십니다. 비무를 하지 않는다고 한들 누가 뭐라 하겠습니까! 그리고…… 이곳은 무당파입니다. 정파의 오랜 명문 대파! 그분이 직접 나서지 않으시고도 대신 비무를 해 주실 고수는 이곳에 많습니다!"

무림의 명성.

비록 나이는 어리지만, 이현의 명성은 이미 일파의 장문인급 이상이다. 그런 그에게 누구도 함부로 비무를 청할 수 없고, 설혹 비무를 청한다 하더라도 그쯤 되면 얼마든지 거부할 수 있다.

그것을 누구도 탓할 수 없다.

이미 그만한 자격이 있음을 스스로 증명해 보였으니까.

그리고.

무당파는 정파의 오랜 명문 문파.

이현을 대신해 가르침은 청하는 이들과 비무를 해 줄 고수는 얼마든지 많다.

"그럼에도 그분께서 직접 저희를 상대해 주셨습니다. 모두. 단 한 사람도 빠짐없이!"

이현은 한 사람이다. 그 한 사람이 수백 명이나 되는 사람들과 일일이 비무를 했다. 결코, 쉬운 일이 아니다. 아니, 작금의 무림 누구도 그와 같이 비무를 하진 않는다.

덕분에 이현은 사흘 밤낮을 꼬박 잠 한숨 못 자고 비무만 하지 않았던가.

"……."

일순 분위기가 숙연해졌다.

그러나 그렇다고 모두 납득한 것은 아니다.

"하지만 제대로 된 형식의 비무도 아니었고, 실력도 모두 보이지도 못한 일 초식이 전부인……."

이견이 나왔다.

이현이 그토록 많은 신청자와 비무를 했음에도 칭송받지 못하는 이유.

고작 한 초식. 많아 봐야 열 초식을 넘지 못한다. 아니, 어떤 이는 초식 한 번 펼쳐보지 못하고 나가떨어져야 했던 이들도 있다.

그렇게 되면 비무의 의미는 없다.

그 또한 맞는 말이다.

하지만.

장한곤은 흔들리지 않았다.

"흔히 시작이 반이라 하지요. 그리고 이곳은 무림입니다. 진정한 배움은 실전을 통해서 이루어지는 곳입니다. 떠올려 보십시오. 언제 대인께서 저희의 수준을 뛰어넘는 무위를 펼쳐 보이신 적이 있으셨습니까?"

"……그러고 보니……."

장한곤의 말에 누구도 반박하지 못했다.

그들의 수준을 뛰어넘는 무위는 단 한 번도 보여 주지 않았다. 오히려 내력은 쓰는 듯 마는 듯했고, 이현이 펼쳐 보인 초식이나 움직임은 특별할 것도 없는 흔해 빠진 것들이었다.

그들도 얼마든지 따라 하고 그보다 더 뛰어나게 펼쳐 보일 수 있으리라 자신할 만한 것들이었다.

그럼에도 졌다.

그래서 더 분하고 창피하였던 것인데, 그것이 아닌 듯했다.

장한곤은 숙인 분위기 속에서 더욱더 소리를 높였다.

"그분께서는 본인이 감내해야 할 고단함을 감내하고 살신성인의 정신으로 흔쾌히 저희 모두와 비무를 하시기로 하신 것입니다."

절대 흔쾌히 하지 않았다.

마지못해 했을 뿐이다.

"또한! 초식명을 제외하고 저희가 전력을 뽑아낼 기회도 없이 비무를 결판 지으신 것은, 그것이 곧 그분이 몸소 겪고 경험하신 무림이기 때문입니다. 무림은 상대가 본 실력을 발휘하도록 내버려 두는 곳이 아니니까 말입니다. 그렇기에 그분께서는 저희가 가진 부족한 경험과 안일한 자만을 일깨워 주시려 한 것입니다."

특별히 아끼고 신경 쓰지 않았다. 특별히 짜증 나고 귀찮아했을 뿐이다.

"아아! 그런 깊은 뜻이!"

"그래! 이제야 그분의 모든 행동이 이해가 됩니다!"

하지만 진실은 이미 저 멀리 사라져 버렸다.

격정적인 장한곤의 심각한 착각에 전염되어 버린 사내들은 존재하지도 않는 이현의 넓고 깊은 마음 씀씀이에 감탄을 거듭하고 있었다.

여기서 끝이 아니다.

장한곤은 착각의 정점을 찍었다.

"그리고 곧 그것은 그분께서는 장차 새로운 무림의 주역이 될 저희를 특별히 아끼고 신경 쓰고 계시다는 반증이 아니겠습니까!"

새로운 천하십대고수이자 천하제일에 가장 가까운 한 사람.

그 사람이 자신들을 무림의 새로운 주역으로 지목했다.

장한곤의 그 말은 사내라는 동물이 가진 심장을 용광로에 내던졌다.

그렇게.

진실은 저 멀리 사라진 채.

장한곤의 착각은 사내들의 입에서 입으로 퍼져갔다.

*　　　*　　　*

자신을 두고 어떤 오해가 벌어지고 있는지도 모른 채.

밤을 맞이한 이현은 철퍼덕 누워 밤하늘을 올려다보고 있었다.

"썩을! 저 빌어먹을 것들은 새끼 치나? 왜 이렇게 줄지가 않아!"

해도 해도 줄지 않는 대기 순번에 이현은 이를 갈았다.

퍼져 버렸다.

하긴, 벌써 사흘째 공복이다. 잠 한숨 못 잤다.

"차라리 단체로 싸우고 말지!"

죽든 살든 단체로 싸우는 게 차라리 속 편하다. 아니, 일일이 한 명 한 명 상대하는 거야 한 번에 한 놈밖에 못 버리지만 여러 명이면 한칼에 두엇은 모가지 날릴 수 있지 않은가.

"내일부터 단체로…… 아서라. 그 미친 노인네가 뭔 트집을 잡으려고!"

가뜩이나 건수 없나 눈을 부라리고 있는 혜광이다. 그런 혜광이 두 눈 시퍼렇게 뜨고 있는데 비무 대기자들에게 단체로 덤비라고 말하면 그 결과야 어떻게 될지 뻔했다.

지금 이런 식의 비무도 솔직히 아슬아슬하다.

"그나저나 저것들은 눈빛이 왜 회까닥 돌고 그래? 닭살 돋게!"

불만은 또 있었다.

지치고 힘든 것도 있지만, 일변해 버린 신청자들의 눈빛이 낯설고 소름 돋는다.

분명 오전까지만 해도 짙은 패배감과 자괴감, 그리고 모욕감으로 가득 찬 눈으로 바라보던 시선이었다.

당연했다.

비무를 그딴 식으로 했으니까.

오검연 때 남궁세가를 상대로 비무를 펼쳤던 대로, 이번에 찾아온 비무 신청자들도 그렇게 했다. 그러면 다시는 '한 수 가르쳐 주십사' 하는 쓸데없는 용건으로 찾아오지는 않을 테니까.

그네들이 심마에 빠지든 말든 그건 이현의 관심사가 아니었다.

그런데 어느 순간부터.

찐하고 끈적끈적거리는 시선으로 바뀌었다. 무어라 정의할 수는 없다. 그냥 마주하고 있는 것만으로도 본능적으로 소름이 돋는 시선이다.

당시야 당장 늘어선 대기자들 상대하느라 그냥 넘어갔지만, 지금 돌이켜 생각하면 계속해서 뒤통수가 찜찜하다.

그래도.

"킥! 그래도…… 쉽게 해 줬으니…… 아주 피 말려 죽일 생각은 없나 보네!"

피식 웃음이 나왔다.

일단 당장은 숨을 돌릴 수 있게 생겼다.

웃기지도 않게 이렇게 퍼져서 쉴 수 있는 것도 혜광 때문이다.

혜광이 청화를 시켜 전했다.

오늘은 이쯤하고 쉬라고.

무작정 피 말려 죽일 생각은 아닌 듯하니, 이걸 감사해야 할지 원망해야 할지 알 수가 없다.

어쨌든 일단은 쉰다.

내일 일은 내일 생각하면 된다.

"그러니까…… 오늘 몇 놈까지 했더라? 사백……."

그래도 견적 정도는 뽑아 놓는 게 정신 건강에 좋으리라 생각하고 오늘 마지막 순번이 몇 번이었는지를 되짚었다.

그때였다.

"끌끌끌. 사백사십삼번까지다."

목소리가 들렸다.

꿈에도 듣기 싫은 목소리. 듣기만 해도 징글징글 이가 갈리는 목소리.

"사숙조가 여긴 웬일이십니까? 왜요? 그래도 걱정은 되셨습니까?"

그래도 일단 숨은 돌리게 해 줬으니 나름 웃는 낯으로 맞이해 줬다.

하긴, 웃어야지.

인상 찡그리면 또 무슨 트집을 잡고 덤벼올지 모르는 인간이다.

그 농담 같지 않은 농담에.

"끌끌. 걱정? 그래. 걱정되더구나. 무엇이 문제기에 비공식 천하제일인께서 조무래기 몇 명 상대하는데 이리 오래 걸리는지. 난 또 네놈이 어디 굼벵이라도 삶아 먹었나 했다."

혜광이 속을 뒤집어 놓는다.

"몇 명이요? 사백이었습니다! 사백! 말이 사백이지 사흘 동안 밤잠 안 자고 하루에 족히 백 명은 넘게 상대했단 말입니다! 정 답답하시면 직접 하시든가!"

답답한 마음에 소리 질렀다.

"왜? 못 할 것 같더냐?"

"젠장! 말을 말아야지!"

하지만 은근한 혜광의 물음 앞에서는 꼬리를 말 수밖에 없었다.

상식이 통하지 않는 영감탱이다.

혜광이라면 수단과 방법을 가리지 않고서라도 가능하게 하고도 남을 위인이다.

"자! 일어날 수는 있겠느냐?"

그렇게 투덜거리고 있는데 혜광이 손을 내밀었다. 그 낯선 광경에 이현은 가만히 그 손을 보다가 이내 마주 잡고 몸을 일으켰다.

"뭐, 좀 쉬니 조금 살 것 같습니다. 웬일이십니까? 안 하던 일을 다…… 이건 뭡니까?"

맞잡은 손에서 느껴지는 딱딱하고도 이유 없이 익숙한 감촉.

알 수 없는 불길한 기운이 후두부를 타고 스멀스멀 기어올라왔다.

그 때문이었을까.

이현은 혜광의 손을 붙잡고 일어선 직후 곧장 손안에 그것을 바라보았다.

나무다.

평평하게 다듬은 손바닥 반 만한 크기의 나무패.

전체적으로 투박하고 평범하다. 다만, 특이한 점이 있다면 그 나무패 위에 숫자가 적혀 있다는 정도였다.

숫자는 사사사(四四四).

어째 그 숫자마저 불길한 것이 눈에 익다.

기억났다.

오늘 퍼지기 전까지 상대했던 신청자 번호가 사백사십삼번이었다.

그럼 지금 손에 들린 나무패에 적힌 사사사는.

"……사백사십사번?"

이미 정수리 끝까지 치밀어 오른 불길한 기운을 부정하며 물었다.

그리고.

"끌끌끌! 뽑다 보니 그렇게 되었다. 이 몸도 비공식 천하제일인의 무위가 어느 정도인지 구경은 해 봐야 하지 않겠느냐."

혜광이 웃는다.

흉신악살이 웃어도 혜광보다는 귀여울 듯싶다.

어쨌든 의도는 간단했다.

'나는 널 좀 패고 싶다! 지금! 당장! 몹시!'

"설마 비공식 천하제일인께서 거절하지는 않을 거라 믿으마! 안 그렇느냐? 비공식! 천.하.제.일.인?"

그 강렬한 의사 전달에 이현은 눈을 질끈 감았다.

"······그놈의 천하제일인은 개뿔! 빌어먹을!"

역시나 혜광은 질투하고 있었다.

확실했다.

*   *   *

"······빌어먹을!"

맞았다. 몹시. 아주 호되게!

비무라는 명목하에 아주 처절하게 당했다.

"괜찮아?"

흠씬 두들겨 패고 흡족한 웃음을 짓고 떠나던 혜광이 간호하랍시고 청화를 보내왔다.

걱정하는 청화의 물음에도 이현은 그다지 달갑지가 않았다.

'저년이 번호표 줬어!'

보통 번호표는 청화가 나눠 주곤 했다. 더욱이 혜광은 손수 발품 팔아 가며 번호표 받고 있을 성격도 아니다. 당장 혜광 주위에 번호표 들고 얼쩡거리던 청화에게서 받았음이 분명했다.

"네 눈에는? 괜찮아 보이냐? 너는 눈도 없냐?"

당연히 나가는 말이 고울 수가 없다.

핀잔이었다.

"……응. 미안한데 내 눈엔 진짜 괜찮아 보여서……."

그런데 돌아오는 대답이 어째 진지하면서도 맥빠진다.

더욱 화나는 건 그걸 부정할 수가 없기 때문이다.

"능력도 좋은 노인네! 어째 멍 자국 하나 안 남기냐!"

혜광에게는 이현이 최상의 상태에서 맞붙어도 두드려 맞는 상황이다. 하물며 사흘을 꼬박 잠 한숨 못 자고 새빠지게 비무만 했다. 체력이고 정신력이고 남아날 리 없는 상태다.

그러니 복날 개 맞듯이 맞은 건 당연지사다.

그런데도 멍 자국이 없다. 한 대 한 대가 온몸이 쩌르르 울릴 만큼 고통스럽고 강렬했건만!

심지어 지금도 아프건만!

멍 자국은커녕 여드름 하나 안 터졌다.

귀신같은 노인네다. 아니, 귀신보다 더한 노인네다.

"아……! 어쩌다 내 팔자가 이렇게 더럽게 꼬여서!"

분명 아픈 건 확실한데 아픈 티가 안 나니 이건 또 이것대로 서럽고 억울했다.

아무리 야율한 때 중원을 피로 물들인 대악인이었다지만

그때의 업보라고 해도 이건 좀 너무했다 싶다. 심지어 그것
도 이젠 없었던, 존재하지 않는 일이 되었지 않은가.

결국, 죄진 것도 없이 매 맞는 것이나 다름없었다.

이현이 북받쳐 오르는 마음을 애써 가다듬고 있을 때.

"저기…… 사질아?"

청화가 조심스럽게 입을 열었다.

"……왜?"

내키지 않지만 일단은 대답은 했다. 대답 안 하면 대답할
때까지 말할 것이 분명한 청화다.

귀찮아지기 싫으면 이편이 편했다.

하지만 곧 후회했다.

"사숙이 내일 오후부터 다시 손님 맞이하래. 괜히 엄살
피우지 말고. 엄살 피우면 번호표 다시 뽑으신대."

으득!

절로 이가 갈렸다.

하지만 어쩌겠는가. 혜광이 다시 번호표 뽑고 달려드는
것은 피하고 봐야 한다.

"……그래서? 지금까지 나간 번호표가 몇 갠데?"

"음…… 아마 육백 조금 넘을 거야."

"많이도 왔네."

사흘 밤낮으로 처리한 게 사백이다. 그런데 대기 순번으

로 나간 번호표는 육백을 넘는단다.

족히 이백이다.

최소 이틀은 다시 뼈 빠지게 쌈질이나 해야 할 판이다.

'그래도 아주 못 할 정도는 아니⋯⋯.'

반대로 생각해 보면 힘은 들지만 혜광이 다시 번호표 뽑고 덤벼드는 것에 비교하면 아주 못 할 짓은 아니다 싶었다.

아니, 싶었었다.

"지금 추세대로라면 내일 밤까지 또 백 명 정도 늘어날 것 같지만."

이어진 청화의 조그마한 혼잣말만 듣지 않았다면 말이다.

"썩을! 이대론 못 산다!"

이대로는 못 산다.

평생 뼈 빠지게 비무만 하다가 인생 종 칠지도 모른다.

강렬한 위기감에 이현은 벌떡 자리에서 일어났다.

이를 악물고 마음을 굳혔다.

'이제 결정을 내려야 할 때다.'

결정을 내려야 했다.

"외출 좀 하자!"

이젠 이 지랄 맞은 상황에서 벗어날 방법을 모색해야 할 때였다.

第二章

위기는 곧 기회다.

간저는 이 오래된 진리를 신봉했다. 그의 인생이 그랬다. 아니, 한 인간과 엮이고 난 뒤부터 그의 인생이 그랬다고 말하는 편이 맞을 것이다.

그 인간의 이름은 물어보나 마나 이현.

이현 그 인간과 엮인 이후로 위기 아닌 순간이 없었다. 첫 만남에 무당 공적이 될 뻔했고, 두 번째 만남에 간저패가 몰살당할 뻔했다.

그 뒤로도 그랬다. 가볍게는 자신 한목숨이 날아갈 뻔한 위기에서부터, 전 재산 탕진의 위기, 간저패 존폐의 위기 등등.

이현과 엮이는 횟수만큼 간저가 맞이한 위기의 횟수도 같다.

하지만.

그럼에도 이 지긋지긋한 위기를 원망할 수 없는 것은.

그 위기 뒤에 찾아오는 기회 때문이다.

무당파의 공적이 될 뻔했던 위기 뒤에는 무당파와의 협업이란 기회가 찾아왔다. 전 재산 탕진의 위기 뒤에는 간저패 역사상 최대 수익률 달성이란 거대한 사업 신화 창조의 기회가 존재했다.

그밖에 다른 위기들도 마찬가지다.

위기의 정도가 클수록 기회의 크기도 크다.

그리고 간저는 그 위기를 밑바탕 삼아 지금의 간저패를 이룩해 냈다.

등도촌 작은 마을에서 시작해 호북의 심장이라는 무한의 암흑가 절반을 씹어 삼킨 뒷골목의 신화 같은 존재.

간저.

그가 이끄는 무리.

간저패.

그것이 위기 뒤에 찾아온 기회를 밑거름 삼아 성장해 온 간저와 간저패의 현주소다.

그러니 이현이 몰고 오는 위기를 원망할 수는 없다.

물론.

위기를 원망하지 않는다고 해서 반긴다는 의미는 아니다.

특히나 오늘 같은 경우는 더더욱!

'제기랄! 대체 얼마만큼의 기회가 오려고!'

간저는 마른침을 씹어 삼켰다.

등에는 식은땀이 흐르고 다리는 후들거린다.

간저는 흔들리는 동공으로 자신의 집무실을 차지하고 있는 이현과 네 사람을 훑어보았다.

상석에 앉아 반쯤 드러누운 건 역시나 이현이다.

그 옆으로 익숙한 얼굴이 보인다. 유독 커다란 대가리를 가진 간저의 지낭.

대두다.

결연한 표정으로 입술을 꽉 깨무는 모양새가 무슨 결사의 항전을 앞둔 용사 같다.

"헤헷!"

그리고 생각 없어 보이는 얼굴로 웃고 있는 조그마한 소녀. 아니, 태극검제의 사매라는 고귀한 신분을 가지신 선자.

청화.

그런 청화 탓에 더욱 대비되어 보이는 커다란 덩치 둘.

의혈단의 단주인 정만과, 적조의 주인인 옥분이다.

험상궂은 인상과 달리 정만의 얼굴은 어딘가 멍해 보이는 얼굴이다. 얼핏 아무 생각도 없어 보이기도 한다.

그에 반해 옥분의 얼굴에는 황당하다는 빛이 역력하다.

아니나 다를까.

옥분이 제 귀를 판다.

그러고도 부족했는지 어처구니없다는 얼굴로 이현을 향해 입을 열기 시작했다.

'하긴, 나도 내 귀를 의심했는데 당사자는 오죽할까.'

간저는 지금 옥분의 그 심정을 이해할 수 있을 것 같았다.

평소라면 험상궂은 인상의, 그 악명 높은 신강의 마적단 출신인 옥분의 얼굴도 감히 마주하지 못하였을 간저였지만, 지금 이 순간만큼은 왠지 모를 동질감을 느껴졌다.

옥분이 물었다.

"그러니까? 무림이 뒤집어졌으면 좋으시다고요?"

불과 반 다경 전 이현이 했던 이야기다.

명색의 명문 정파 제자의 입에서 나왔다고는 어울리지 않는 바람이다.

"어!"

그러나 어쩌겠는가.

그들이 들은 이야기가 사실임을 이현이 당당히 밝히고

있는 것을.

"……"

당당한 이현의 대답에 옥분은 잠시 말을 잊었다.

그리고 잠시 뒤.

"그 이유가 뭐라고 하셨죠?"

"귀찮아."

"대체 뭐가 얼마나 귀찮으셔서 강호 전복을 꿈꾸시는 것입니까?"

끄덕끄덕!

잠자코 지켜보기만 하던 간저는 저도 모르게 고개를 끄덕였다.

격한 동감에 끄덕이는 고갯짓은 휙휙 바람 소리까지 만들어 낸다.

'뭘 대체 얼마나 귀찮기에!'

강호 정복(征服)이 아니다.

강호 전복(顚覆)이다.

강호 정복이야 무림에 발 딛고 사는 이들이라면 이따금 가슴에 품어 보는 웅심(雄心)이지만, 강호 전복은 그야말로 미치광이 살인귀가 아니고서야 좀처럼 꿈꾸기 어려운 종류의 것이다.

그러니 대체 강호 전복까지 바랄 정도라면 얼마나 귀찮

기에 그런단 말인가.

"내 말 무시하냐? 이야기했잖아. 겨우 천마 나부랭이 모가지 하나 잘랐다고 별 시답지도 않은 소문에 그 미친 영감……! 아무튼 별 같잖은 놈들이 얼굴 트자고 엉기는 것도 꼴 보기 싫고……."

"그럼 내쫓으면 될 일 아닙니까?"

"그럴 수 있으면 진즉 했지. 걔네 내쫓으면? 가뜩이나 건수 없나 하고 잔뜩 벼르고 있는 그 영감탱이가 가만히 있을 것 같으냐?"

"그럼 무시하던가요!"

"한둘이어야 쌩까든지 무시하든지 하지! 걔네 머릿수가 몇인 줄이나 알아? 이젠 무슨 무당파에 도사보다 내 얼굴 보겠다고 찾아온 놈들이 더 많아! 가는 길마다 얼굴 쳐 내미는데 너 같으면 신경 끄고 살 수 있을 것 같냐?"

그것도 간저가 이미 들었던 이야기다.

천마를 죽인 이후 이현의 명성은 하늘 높은 줄 모르고 치솟았다.

아니, 지금도 치솟고 있다.

당연히 이현을 찾아오는 이들도 함께 늘어난다.

이유는 제각각이다.

그저 얼굴 구경이나 하려는 이들부터 시작해, 작은 인연이라도 만들려는 이들도, 이현의 능력을 직접 시험해 보려는 이들도 있었다.

또 개중에 몇몇은 이현의 능력을 이용하거나, 이현의 위세를 등에 업고자 하는 이들도 존재했다.

이렇듯 제각각 다른 이유를 들고 이현을 찾아왔다.

그러나 그 목적은 같다.

이현을 만나는 것.

이현을 만나야만이 그들이 찾아온 이유와 그들이 원하는 결과를 도출해 낼 수 있다.

그러니 이제나저제나 무당파에 죽치고 앉아 서성거리는 이들이 하루가 다르게 늘어가는 것이다.

등도촌의 암흑가를 지배하는 간저가 이를 모를 리 없었다.

솔직히 말하면.

그 덕을 톡톡히 보았다.

수입이 짭짤하다.

지금처럼만 유지된다면 오검연이 부럽지 않을 정도였다.

하지만.

'재미 좀 봤다고 무림 전복에 동참하라는 건 너무하잖아! 제기랄!'

아무리 세상에 공짜는 없다지만 해도 해도 이건 너무했다.

이현을 찾아오는 이들 덕분에 제법 재미를 봤다.

"자! 그러니까 어떻게 할까?"

이현이 원하는 바를 확실히 했다.

굳이 간저를 찾아와 옥분과 정만까지 불러 앉혀 불만을 쏟아낸 이유가 이것이다.

대신 머리 좀 굴려 봐라.

잠깐의 재미로 무림 전복에 한 손 보태게 생겼다. 무림 정복이 아닌 무림 전복이다. 성공해도 얻을 것 없고, 실패하면 패가망신이다.

"......"

태연한 이현의 요구에 간저의 집무실은 침묵이 감돌았다.

보다 못한 옥분이 재차 상황을 정리했다.

"그러니까 찾아오는 놈들은 귀찮고 짜증 나는데 내쫓을 수는 없고. 그래서 눈 돌릴 만한 다른 사건을 터트리자 이 뜻입니까? 시선을 돌리자면 천마 머리 자른 것을 덮을 만한 사건을 일으켜야 하니, 무림이 전복될 만한 사건이어야 하고요?"

"그렇지. 역시 우리 옥분이 머리 좋아."

이현이 고개를 끄덕였다.

여전히 이현은 당당했다. 이현이 원하는 바를 정리한 옥분에 대한 칭찬도 아끼지 않았다.

하지만.

간저의 눈에 비친 옥분은 전혀 칭찬에 기뻐하는 얼굴이 아니었다.

일그러진 얼굴은 소태라도 핥은 얼굴이다.

역시나.

"아니, 그게 무슨 개떡 같은 이유입니까!"

벌게진 얼굴로 버럭 소리부터 지른다.

하지만 옥분의 적은 이현만이 아니다.

"이게 어딜 감히 도사님께 소리를 질러! 지르길!"

내내 아무 말도 없이 침묵을 지키던 정만이 벌떡 일어나 옥분의 멱살을 움켜잡았다.

그 순간 간저는 옥분과 정만 두 사람의 성격이 모두 파악되었다.

무당파를 지척에 두고 등도촌의 뒷골목을 지배해 오며 쌓아 온 눈칫밥의 힘이다.

'하나는 곧 죽어도 할 말 다하는 인간이고……'

성질 더러운 이현을 앞에 두고도 자기 할 말 다하는 옥분이다. 아니, 그나마 이현이니 앞에 두고 쌍욕을 날리지 않았을 것이라 평하는 쪽이 좋을 것이다.

그에 반해 정만은.

'맹목적이구만. 생각 없이.'

생각 없이 맹목적이다. 그냥 이현이 길이요 진리다. 이현이 찍어 먹으라면 찍어 먹고, 부어 먹으라면 부어 먹는다. 그게 꿀인지 똥인지는 생각하지도 않고, 생각하려 하지도 않는다.

동물에 비유하자면.

'고양이와 개.'

딱 떨어진다.

옥분이 고양이과라면, 정만은 개과다.

"못 들었습니까? 자기 찾아오는 인간 상대하기 귀찮다고 강호 전복하자고 하잖습니까! 저런 인간을……."

"도사님이 하자면 하는 것이지 뭔 말이 많소! 왜? 겁나오?"

커다란 덩치 둘이서 멱살잡이를 하고 있으니 그 모습이 제법 살벌했다.

그러나 그건 어디까지나 간저의 시선에서 오는 감상인 듯했다.

이현은 물론 청화까지 익숙한 듯 별다른 반응이 없었다.

오히려 이현은 무심한 듯하다가 입을 열었다.

"그냥 무림맹주 모가지나 딸까?"

"……!"

일순 간저는 온몸이 얼어붙는 듯한 착각이 들었다.

그건 멱살잡이에 한창이던 옥분과 정만도 마찬가지인

듯했다.

"……여, 연장 챙길깝쇼?"

뭔가 어떨떨하면서도 반사적으로 태세부터 갖추려는 건 정만이다.

"미쳤습니까!"

바락 소리를 지르는 건 옥분이다.

옥분은 자신의 멱살을 붙잡은 정만의 손을 털어 내고, 이현을 향해 커다란 얼굴을 디밀었다.

"그랬다가는 정파 공적입니다! 정파 공적! 죽으려면 혼자 죽지 왜 엄한 저희까지 엮으려고 듭니까! 예?"

"천마 모가지도 땄는데 무림맹주 모가지라고 못 딸까. 간단하잖아?"

이현의 논리는 간단했다.

"그럴 거면 차라리 사도련주 모가지를 따시지 그러십니까!"

옥분도 지지 않고 받아쳤다.

무림맹주를 죽이면 정파 공적이지만, 사도련주를 죽이면 정파 영웅이다.

근본적으로 이현의 뿌리가 무당이고 정파인 이상 무림맹주 죽이는 일보다 사도련주를 죽이는 쪽이 여러모로 좋은 일이었다.

적어도 뒤탈은 전자보단 후자가 적다.

물론, 이현은 그런 옥분의 의견을 따를 생각이 전혀 없었다.

"이게 누굴 죽이려고! 무림맹주랑 사도련주랑 같아?"

"다를 건 또 뭔데요?"

"무림맹주야 내가 찾아가서 얼굴 좀 보자고 하면 볼 수 있지만, 사도련주는 다르잖아! 내가 무슨 용빼는 재주 있다고 혼자 사도련까지 쳐들어가서 사도련주 모가지를 따와?"

"천마 모가지도 따셨잖습니까!"

"천마야 일대일로 그 자식이 찾아와서 맞짱 뜨자고 한 거고! 네가 사도련주면? 내가 찾아가서 맞짱 뜨자고 하면 뜰 거야?"

"미쳤습니까? 그냥 숫자로 밀어 버리죠. 그래도 안 되면 도망치고 말죠. 뭣 하러 얻을 것 없는 싸움에 목숨을 겁니까?"

"내 말이 그 말이다!"

무림맹주는 단둘만이 있을 수 있는 자리를 만들 수가 있다.

이미 정파의 영웅이자, 새로운 천하십대고수의 한 사람으로 자리매김한 이현이다. 이현이 독대를 요청하면, 맹주는 체면 때문이라도 독대를 피할 수 없다.

그러나 사도련주는 다르다.

정과 사란 소속부터가 다르다. 오히려 사도련주는 이현을 경계해야 하는 상황이다. 당연히 이현이 찾아가 독대를 요청한다 한들 들어 줄 리 없다.

이참에 휘하의 고수들을 총동원하는 한이 있더라도 이현을 제거하려 할 것이다.

"절대 안 됩니다! 죽이시려거든 사도련주나 죽이십시오!"

"안 되긴 뭐가! 이게 오나 오냐 해 줬더니 요즘 기어오른다? 사도련주 죽이기 전에 너부터 죽여 줄까?"

"이래 죽으나 저래 죽으나 무슨 상관이겠습니까?"

아예 죽이라고 목을 내미는 옥분의 강짜에 이현이 팔을 걷어붙였다.

혜광에게 가리어져서 그렇지, 이현의 성깔머리도 더럽기로는 천하에서 손꼽힌다.

죽자고 덤비는 아랫사람을 그냥 모른 척 넘어갈 인간이 아니다. 죽자고 덤볐으니 정말 죽여 주는 것이야말로 훌륭한 윗사람의 태도라 믿고 있는 이현이다.

두 팔을 걷어붙인 이현이 당장에라도 옥분을 향해 몸을 날릴 듯했다.

"사질아?"

그때였다.

불쑥 청화가 입을 열었다.

내내 아무런 생각 없이 헤헤거리던 청화의 목소리에 이현의 고개가 돌아갔다.

"왜!"

"진짜 못 해? 너는 그 세다는 천마한테도 이겼잖아. 그런데 사도련주는 못 이겨?"

순진한 물음이다.

그러나 이 순진한 물음이 이현의 자존심을 건드린 게 확실했다.

"못 이기긴 누가 못 이겨! 이겨! 내가 이겨!"

옥분의 하극상을 응징하는 것도 잊고 소리를 높이는 것을 보면 말이다.

"그런데 왜 무림맹주는 되고 사도련주는 안 된다는 거야? 우리는 정파니까 사도련주를 이기는 쪽이 더 좋은 거잖아."

"……."

그러나 이어지는 청화의 물음에 이현이 멈칫했다.

잠시 눈을 깜빡이는 것을 보니, 이 순진한 물음에 어떻게 대답을 해야 할지 생각을 정리하고 있는 것이 확실했다.

"그러니까 이기긴 이기는데. 귀찮아서 그래. 내가 사도련주랑 싸우려고 해도 중간에 거쳐야 할 애들이 많으니까. 그놈들 다 족치고 사도련주랑 싸워야 하니까 그게 귀찮고 힘들어서 그래. 알았지?"

"음…… 그러니까 그냥 사도련주랑 싸우는 게 힘든 거구나?"

"뭐. 대충?"

"그럼 사도련주가 천마보다 센 거네? 네가 그랬잖아. 천마는 별것 아니라고."

청화의 논리는 단순했다.

순진무구한 논리다. 천마를 쉽게 이긴 이현이 사도련주와 싸우는 건 힘들다고 하니 사도련주가 천마보다 강한 존재란 논리다.

"아니 그게 아니고……."

이현이 설명에 들어갔다.

'자존심 상했네!'

간저는 알 수 있었다.

자존심 상했다. 천마를 별것 아닌 듯 무시한 이현이었지만 정작 그가 죽인 천마가 사도련주보다도 약한 존재로 치부되니 신경 쓰이는 것이 분명했다.

원래 그런 법이다.

사람 마음이.

어찌 되었든 구구절절 설명하려는 이현의 노력을 받아들이기에는 청화는 너무 어렸고 또 의외로 순진한 구석이 있었다.

　"음…… 모르겠다! 헤헷! 어려워."

　청화는 이현의 노력에도 불구하고 고개를 젓고 웃어 버렸다.

　"육시랄!"

　기운이 빠진 건지 이현의 입에선 욕이 나왔다.

　지켜보던 간저도 허탈할 지경이었으니, 당사자는 오죽할까 싶을 정도다.

　아니, 어쩌면…….

　'선자님이 일부러 그러시는 것 아닐까?'

　이현을 약 올리기 위해서인지, 이현의 관심을 돌리기 위해서인지는 모른다.

　어찌 되었든 그런 목적이라면 확실히 성공이다.

　그러나 해맑은 청화의 얼굴을 보고 있노라면 그냥 아무런 생각도 없는 순수한 의도였을 듯했다.

　그렇게 한창 열 올리던 이현도 허탈함에 털썩 주저앉았다.

　"그냥. 사도련이 무림맹보다 멀어서 못 가는 거다. 사도련주랑 싸우려면 무당파를 오랫동안 떠나야 하는데 그 영감탱이. 아니, 사숙조가 허락할 리가 없으니까. 이해되냐?"

"아! 맞아. 사숙이 가만히 안 있을 거야!"

이것저것 설명 다 치우고 가장 간단한 이유를 들어서야 이제야 청화도 납득하는 기색이다.

어쨌든 청화의 개입으로 일촉즉발로 치달았던 분위기는 한풀 꺾여 있었다.

'차라리 이게 낫다!'

간저는 이 분위기를 환영했다.

이대로 흐지부지 끝나면 무림 전복 계획도, 강제로 그 계획에 동참 되어야 할 운명도 흐지부지 없던 일로 끝나게 된다.

그럼 다시 암흑가에서 한창 성장세를 올리는 그 간저로 되돌아갈 수 있다.

그런데.

"저…… 문제는 도사님께서 무당파에 계시기 때문이 아 닙니까?"

흐지부지 끝나던 분위기를 다시 반전시킨 목소리가 있었다.

'저놈은 가만히 닥치고 있지! 왜 갑자기 혓바닥을 털고 지랄이야?'

범인은 내내 조용하던 대두다.

'입 다물어라! 허튼소리 하면 넌 내 손에 죽는다!'

눈을 부라리며 대두에게 신호를 보냈다.

하지만 대두는 그런 간저의 신호를 아는지 모르는지 그저 제 할 말만 한다.

즐거워 보였다. 아니, 뭔가 기대에 가득 차 있었다.

그리고 익숙했다.

불안감이 엄습해 왔다.

'저 자식 저럴 때 꼭 흥분하는데?'

들뜬 표정을 짓는 대두의 모습은 자주 봐 온 간저다. 그러니 알고 있다. 저렇게 들뜬 표정을 짓는 대두는 항상 일을 크게 만들었었다.

"저들이 도사님을 뵙기 위해 무당파를 찾는 이유는 도사님이 무당파에 계시기 때문이지 않습니까. 도사님은 무당파에서 크게 벗어날 수 없어 저들이 부담스럽게 느껴지는 것이고요?"

그런 불안한 예감은 틀리지 않았다.

"……그렇지? 결국, 전부 빌어먹을…… 흠흠! 여하튼 무당파 때문이지. 그런데 왜?"

"그럼 무당파를 떠나시지요!"

새로운 해결책을 제시하는 대두다.

틀리진 않는 말이었다. 이현이 무당파를 나와 있으면, 무당파에 그 많은 인간들이 몰려들 이유는 없어진다. 아니, 몰려든다 하더라도 이현이 신경 쓸 필요는 없다.

그럼에도 그러지 못하는 것.

"어떻게? 무슨 수로? 하루 이틀로 안 될 것 아니야! 무당파가 내가 나가고 싶다고 나갈 수 있는 곳이었으면 미쳤다고 이 고생하고 있겠냐? 뭐라고 하고 나가!"

하루 이틀은 몰라도 지금 이 분위기가 가라앉을 동안 나가 있어야 한다.

이 기세대로라면 최소 몇 달이다.

이유 없이 몇 달이나 무당파를 나와 있을 수는 없다. 장문인의 허락도 허락이거니와, 혜광이 허락할 리 없다.

"나라고 안 해 봤을까!"

차라리 따라 나오면 좋으련만, 혜광은 이현의 장기 외출을 허락하지 않은 채 따라 나올 생각은 없었다.

이미 진즉 실패로 돌아간 시도다.

하지만.

씨익!

대두는 오히려 웃었다.

"역시! 필요한 것은 명분이란 말씀이신지요?"

대두는 자신감이 넘친다. 아니, 물 만난 물고기 같다.

'저 자식 결국 흥분했네!'

간저는 이미 대두가 잔뜩 흥분해 있음을 직감했다. 이현의 어떤 반응이 대두를 몸 닳게 했는지는 모른다. 하지만 한 가지는 확실하다.

'제길! 큰일 내겠구먼!'

대두가 진짜 큰일을 벌일 것이다.

이것만은 확실했다.

"명분이라면 만들면 될 일입니다. 이미 해 오신 일들이 있지 않으십니까!"

"해 온 일?"

"여기 두 분! 그리고 의혈적조가!"

겁도 없이 옥분과 정만을 손가락으로 가리키는 대두의 행동.

그러나 누구도 대두를 뭐라 하지 못했다.

그들의 머리에도 얼핏 스치는 무언가가 있었기 때문이다.

"설마?"

"또 그 짓을 하란 말입니까?"

"연장 챙깁니까?"

이현과 옥분. 그리고 정만이 약속이라도 한 듯한 입을 열었다.

끄덕!

그 세 사람의 시선을 한 몸에 받은 대두가 크게 고개를 끄덕였다.

그리고 말한다.

"산은 이미 터셨으니, 이젠 물을 터셔야지요. 수로채가 어떻겠습니까?"

산적, 흑도, 마적.

많이도 털었다.

그리고 이제 남은 건 수로채다.

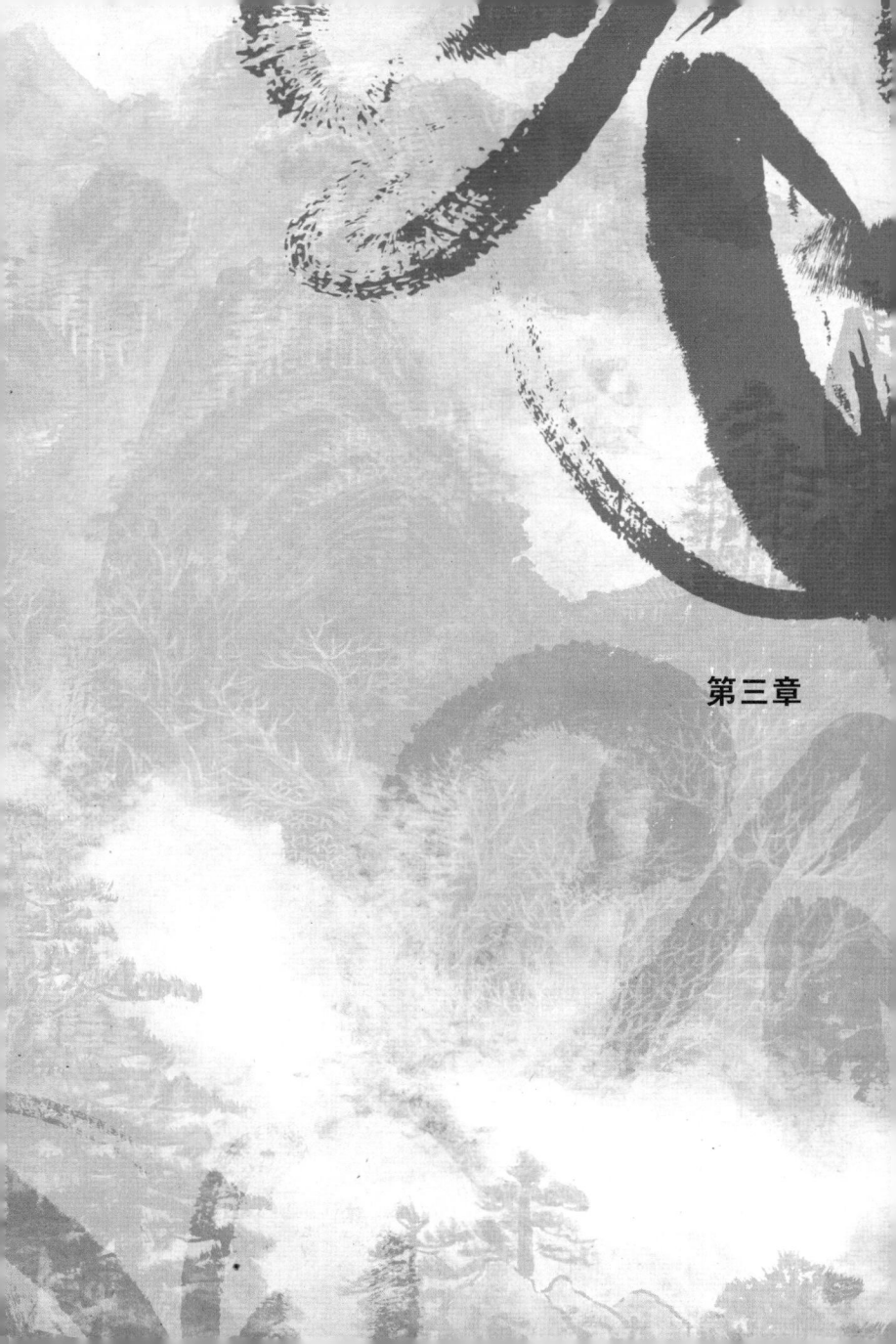

第三章

    대두의 의견은 타당했다.

    다 좋았다.

    하지만.

    "간저패가 네 거냐? 이게 네 돈이야? 왜? 아주 나 제치
고 네가 대령하지? 응?"

    간저는 불만이 많았다.

    "잘 나갔잖아! 응? 그냥 그대로 끝냈으면 될 일이었잖아!"

    모든 것이 순조로웠다.

    이현은 이미 수로채 쪽으로 마음이 기울었으니까.

    물론, 간저로서는 어느 정도 손해를 감수해야 하는 일이다. 간저패는 지금 무한을 접수 중이다. 장강을 접하고 있는 무한에서 수적과의 마찰은 곧 금전적 손실을 의미한다.

그래도 충분히 감수할 용의가 있었다.

적어도!

무림맹주 모가지를 따온다든가, 사도련주와 일대일 맞짱을 신청하는 일 뒤에 찾아올 후폭풍에 비하자면 그 정도의 손해는 손해 축에도 끼질 않는다.

문제는.

"다 잘 돼 가는 판에 왜 지랄을 떨어! 지랄을! 확! 저놈의 아가리를 꿰매 버리든지 해야지! 제기랄!"

모든 것이 순조롭게 매듭지어지던 그 순간 대두가 멋대로 지껄인 말이 문제였다.

"저희 간저패가 물심양면으로 돕겠습니다!"

간저패가 돕는단다.

이제 겨우 암흑가에서 기지개 켜기 시작한 간저패가 도울 일이야 정해져 있을 수밖에 없다.

난다 긴다 하는 산적들이 즐비하게 포진된 의혈단에, 신강에 공포의 상징처럼 활개 쳐 온 마적단이다.

하다못해 의혈단 내에서도 지진아 취급당하는 흑도의 인물들 또한 하오문과 흑점 출신들이 적지 않다.

그런 그들에게 인적자원을 지원할 수 있을 리 만무했다.

결국, 간저패가 이현에게 지원해야 할 것은 금전적인 문제.
즉 돈이다.

합이 일천을 훌쩍 넘는 대인원이다. 아니, 이천에 가까운
숫자다.

이현이 수적을 털기 위해 움직이면, 그 많은 인원이 함께
움직인다.

머릿수가 많으면 들어가는 돈도 많다. 하물며, 길 위에
서의 모든 행위는 돈이 들어간다. 먹는 것에부터 하룻밤
자는 것. 마실 나가는 것이 아니니 손에 쥐여 보내야 할 무
기까지.

숫제 전쟁 비용을 대는 것이나 다름없다.

전쟁에 들어가는 군자금의 규모가 천문학적이랄 것은 말
할 필요도 없다.

고로.

"제기랄! 네가 우리 간저패 기둥뿌리 뽑아 드시려고 작
정을 했구나!"

기둥뿌리 송두리째 뽑히게 생겼다.

그간 힘겹게 모은 돈은 물론, 담보까지 잡혀서 금전을 융
통하러 돌아다녀야 할 판이다.

"이제 어쩔 거냐!"

당연 이 모든 사단의 원인인 대두를 바라보는 간저의 시

선이 고울 리 없다.

마음만 같아서는 당장에라도 대두의 커다란 머리에 주먹을 꽂아 버리고 싶은 심정이다.

사실상 지금까지 참은 것도 대두와 함께 보낸 시간에 대한 뜨거운 의리의 산물이었다.

그런 간저의 뜨거운 마음을 아는지 모르는지.

"별일 아니니 신경 쓰지 마시지요."

대두는 태연했다.

콧노래까지 불러 대며 느긋하게 장부를 정리하는 꼴이 제대로 간저의 울화통을 뒤집어 놓기 충분했다.

"뭐야? 이 자식이 오냐 오냐 하니까……!"

"모두 대형과 이 간저패를 위한 일이 아닙니까."

"뭣이?"

"하아! 대형도 머리가 있으시면 생각이란 걸 좀 하시지요."

심지어 그것도 모자라 한심하다는 눈빛으로 바라본다.

"아직도 모르겠습니까?"

"뭘! 내가 뭘 모르는 것이냐? 응? 네놈이 간저패 말아 드시려고 작정한 것? 아니면? 또 뭐가 있는데!"

"도사님께서 굳이 저희들을 불러 모으셔서 그런 말씀을 하신 이유 말입니다!"

"이, 이유? 그냥 짜증 나서 그런 것 아니냐?"

"하아. 제가 그렇게 눈치를 드렸는데 아직도 이해를 못 하시다니……."

우습게도.

그럼에도 간저는 대두를 향해 그토록 간절히 날리고 싶어 하는 주먹을 날릴 수 없었다.

마음이야 당장이라도 터져 버릴 활화산 같은 상태였지만, 그 쉬운 걸 왜 아직 눈치채지 못하고 있느냐는 듯한 대두의 시선이 도리어 간저를 위축되게 만든 것이다.

'이래서 먹물 먹은 것들은 상대하기 어렵단 말이야……!'

이래서 무식이 죄다.

배움이 짧다. 배움이 짧으니 머리 쓰는 일에는 자신이 없을 수밖에 없다. 주먹질도 못 하는 대두를 지금껏 곁에 두고 중용한 것도 그런 모자람을 채우기 위함이었다.

그러다 보니.

이처럼 대두가 머리 쓰는 듯한 모습을 보이면 절로 망설여질 수밖에 없었다.

간저가 알지 못하는, 생각하지 못하는 부분을 생각하고 있을지도 모르는 일이었으니까.

"뭐, 뭔데? 말을 해 줘야 알지. 말을."

자연 목소리도 한결 낮아질 수밖에 없었다.

"지금 저희 간저패는 무한을 손에 넣으려 하는 중입니다. 그런 상황에서 도사님께서 찾아오셨습니다. 의혈단주와 적조단주도 함께였지요."

"그, 그런데?"

대두의 설명에 간저는 고개를 끄덕였다.

배움이 짧다뿐이지 눈이 없는 건 아니다. 지금껏 옆에서 봤으니 모를 리 없다.

하지만 새삼 그 상황은 왜 꺼내는 것일까.

"아직도 모르시겠습니까?"

"그러니까 무얼!"

"저희 간저패는 무한을 손안에 넣기 직전이지요. 또한, 도사님께서는 그 나이 대에서는 더는 이룰 수 있는 것이 없는 분이십니다. 이런 상황에서 그분께서는 강호를 뒤집고 싶다고 하셨습니다. 이것이 단지 우연이겠습니까?"

"그, 그럼 이 모든 것이 계획된 일이었단 말이냐?"

간저의 물음에 대두는 너무나 쉽게 고개를 끄덕였다.

"물론이지요. 원래 도사님께서는 그런 분이 아니셨습니까? 항상 충동적인 듯 움직이시지만, 그 결과는 언제나 놀라운 것들이었지요. 안 그렇습니까?"

몽롱하다.

이현을 이야기하는 대두의 눈빛이 무언가 몽롱해져 있었다.

선망에 가까운 감정이다.

물론, 간저는 동의하지 않았다.

"그건 그냥 그 인간이 워낙 인간 같지 않은 인간이라서……."

배움의 끈은 짧아도 눈칫밥으로 버텨 온 세월은 길다.

이현의 움직임은 충동적인 듯한 것이 아니라 그냥 충동적이다. 그런데도 결과가 항상 놀라웠던 것은 그냥 이현이 가진 힘이 무지막지해서 그런 결과가 나왔을 뿐이다.

그것이 이현을 향한 간저의 객관적 평가다.

"그건 대형께서 착각하신 겁니다."

하지만 애석하게도 대두는 그런 간저의 오랜 경험에서 우러나오는 객관적 평가 따위는 단호하게 부정하고 나섰다.

"좋습니다. 정말 도사님이 대형께서 보신 대로 단순무식하고 다혈질적인 인간이라 가정해 보지요. 그렇다면 도사님께선 본인을 귀찮게 하고 짜증 나게 하는 인간을 가만히 내버려 두시겠습니까?"

대두가 물었다.

"그럴 리가! 개 박살을 내놓지. 그 인간 하는 짓 못 봐서 그래?"

간저의 대답은 빨랐다.

한 치의 망설임도 보이지 않는 반사적인 대답이다.

간저가 겪어 본 이현은 그런 인간이다. 눈에 거슬리고 귀찮고 짜증 나게 하는 인간을 가만히 내버려 둘 만큼의 참을성 따위는 함유되어 있지 않은 인간이다.

"하지만 혜광이란 분이 있지 않습니까?"

"아!"

확실히 천마도 단칼에 죽인 작자보다 혜광이란 언제 죽을지 모르는 늙은이가 더 세다는 건 상식적으로 말이 안 된다. 그게 가능했다면 무당파가 이미 지금의 천마신교처럼 강호를 씹어 먹겠지.

"겉으로는 과격하고 다혈질적인 모습을 보이지만, 실은 도사님의 그 모습은 스스로를 숨기기 위한 위장이었습니다. 사문의 어른인 혜광이란 분을 그처럼 극진하게 대하고 어려워하는 것도 그 때문이지요. 그분은 사실 사문에 대한 지극한 애정과 존경을 품고 있으신 것이지요!"

"픔!"

간저는 저도 모르게 웃음이 튀어나왔다.

'무슨 개도 안 믿을!'

백 번 천 번 양보해도 이현이 무당에 대한 지극한 존경과 애정을 지니고 있다는 말에는 전혀 동의할 수가 없었다.

그러거나 말거나.

대두는 짐짓 과장된 몸짓을 더해 열성적으로 자신의 주

장을 피력했다.

"도사님은 그래서 비범하신 것입니다. 스스로 한낱 파락호와 다를 바 없이 비치게 하면서도, 그분이 속한 무당파의 발전을 위해 노력하고 계시는 것이니까요. 그것이야말로 진정한 희생이 아니고 무엇이겠습니까!"

이제 희생이란 표현까지 나왔다.

간저의 고개가 모로 꺾였다.

"그래서?"

어처구니없지만 딱히 반박할 거리가 없어 일단은 내버려두겠다는 투가 역력한 태도다.

아니, 어디 할 데까지 해 보라고 온몸으로 말하는 듯하기도 했다.

'저 커다란 대갈빡 터트리는 거야 끝까지 다 듣고 해도 늦지 않으니까!'

간저는 움찔거리며 튀어 나가려는 주먹을 억지로 내리눌렀다.

그 순간.

"……도사님께서는……."

대두의 목소리가 낮아졌다.

눈빛은 그 어느 때보다 비장하게 빛났다.

"새로운 일을 준비하고 계시는 것입니다. 일 수에 천마를 굴복시킨 것과 같은…… 아니, 어쩌면 그보다 큰 새로운 일 말입니다."

그 엄숙한 기세에 간저마저 움찔거릴 정도였다.

대두는 더없이 진지했고, 심각했다.

"그 일을 진행하기 위해서 도사님은 무당을 나오셔야 했을 것입니다. 그것도 타인이 보기에 믿을 수 있는 납득할 만한 이유로 말입니다."

"본인의 의도를 숨겨야 한다고? 왜?"

"도사님께서는 주목받고 계십니다. 이 중원의 누구보다!"

"아!"

대두의 대답에 간저의 입에서 짧은 탄성이 터져 나왔다.

듣고 보니 그럴듯했다.

천마를 제거한 이현이다. 영원불변할 것만 같았던 무림의 균형을 무너트렸다. 스스로 그 힘을 증명했고, 누구도 쉬 믿기 어려운 업적을 만들어 냈다.

지금 이현은.

누구보다 주목받고 있었다.

정도 무림을 이끄는 무림맹주보다. 사파를 대표하는 사도련주보다 주목받는 사람이 이현이다.

그것은 곧 달리 말하자면.

"드러나면 견제받을 수도 있다는 뜻이냐?"

간저가 물었다.

"정답입니다."

대두가 히쭉 웃음을 지으며 고개를 끄덕였다.

"대체 얼마나 큰일이기에……."

절로 혀를 내두를 일이었다.

이현은 주목받지만, 함부로 견제하기 어려운 존재다.

그럼에도 누군가는 견제할 수밖에 없는 일이란.

간저의 예상을 훌쩍 넘는 일임은 분명했다.

'그 인간이라면 뭔 짓을 저질러도 이상하지 않지! 암!'

무당파를 향한 이현의 공경심이라든가 지극한 애정은 전혀 믿을 수 없지만, 반대로 무언가 큰일을 벌이려 한다는 것만큼은 충분히 그럴 수 있는 일이라 여겨졌다.

"그분께서 필요로 하셨던 것은 무당파를 나오실 수 있는 명분이었습니다."

"그, 그럼 그거랑 우리 간저패가 그분을 지원하는 건 무슨 상관이야?"

이현을 향한 간저의 호칭도 어느덧 그분으로 바뀌어 있었다.

어느덧 이 무언가 커다란 사건이 터질 것만 같은 분위기에 몰입되어 있었다.

간저의 물음에.

"그 일이 저희와 무관하지 않기 때문입니다. 그분께서는 명분이 필요하신 동시에, 저희 간저패를 찾아오셨습니다. 사실, 저희를 제하셔도 상관없는 자리였지요. 그런데도 굳이 우리 간저패를 찾아와 자신의 의중을 드러내신 것입니다."

"우리와 무관하지 않다? 수적? 그건 오히려 우리가 손해 아닌가?"

"손해지요. 당장은요."

"당장은?"

간저는 대두의 말꼬리를 붙잡았다.

어조가 간단히 넘길 수 없었다. 꼭 그 뒤에 간저가 알지 못하는 거대한 무언가가 숨어 있음을 직감했다.

"예. 당장은 손해입니다. 무한을 점령하는 과정입니다. 수적과의 관계에 마찰이 생겨서야 좋을 이유는 없지요. 하지만. 그 뒤에는 어떻게 될까요?"

"그 뒤라니?"

"저는 도사님께 수적을 공략할 것을 권유드렸고, 도사님은 그 권유를 단번에 받아들이셨지요. 그 말은 즉 도사님도 본인의 계획의 시작을 수적으로 심중에 두고 있으셨다는 뜻이 됩니다. 그리고 그것은 도사님께는 명분을, 저희에게는 실리를 주지요."

"손해라면서! 말장난 치냐?"

방금까지 손해라고 말했던 대두가 이번엔 또 그것이 실리라고 한다.

복잡하게 이리저리 꼬인 대두의 설명을 머리 나쁘고 성격 급한 간저가 가만히 듣고 있을 리는 없었다.

대번에 목소리를 높였다.

그럼에도.

씨익!

대두는 여유롭게 웃었다.

그리고 설명했다.

"당장은 손해입니다. 하지만 도사님께서 무당을 근거지로 하는 수채들을 손안에 넣으면요? 그때도 손해일까요?"

"그, 그러네?"

절로 고개를 끄덕여졌다.

당장은 손해이지만 후에는 이득이다.

이현이 무한을 근거지로 한 수채를 모두 굴복시킨 뒤에는, 그 수채는 간저패를 지원하는 든든한 버팀목이 된다.

더불어.

"수적이 돕는다면 다른 지역으로 진출하기도 용이해지지."

간저의 생각이 거기까지 미쳤다.

그러자 대두가 고개를 끄덕이며 그 생각이 틀리지 않았음을 확인시켜 주었다.

"그렇지요. 무한을 일통하는 것은 물론, 다른 지역으로의 진출도 더욱 탄력을 받게 됩니다. 수적들의 힘을 빌리면 언제든 지원받기 쉬워지지요."

"아아! 그래. 이제 좀 정리가 되네. 그러니까 정리하자면……."

간저도 이제 머리가 맑아졌다.

대두가 하려고자 하는 말이 무엇인지 알 수 있었다.

"그 자리에 셋을 불러 놓은 이유부터 설명하자면, 그럴 듯한 명분으로 우릴 납득시키고 동시에, 의혈단과 적조에게는 힘을 지원받기 위해서였을 것이고?"

"예!"

"우리에게는 자금을 지원받기 위해서다?"

"또한, 그 의중을 미리 알려 준비토록 하기 위함이시겠지요."

"흠……!"

덧붙인 대두의 설명에 간저는 턱을 쓰다듬었다.

"위험하긴 한데…… 확실히 돌아올 이득도 적진 않군?"

머릿속에 주판알을 튕겨 본다.

계획대로만 되면 큰 이득이다.

하지만 대체로 그렇듯 만사가 제대로 풀리는 경우는 없다.

일이 잘못될 수도 있다.

일이 잘못되면 간저패가 감수해야 할 손해도 만만치 않다.

아니, 손해가 막심하다.

만에 하나 일이 잘못되기라도 하면 간저패는 망한다. 반드시라고 표현해도 좋다.

보복이 들어올 것이다. 당장 이현 때문에 피해를 본 수적들이 간저패를 가만히 내버려 두지 않을 것이다. 사실상 무한 진출은 실패로 돌아가는 것이나 다름없다.

또한.

이현을 지원하는 데 들어간 돈도 문제다. 무한 진출이 무산으로 돌아가고 나면 더는 돈 들어올 곳은 없다. 그에 반해 돈이 나가야 할 곳은 산적해 있다.

기대 이득보다 감수해야 할 위험이 크다.

손익을 계산하면 손해일 수밖에 없다.

"까딱하다가는 간저패 망할지도 모르는데? 꼭 이렇게까지 해야 하느냐?"

이현이 강요한 것도 아니다.

떠안기다시피 대두가 지원하겠다고 나서서 벌어진 일이다.

간저로서는 마뜩잖을 수밖에 없다.

"위험이 클수록 돌아오는 이익도 커지지요. 그리고."

"그리고?"

"말씀드리지 않았습니까. 이건 시작일 뿐이라고요. 도사님께서 굳이 명분을 필요로 하셨던 일입니다. 더욱이 의혈단과 마적단까지 동원한 일입니다. 이미 이룰 수 있는 것은 다 이루셨다고 보아도 좋을 도사님이 그만한 준비를 갖추고 진행하시는 일이 고작 수적들이나 잡는 일이겠습니까?"

전이었다면 모른다.

하지만 지금은 다르다. 이현은 이룰 수 있는 것은 거진 다 이루었다고 보아도 좋았다. 그건 무당파도 마찬가지다.

또한, 생각해 보면 이현의 수적 토벌이야 그다지 감흥도 없는 일이다. 이미 산적도 털고 마적도 턴 마당이다. 거기에 수적 하나 더해졌다고 달라질 것이 없다.

과하고 지나치다. 그에 반해 이현이나 무당파가 얻을 수 있는 것은 그리 크지 않다.

그렇다면 무엇일까.

"그럼 수적 토벌 뒤에는? 또 뭐가 있다는 것이냐?"

"그건……."

"그건?"

꿀꺽!

대두의 대답을 기다리는 간저는 마른침을 삼켰다.

별것 아닌 수적 토벌에 막대한 자금도 모자라 의혈단과 적조까지 동원했다.

대체 얼마나 큰일을 벌이려는 것일까.

불안한 동시에 기대감이 일었다. 대두가 이 모든 것을 파악하고 지원을 약속한 것이라면 그 일의 크기도, 그 일이 끝났을 때에 돌아올 이득도 결코 작지는 않을 것이다.

그러한 간저의 기대감을 한 몸에 받으며.

대두가 입을 열었다.

"모르지요."

"으잉?"

허탈하다 못해 황당한 대답.

"하지만 믿으시지요! 도사님께선 필시 다 깊은 생각이 있으실 것입니다."

그러거나 말거나 대두는 여전히 확신에 차 있었다.

*　　　*　　　*

펑!

"깊은 생각은 개 풀 뜯어 먹을!"

문짝이 뜯겨 나갔다.

산산이 부서져 흩날리는 파편 속에서 무언가 튀어나왔다.

"청화에게 다 들었다! 어딜 약을 팔아 약을! 뭣이? 귀찮아? 무림맹주 모가지를 따?"

고래고래 소리를 지르며 문짝 날아간 방 안에서 모습을 드러내는 이는 혜광이었다.

그리고.

"아! 그렇다고 저녁 먹다가 쥐어 차는 법이 어딨습니까!"

문짝을 산산이 부서트리며 튕겨 날아갔던 인간은 역시나 이현이었다.

이현밖에 없다.

무당파에서 혜광의 이처럼 과격한 애정 표현을 감당할 사람은.

'하여간 무식한 영감탱이! 말로 하면 될걸!'

이현은 속으로 혜광을 씹으며 몸을 일으켰다.

맞는 것도 요령이다. 건수만 있으면 혜광에게 쥐어 터지는 일이 일상이었으니 이 정도로는 아프지도 않다.

사건의 발단은 이랬다.

이현의 의중을 과대 해석한 대두의 의견에 따라 혜광에게 수적 토벌에 나설 것이라고 이야기했다.

나름 철저한 준비를 마친 상태에서 특별히 혜광의 기분을 띄워 줄 고기반찬까지 올린 뒤에 고한 계획적인 일이었다.

그럼에도 작전은 실패했다.

"다 들었다. 뭣이? 귀찮아? 무림맹주 먹을 따?"

혜광은 이미 다 알고 있었다.

무슨 목적으로 수적 토벌을 하겠다고 나섰는지.

범인이야 뻔했다.

이현이 혜광을 노려보았다. 아니, 혜광이 버티고 선 문 너머에 앉아 있는 청화를 노려보고 있었다는 표현이 옳았다.

"이 쥐똥 같은 게 그새를 못 참고 일러바치냐?"

말할 사람이 또 누가 있겠는가.

청화다.

역시나.

"미, 미안!"

청화가 슬쩍 시선을 피한다.

그러다 억울했는지 다시 고개를 돌려 바라보며 소리쳤다.

"그렇지만 사숙이 내가 말 안 하면 너 때린다고 하신걸!"

"말하면? 안 맞냐?"

"……그러네? 미안! 헤헷!"

"말이나 못 하면 밉지나 않지!"

으득.

이가 갈린다.

언제는 혜광이 안 때렸다고 협박 같지도 않은 협박에 홀라당 넘어가서 다 불어 버린 셈이다.

마음 같아서야 확 쥐어박고 싶지만, 그러기 위해서는 당장 불덩이처럼 뜨겁게 분노를 터트리고 있는 혜광이 우선이었다.

'확 들이받아?'

순간 강한 충동이 일었다.

혼원살신공이 잠든 동공에서 죽을 고비를 넘겼다. 그러나 기연이다.

순수한 혼원살신기로 이루어진 원정이 몸 안을 파고들면서 태극무해심공을 자극했고, 태극무해심공은 이에 대항하면서 예상치도 못한 성장을 이루었다.

혼원살신기가 태극무해심공의 발전을 일으키는 촉발제가 된 셈이다.

그리고.

그 성장은 현재도 진행 중이다.

아직까지 미약하게 묻어 있는 혼원살신기의 향기에 태극무해심공은 맹렬하게 움직이며 성장하고 있었다.

천마를 손쉽게 죽일 수 있었던 데에도 그러한 이유가 숨어 있었다.

어차피 부족한 것은 내공이었지 깨달음이 아니었으니까.

그러나.

지금 눈앞의 상대는 천마가 아니다.

혜광이다.

이현이. 아니, 야율한이었을 때를 다 합쳐도 단 한 번도 넘어서지 못했던 괴물.

그리고 지금까지 줄곧 빠른 공력의 성장을 이루면서도 단 한 번도 이기지 못했던 괴물.

'아냐, 드잡이질하면 나만 피 본다!'

청수진인은 무섭지 않다. 이제 얼마든지 재낄 수 있다. 하지만 혜광은 아니다.

이현은 적어도 무공에서만큼은 항상 객관적인 시선을 가진 사람이다.

지금 붙으면 필패다.

아니, 개 맞듯 두드려 맞을 것은 불 보듯 뻔했다.

물론.

'안 덤빈다고 곱게 내버려 둘 늙은이도 아니지만……
제기!'

잠자코 꼬리 만다고 해도 가만히 내버려 둘 혜광이 아니다.

맞는 건 똑같다.

그렇다면 결론은 하나다.

'터질 땐 터지더라도 얻을 건 얻어야지!'

혜광은 이현도 머리 굴리게 하였다. 어쩔 수 없다. 열악한 환경 속에서 살아남기 위해서는 무엇이든지 해야 한다.

안 돌아가는 머리를 굴렸다.

어떻게 하면 원하는 것을 얻을까.

의외로 그 해답은 간단했다.

'잠깐? 그렇다고 내가 꿇릴 필요는 없잖아?'

해답을 찾으니 심신이 단단해진다.

이현은 곧게 허리를 폈다. 그리고 당당히 혜광과 마주했다.

"어쭈? 네놈이 기어이 죽으려고 환장했구나!"

느닷없이 당당히 맞서는 이현의 모습에 혜광의 입가에 웃음이 걸린다.

살기까지 덤으로 듬뿍 얹혀진 웃음이다.

그러나.

평소라면 이쯤에서 물러서야 할 이현은 물러서지 않았다.

대신 이를 악물었다.

'언제까지 이러고 있을 수는 없잖아.'

어차피 오늘은 맞는다.

무당파를 떠나지 못하면 내일도, 모레도 맞을 것이다. 혜광은 어떻게든 때릴 건수를 찾아 때릴 위인이니까.

그러니까.

마음을 굳게 먹어야 했다.

어차피 맞을 것 이젠 무서울 것도 없다.

히쭉!

이현이 웃었다.

그리고.

"그래서요? 제가 지금 무림맹주 멱따겠답니까? 그냥 수적 토벌 하겠다는 것 아닙니까! 무당의 제자가 수적 토벌한다는데 그게 뭐 잘못된 일입니까?"

당당하게 이야기했다.

말이 맞는 말이다.

무당파는 정파.

정파의 제자가 무림맹주 목을 따겠다는 것도 아니고, 수적의 수탈에 힘겨워하는 양민들을 위하여 수적을 토벌하는 의로운 일을 하겠다는데 누가 무어라 하겠는가.

이왕 내친걸음이다.

"이거 왜 이러십니까? 오히려 칭찬해 주셔야 할 일 아닙니까?"

더욱더 강렬하게 나갔다.

건들건들, 짝다리 짚으며 여차하면 찍 하고 가래침 한 덩어리 뱉을 자세를 하고.

"왜요? 패시게요?"

뒷골목 파락호와 같은 자세로 도발했다.

'어차피 맞을 것! 이러나저러나!'

이 이상 잃을 것도, 피할 곳도 없는 이현은 무모하리만큼 막 나갔다.

그런 돌변한 행동 때문이었을까.

"끌끌끌끌!"

혜광은 오히려 웃었다.

그리고.

뚝. 하고 웃음이 끊겼다.

"네놈이 뒈지고 싶은 게로구나! 그래. 죽고 싶다는데 어쩌겠느냐. 원하는 대로 죽여 줘야지."

혜광의 목소리가 스산하게 내리깔렸다.

웃음기 하나 없는 표정으로 말하는 혜광의 얼굴은 그 자체로도 무서운 위압감을 자아냈다.

그리고.

턱!

손을 뻗었다.

"아, 아니 또 누가 죽고 싶다고 그랬습니까? 저는 단지…… 어? 잠깐만요! 뭡니까? 그냥 평소대로 주먹으로 하시지…… 뭣 하러 손에 나무를…… 아니, 내공이 남아도십니까? 다 죽어 가는 노인네가 무슨 강기를 그딴 식으로 펼칩니까!"

혜과의 행동은 끝까지 도발을 멈추지 않던 이현마저 긴장하게 하였다.

손을 뻗은 혜광의 손으로 싸리비가 딸려 들어왔다.

허공섭물의 수다.

이상할 일 없다. 혜광 정도쯤 되면 허공섭물이야 그리 어렵지도 않은 일이다.

다만.

"끌끌끌! 이리 오너라!"

괴소를 지으며 다가오는 혜광의 손에 들린 싸리비. 그 가지가지마다 올올이 형형색색으로 맺히는 강기는 확실히 문제다.

"진짜로 죽일 셈이십니까! 저건 스치면 그냥 죽는다고요!"

강기가 괜히 강기가 아니다.

백련정강도 스치기만 하면 잘라 버린다는 것이 강기다. 괜히 고수들이 강기 뽑아다가 휘둘러 대는 것이 아니다. 내공 소모야 크지만 그만큼 간편한 것이 강기다.

그 강기가 싸리 빗자루의 가는 가지가지마다 올올이 맺혀 피어 올랐다.

일일이 개수로 헤아릴 수도 없다.

그중 하나만 스쳐도 죽는다. 아니, 최소한 팔에 스치면 팔이 잘리고, 다리에 스치면 다리가 잘린다.

이건 혜광이 진짜 죽으려고 마음먹지 않은 이상 이럴 수는 없는 일이다.

그런 이현의 불안을 확인이라도 시켜주듯 혜광의 고개가 위아래로 끄덕여진다.

"끌끌! 죽고 싶다고 난리 치는데 어쩌겠느냐! 자꾸 뒷걸음치지 말고 이리 오너라. 금방 끝날 터이니!"

혜광의 괴소와 맞물려 더욱 섬뜩하게 들려오는 목소리다.

"아…… 제길!"

등 뒤로 식은땀이 흘렀다.

죽이자고 작정하고 덤비는 혜광이다. 비록 싸리 빗자루라지만 손에는 무기까지 들려져 있었다. 아니, 이미 싸리비에 검강이 맺혀 반짝이는 순간 싸리비는 더 이상 싸리비가 아니다.

이미 그 자체로 천마신검이 부럽지 않은 명검이다.

"금방 끝나다니요? 뭘! 대체 뭐가 금방 끝난단 말입니까?"

뒤늦게 후회가 밀려들었다.

어차피 맞을 것 죽기 아니면 까무러치기란 심정으로 들이댔다가 진짜로 죽을 판이다.

어떻게 살아온 인생인데!

겨우 혜광 신경 긁다가 사망할 수는 없는 노릇이다.

그러나 그런 간절한 이현의 바람과 상관없이.

"말해 무엇하겠느냐! 네놈 목숨줄 끊는 일이지. 금방 끝날 터이니 뒷걸음질 치지 말고…… 아니다. 내가 가마 네놈은 재주껏 도망쳐 보려무나!"

느긋하게 다가오던 혜광의 움직임이 빨라졌다.

한 손엔 여전히 형형색색 검강을 뿜어 대는 싸리 빗자루를 들고 있는 상태다.

목적은 분명했다.

이현의 죽음.

'제길 괜히 긁어서는!'

막 나가도 너무 막 나갔나 보다.

하지만 후회는 아무리 빨라도 언제나 늦는 법.

이미 벌어진 일이다.

이제 목숨을 도모해야 할 때였다.

물론, 이현의 지랄 맞은 성격상 이대로 무릎 꿇고 목숨 구걸하고 싶은 생각은 없었다. 아니, 혜광의 성격상 목숨 구걸한다고 곱게 살려 둘 위인도 아니다.

그러자면 방법은 둘 뿐이다.

도망치든가, 아니면 죽기 살기로 맞붙든가.

그리고!

언제나 그렇듯 이현의 선택은 하나였다.

이현이 혜광을 향해 마주 달려들었다.

"그래! 어디 죽이려면 죽여 보십시오! 요즘 애들 무섭습니다! 사숙조!"

허리에 찬 검을 향해 손을 뻗는 동작은 재빨랐고.

탓!

대지를 지르밟으며 발끝에서부터 힘을 골반으로, 다시 허리로, 그리고 어깨에서 팔목, 손목으로 이동하는 움직임은 조금의 군더더기도 없이 깔끔했다.

힘의 낭비가 없는 동작.

그리고 그 모든 힘을 다해 뽑은 검.

이현의 검도 혜광의 싸리 빗자루처럼 형형색색의 검강이 머물러 있었다.

이현의 검과 혜광의 싸리 빗자루가 맞부딪쳤다.

그리고.

"그 애가 늙어서 된 게 나다! 이 육시랄 놈아!"

혜광의 일갈이 울려 퍼졌다.

두 사람이 맞부딪치는 기세가 폭풍처럼 주위를 휩쓸었다.

*　　　*　　　*

딱딱딱!

못질하는 소리가 경쾌하다.

"염병!"

간밤에 혜광에 의해 박살 난 문짝을 고치는 중이다.

역시나 박살 난 문짝을 고칠 만한 사람은 이현 단 하나뿐이었다.

도움도 안 되는 청화를 시킬 수도 없는 노릇이고, 혜광의 눈치 때문에 청수진인에게 떠넘길 수도 없었다. 더더욱이 문짝을 박살 낸 원흉인 혜광을 시킬 수도 없는 노릇이다.

간밤의 싸움은.

결국, 이현의 패배로 끝이 났다.

"염병! 무슨 놈의 늙은이가 힘이 그렇게 좋아!"

괜히 억울한 마음에 투덜거려 보지만 그렇다고 결과가 바뀌는 것은 아니다.

결국은 졌다.

그래도 영 소득이 없는 건 아니었다.

"결국, 그 정신 나간 노인네도 주종은 검이었어!"

줄곧 주먹질만 당했다. 그 주먹질만으로도 혜광은 아주 강했다. 이현이 검을 들고 덤벼도 어찌하지 못할 정도였다.

그러나.

어제로 확실해졌다.

혜광의 본신의 힘을 드러내는 것은 권장공이 아니라 검이다.

비록 그의 손에 들린 것이 싸리 빗자루였으나, 그 싸리비가 만들어 낸 궤적과 흐름 들은 분명 검공의 묘리를 담고 있었다.

이현이 익히 아는 초식도 있었고, 이현이 전혀 알지 못하는 초식도 뒤엉켜 있는 움직임이었다.

그러나 한 가지는 확실하다.

싸리비를 든 혜광의 무위는 권장각을 펼치던 때의 무위와는 차원이 다르다.

언제나 그렇듯.

혜광은 이현이 생각하는 것 이상으로 강했다.

그렇게 투덜거리며 새로 문짝을 달고 있을 때였다.

바람이 불어와 이현의 볼을 스치고 지나갔다.

그 순간.

"앗! 땃따! 빌어먹을!"

스치는 바람에도 전해지는 알싸한 쓰라림에 절로 눈살이 찌푸려졌다.

이현의 뺨 위는 붉은 혈선들이 가늘게 자리하고 있었다. 그건 망치를 든 손등에도 마찬가지다. 드러나지 않았을 뿐이지 사실 옷자락 속에 감춰진 전신에도 붉은 혈선들이 거미줄처럼 어지럽게 자리 잡고 있었다.

그 또한 모두 어젯밤 혜광과 푸닥거리로 생긴 상처들이다.

강기를 상대했는데 정작 남은 상처는 전신을 뒤덮는 자잘한 상처다.

아프고 쓰라리긴 하지만 목숨은 붙어 있으니 남는 장사로 보일 수도 있다.

"그 영감탱이는 대체 무슨 수를 쓴 거야!"

하지만.

실상을 알고 나면 다르다.

혜광은 분명히 강기를 썼다. 그 강기로 이현의 강기를 가르고 이현의 방어를 무력화시켰다.

그럼에도 이현의 목숨이 붙어 있는 건 순전히 혜광이 이현을 살려 두었기 때문이다.

이현의 방어를 무력화시키고 파고든 혜광의 강기는 이현의 몸에 닿음과 동시에 사라졌다.

찰나의 순간 강기를 거두고 다시 되살린다.

그 순간순간을 일일이 헤아릴 수도 없다. 이현의 몸에 난 상처가 대신 그 순간들이 얼마나 빈번하였는지를 알려 줄 뿐이다.

온몸을 상처로 뒤덮을 만큼의 횟수를 반복한 일이다.

말이 쉽지 신강에서부터 비약적인 내공 성장을 이룬 이현도 감히 엄두 내지 못할 일이다.

강기를 뿜어내는 것은 그 자체로 주천하는 공력 발동의 가속을 의미한다. 달리는 말을 갑자기 붙들어 세우기 어려운 만큼, 가속이 붙은 공력을 멈춰 세우는 일도 쉽지 않다.

아니, 몸 안에서 벌어지는 일이기에 위험하다.

당장 막대한 공력이 낭비됨은 물론, 몸에 부하가 걸린다. 내공이 지나는 기경팔맥이 고스란히 그 부담을 감수해야 한다.

내상은 필수인 공력 운영인 셈이다.

그런데 그것을 혜광은 아무렇지 않게 행했다.

공력이 낭비되거나, 혈맥에 충격을 받는 기색은 전혀 찾아볼 수 없었다.

대단한 기예임은 확실했다.

물론, 그것과 별개로.

"젠장! 천하에 혈천신마가 회초리나 맞고 다니다니!"

차라리 칼침을 맞았더라면, 하다못해 몽둥이로 두드려 맞았다면 이런 기분까지는 아니었을 것이다.

하지만 혜광이 손에 쥐었던 것은 싸리 빗자루.

부지깽이 등과 함께 흔히 속 썩이는 십삼 세 미만의 악동들을 부모들이 훈계할 때 사용하는 애장품이다.

쉽게 말해 맴매.

좋게 말해 회초리다.

천하를 공포로 몰아넣었던 혈천신마가 회초리를 맞았다.

자존심이 상한다.

이건 창피해서 어디 하소연할 곳도 없다.

괜스레 서글퍼지는 마음에 이현은 못질하다 말고 멍하니 하늘을 올려다보았다.

간절한 바람이 입 밖으로 튀어나온다.

"아…… 이놈의 무당파 제발 좀 벗어나고 싶다!"

운무에 휩싸인 산등성이 위로 보이는 하늘은 오늘도 역시 쾌청했다.

"썩을!"

                    *   *   *

혜광이 이현을 두드려 팼음에 미안함을 느꼈을 리는 없다.

애초에 미안함을 느낄 인간이었다면, 그처럼 악독한 성정을 갖추지도 못했을 것이다.

이현의 간절한 소원을 하늘이 들어주었을 리도 없다.

하늘은 언제나 이현의 기대를 배신하고 조롱하는 존재였으니까.

하긴, 몇십 년 힘들여 중원 정복 다 해 놓은 혈천신마를 이 지경으로 만들어 놓은 것부터 말은 끝났다.

하늘은 언제나 이현의 편이 아니다.

그런데 이건 또 무슨 소린가.

깜빡깜빡!

"갑자기 그게 무슨 소립니까? 뜬금없이?"

이현은 청수진인의 말에 귀를 의심했다.

혜광에게 회초리 맞은 지 사흘 뒤 저녁.

청수진인이 전한 이야기는 너무나 뜬금없고 현실감 없는 이야기였다.

"수적을 퇴치하고자 한다 하지 않았더냐. 그러라 했다."

청수진인이 재차 확인해 주었지만, 여전히 이현의 가슴에 와 닿지 않기는 마찬가지였다.

'자다 남의 다리 긁는 것도 아니고 뜬금없이 무슨……!'

혜광에게 두드려 맞았다.

그리고 깨달았다.

'아! 이 정신 나간 늙은이 앞에서는 정파의 명분이고 나발이고 필요 없구나!' 하고 말이다.

그리고 그런 혜광이 미쳐 날뛰는 본거지가 무당파다. 수 틀리면 사문의 무당파 기둥뿌리를 쥐어 뽑는 건 무론, 모셔 둔 위패까지 불태우고도 남을 혜광이다.

말과 법칙이 통하지 않는 혜광. 그러나 그 혜광이 곧 법인 무당파에서 명분이고 나발이고 다 소용없는 짓임을 그제야 깨달았다.

실제로 맞고 난 이튿날도 마찬가지다.

혜광은 이현이 수적 토벌의 '수' 자만 꺼내도 허공섭물로 마당에 싸리 빗자루를 불러오곤 했다. 지금 수적퇴치를 하라고 이야기하는 청수진인도 그전까진 실없는 웃음만 지었을 뿐이다.

그런데 이번엔 또 뜬금없이 가란다.

잠시 어디 간다 만다는 말도 없이 외출하고 돌아온 청수진인의 첫말이 바로 그것이었으니 현실감 있게 와 닿을 리가 없다.

이 영감탱이가 지금 농담하나 하는 것이 솔직한 심정이었다.

"왜요? 무슨 속셈이십니까?"

그러니 쌍수 들고 환영해야 할 입장인 이현의 입에서 나온 대답이 질문일 수밖에 없었다.

오늘 낮까지만 해도 절대 안 될 일처럼 돌아가던 상황이 저녁이 되자 상황이 전혀 반대로 돌아가고 있는 것이었으니까.

더욱이 이미 청수진인에게 태청단으로 크게 한번 데인

바가 있었으니 더더욱 그럴 수밖에 없었다.

의심스럽다. 뭔가 미심쩍다.

의심과 의문. 불신이 가득한 이현의 물음은 충분히 건방지고도 남았다.

청수진인의 입장에서야 이현 스스로 청해 놓고, 또 지금에 와서는 뜨뜻미지근한 반응이었으니까.

그것도 하늘 같은 스승 앞에서.

"허허허! 속셈은 무슨 속셈이 있겠느냐!"

그럼에도 청수진인은 여전히 사람 좋은 웃음을 지었다.

심지어!

"무당의 제자가 옳은 일을 한다는데 어찌 막을 수 있겠느냐. 이미 장문인도 허한 일이니 편할 때 출발하도록 하거라."

이현도 모르는 사이에 장문인의 허락까지 떨어졌다고 한다.

이건 그야말로 적극 지원이다.

귀찮게 직접 장문인을 찾아가 마음에도 없는 소리로 이유를 설명하고 명분을 내세울 필요도 없어져 버렸으니까.

문제는.

그럼에도 이현의 의심은 여전했다.

아니, 더욱더 의심의 불길이 치솟았다.

이 정도 지원이면 숫제 등 떠미는 것이나 다름없다.

지금껏 무당파에서 이현이 무엇하나 원하는 대로 일이 진행된 적이 있었던가.

이현은 눈을 가늘게 뜨고 청수진인을 바라보았다.

그의 웃는 얼굴에서 숨겨진 의도를 찾으려는 노력이었지만.

"싫으면 말거라."

담담한 그 한마디에 무너질 수밖에 없었다.

"누가 싫답니까? 그냥 너무 갑작스러워서 그러지요! 갑작스러워서!"

의심은 의심이고, 원하는 건 원하는 것이다.

아무리 무당파에서 숨겨진 목적이 있다고 한들 그것보다 중요한 것이 있었다.

혜광!

그리고 이현의 명성을 찾아와 귀찮게 해 대는 시답지 않은 손님들!

그들에게 벗어 날 수 있다는 것만으로도 이 의심스러운 수적 토벌을 마다할 이유가 없었다.

결국은 똑같다.

의심스럽지만 그래도 쌍수 들고, 환영해야 할 판이다.

"하겠습니다! 무당의 제자로서 어찌 수적들의 수탈을 모른 척할 수 있겠습니까. 곧 채비를 갖추고 그들을 계도하러 떠나겠습니다!"

짐짓 비장한 목소리로 마음에도 없는 소리를 지껄여 댔다.

어찌 되었든 이현의 소속은 무당.

더욱이 원하는 것을 얻은 이상 이 정도의 마음이 없는 소리쯤은 해 두는 것이 예의다.

"허허허! 그래 그래! 네가 그리 말해 주니 고맙구나."

청수진인은 흡족하게 웃었다.

이렇게!

이현은 공식적으로 무당파를 떠날 수 있게 되었다.

그런데.

"그런데 그 노인…… 아니, 사숙조께서는요? 괜찮으시겠습니까?"

갑작스럽게 찾아온 궁금증에 물었다.

혜광은 명분이니 정의이니 하는 것엔 하등 관심이 없는 인간이다. 그리고 무당파는 그런 혜광이 멋대로 쥐고 흔드는 곳이다.

그러니 혜광의 허락이 있어야 한다.

혜광의 심기를 거스르면 무당파 기둥뿌리가 뽑혀 버린다.

그런 이현의 물음에.

"허허허. 이미 허락하셨으니 걱정할 것 없겠구나."

청수진인이 웃으며 대답했다.

혜광의 허락.

환영해야 한다.

하지만.

"염병! 그럴 거면 왜 때린 거랍디까!"

일단 억울했다.

第四章

녹림십팔채를 이끄는 총표파자 양자호의 심기는 요즘 부쩍 불편했다.

그도 그럴 수밖에 없었다.

어느 날 갑자기 무당의 이현이란 놈이 튀어나와 녹림십 팔채의 명성에 똥칠해 놓았으니까.

그 이현이란 놈 때문에 녹림십팔채의 삼분지 일에 가까 운 손실을, 아니 종합적인 손실을 따지자면 족히 절반에 가까운 손실을 보았다.

이름빨로 먹고 사는 업계에서 그 이름값이 떨어졌다는 것이 첫 번째 손실이고, 쓸려 나간 산채들의 손실이 두 번

째다.

그리고 무엇보다.

그렇게 손실을 보고도 수습할 방도를 찾지 못한 양자호를 향한 지지율 하락이 가장 큰 손실이다.

산적들은 중원 각지에 흩어져 있다. 그런 그들을 필요할 때에 한 번에 불러 모을 수 있는 권력을 갖춘 이가 녹림십팔채의 총표파자라는 자리다.

하지만 지지율과 신뢰가 흔들리는 지금은 양자호가 내리는 소집 명도 힘을 잃었다.

녹림의 단결력 약화.

그것이 가장 뼈 아픈 손실이었다.

"이상 새로 녹림십팔채에 오른 산채들에 대한 보고를 마칩니다."

녹림의 군사인 녹림군자 표도중의 보고에도 양자호의 찌푸려진 얼굴이 펴지지 않는 것도 그 때문이다.

"무슨 다과회 하는 것도 아니고. 별 어쭙잖은 것들이 녹림십팔채라고……."

중원에 녹림십팔채에 속한 산채는 많다.

하지만 그중에 녹림의 힘을 상징하는 것은 녹림십팔채.

그야말로 열여덟 산채다.

그들이 가진 힘과 명성이 녹림의 힘을 상징하고, 녹림을 이끄는 총표파자인 양자호의 힘을 상징한다.

그런데 그 열여덟 산채 중 일부가 이현에 의해 쓸려 나갔다.

뒤늦게 구색을 갖추기 위해 새로운 녹림십팔채를 구성했지만, 아무래도 전에 비할 바가 아니다.

구색은 결국 구색일 뿐이었으니까.

예전이었으면 녹림십팔채에 이름을 올릴 엄두도 내지 못할 산채들이 녹림을 대표하는 열여덟 산채에 이름을 올리고 있었다.

마음에 들 리 없다.

"이게 무슨 개뼈다귀 같은 경우냐고! 녹림이 무슨 동네북이야? 응? 아니, 털어 가서 필요한데에 써 먹었으면 돌려주기라도 하든가! 무슨 종신형이야? 이제 좀 풀어 주지 무슨 억하심정이 있다고 붙잡아 놔! 붙잡아 놓기를!"

북받치는 분노에 양자호는 소리쳤다.

이현이 쓸고 간 산적들을 가지고 의혈단인지 뭔지를 만들고, 신강의 마적을 털었다고 들었다. 그리고 그들을 총동원해 마교와의 일전에서 승리하고 다시 무당파로 돌아갔다고 했다.

거기까지는 좋다.

그럼 돌려주어야. 아니, 붙잡은 산적들은 놓아 주어야

할 것이 아닌가.

전혀 놓아 줄 생각 없이 꽉 쥐고 있으니 그것이 불만이다.

이현이 쓰임새를 다한 산적들을 놓아주기만 했더라도 지금처럼 녹림십팔채에 어중이떠중이들이 대표랍시고 이름을 올리는 꼴 사나운 일은 없었을 것이다.

으득!

"하여간 그 이현이란 말코 놈이 쌍놈이야!"

이현을 향한 절절한 분노가 끓어 올랐다.

물론, 그건 양자호의 착각이다.

이현은 굳이 의혈단을 붙잡아 둘 생각이 없다. 떠난다고 해도 딱히 신경 쓸 사람이 아니다. 다만, 그들 스스로 지레 겁먹고 서로를 감시하며 떠나지 않을 뿐이다.

그저 이러한 사정을 모르는 양자호이기에 이현을 향해 분노를 불태울 수밖에 없었다.

"안 되겠어! 이참에 우리 녹림의 힘을 똑똑히 보여주어야……!"

가만히 있다 보니 가마니로 보일 판이다.

그럴 바에는 차라리 한번 시끄럽게 뒤집어엎어 버리는 편이 나을지도 모른다.

그런 생각으로 양자호는 벌떡 몸을 일으켰다.

하지만.

"전에도 포기하신 일이십니다."

표도중이 정곡을 찔렀다.

이미 이현에게 녹림십팔채가 휘청거릴 때 계획했다가 포기한 일이다.

무당과 태극검제 청수진인이 무서워서 포기했었다.

지금이라고 달라진 건 없다.

아니, 오히려 녹림의 힘은 더욱 약해져 있는 상황이다.

"그럼 이대로 가만히 있으라는 말이냐!"

무엇보다!

"그리고 상대는 그때와 비교하지 못할 만큼 거물이 되었습니다. 이제 이현을 건드리면 무당파뿐만 아니라 무림맹. 아니, 정도를 표방하는 문파 전부와 전쟁을 치를 각오를 하셔야 합니다."

이현은 이미 정도무림의 핵심이다.

녹림이 그 핵심과 전쟁을 치른다고 하면, 정파의 모든 문파가 달려들 것은 불 보듯 뻔한 일이었다.

"누가 전쟁하재? 그놈이 언제고 무당파에 처박혀 있을 것도 아니고! 잠깐 나왔을 때 쓱싹! 하자는 것이다!"

일단 이현만 죽이면 된다.

그다음에는 한동안 힘들긴 하겠지만, 어떻게든 무마될 것이다.

이현이 아무리 정도 무림의 중심이 되었다지만, 죽은 뒤에는 모두 소용없는 짓이다. 처음에야 반발이 생기고 죽이니 살리니 하고 덤벼들겠지만, 얻을 것이 없는 이상 몇 달 뒤면 조용해질 것이다.

양자호도 나름의 생각이 있어 한 결심이다.

물론, 거기에는 치명적인 허점이 존재했다.

"그 이현이 천마를 단칼에 죽였죠. 가능하시겠습니까?"

이현은 천마를 단칼에 죽였다.

그 말은 즉, 천마보다 몇 수는 위인 무위를 갖추고 있다는 말이다.

아무리 무공과 인간 간의 상성이 존재한다고 하지만, 그 상성이란 것도 어지간해야 하는 법이다.

아무리 불을 죽이는 게 물이라지만, 겁화(劫火)를 물 한 바가지로 꺼트릴 수는 없는 것과 같다.

"......."

양자호가 할 말이 있을 턱이 없다.

태극검제도 부담스러운 양자호다. 자존심상 청수진인과 싸워 진다고는 이야기하지 못하지만, 이현은 다르다. 더한 괴물이다.

천마는 같은 천하십대고수 중에서도 윗줄에 꼽히는 강자.

그런 강자를 단칼에 죽였다는 말은 양자호도 얼마든지

단칼에 목이 날아갈 수 있다는 말과 같았다.

"수적인 우위로 안전을 도모하기 위해서는 녹림고수 백 명은 동원되어야 할 것입니다. 그만한 숫자가 동원되는 데 무림의 눈을 피할 수 있으리라 기대하긴 어려운 일이지요!"

"쌍! 알았다고! 안 해! 안 한다고! 됐냐? 됐어? 네 두령 자존심 똥통에 처박아 놓으니까 기분이 짜릿해?"

양자호도 머리가 있다.

표도중의 지적만으로도 이미 자신의 계획이 전혀 성공할 리 없는 계획이란 것쯤은 충분히 깨닫고도 남았다.

다만 구겨진 자존심만은 어쩔 수가 없었다.

그러거나 말거나.

"그저 사실을 말씀드린 것뿐입니다."

표도중은 양자호의 짓밟힌 자존심 따위는 전혀 안중에도 없었다.

그는 씩씩거리는 양자호에게 눈을 떼고 다시 서류를 향해 시선을 돌렸다.

"다음으로 보고 드릴 것은 소봉채입니다."

"소봉채?"

"예. 호북에 위치한 자그마한 산채입니다. 의외로 수완이 좋아 상납금이 기대 이상이었는데……."

기대 이상의 상납금이란 이야기에 양자호는 눈을 빛냈다.

"오! 제법이군! 그랬는데?"

자고로 그가 이 깊은 산중에서 문명과 단절된 삶을 보내는 이유도 다 돈 때문이 아닌가.

규모가 크든 작든, 이름을 기억하고 있든 말든.

돈 상납 잘하는 산채의 존재는 언제나 반가운 존재였다.

"오늘 오전 부로 영업 정지랍니다."

오래간만에 반가운 소식인가 싶어 기대하던 양자호의 얼굴이 일그러졌다.

"으득!…… 왜?"

멀쩡히 상납 잘하던 산채가 왜 갑자기 영업 정지란 말인가!

"산채 전체가 쓸려 나갔다는 소식입니다."

"어떤 놈이야!"

"채주께서 싫어하시는 그 이현이란 놈입니다."

"아잇! 이런 개 같은!"

양자호의 고함이 방안 가득 울려 퍼졌다.

또 이현이란 지긋지긋한 이름에 울화통이 폭발한 것이다.

겨우겨우 구겨 놓은 분노가 산사태처럼 쏟아져 나왔다.

"그 미친놈은 대체 왜 그러는 건데! 응? 우리가 그렇게 만만해? 털려면 수적 놈들이나 털 것이지 왜 가만히 산속에 짱박혀 있는 우릴 자꾸 건드리느냐고! 왜!"

장강십팔채.

그 역사는 양산박의 후예를 자처하는 녹림십팔채 만큼이나 오래되었다. 또한, 사파 쪽에서는 녹림십팔채와 비교되는 단체이기도 했다.

사도련. 녹림십팔채. 장강십팔채.

그것이 사파를 구성하는 큰 틀이었으니까.

산채와 수채를 제외한 사파를 표방한 모든 문파가 사도련 휘하에 존재하니, 실질적으로 장강십팔채와 녹림십팔채는 사파에서 두 번째를 다투는 강력한 세력이다.

압도적인 전력을 자랑하는 사도련은 차치하고 그 뒷자리를 차지하기 위한 녹림과 수채의 자존심 싸움도 상당하다.

아니, 그런 힘의 균형은 차치하더라도.

물과 산이다. 또 같은 약탈 업계다.

만날 일 없어도 의식되고, 만날 일 없어도 괜히 경쟁심이 생기는 태생적 환경에 놓여 있는 두 단체다.

그리고 두 단체의 오래된 역사만큼이나 지금껏 그 자존심과 여러 가지 요소로 복합된 경쟁 체제는 아직도 유지되고 있다.

하지만 산채는 자꾸만 이현으로 인해 휘청인다.

심심하면 털린다. 그가 가는 곳에 터전을 잡고 영업하던 산적이란 산적은 씨가 마른다.

그래서 요즘 들어 부쩍 수채에 밀리고 있었다.

녹림을 이끄는 총표파자인 양자호는 자존심이 상할 수 밖에 없는 상황이다.

그런데 또 털렸다.

"육시랄! 죽든 살든 난 그 말코 놈 죽이고 지옥 갈란다!"

화가 머리끝까지 난 양자호가 다시 몸을 일으켰다. 이를 악문 그는 정말 당장 이현을 죽이기 위해 나설 기세였다.

죽을 때 죽더라도 이현만은 죽이고 가겠다는 의지가 그의 전신에서 물씬 풍겨져 나왔다.

"총표파자님!"

표도중이 그런 그를 불러세웠다.

"아! 왜!"

가뜩이나 신경이 날카로워진 양자호는 까칠해진 음성으로 표도중을 노려보았다.

화가 나 있으니 눈에 뵈는 것이 없다.

그러나 표도중은 그런 양자호를 전혀 걱정하는 눈치가 아니다.

거기엔 그만한 이유가 있었다.

"소원 푸셨네요. 수적 털러 가는 길에 있어서 털렸답니다. 소봉채."

"뭐?"

양자호의 눈썹이 꿈틀거렸다.

순간 자신의 귀를 의심했다. 소봉채가 털렸다는 이야기
를 들었는데 갑자기 또 뜬금없이 무슨 수적이란 말인가.

하지만 잘못 들은 것이 아니었다.

"무당의 그 이현이란 자가 이번엔 수적을 털기로 했다
고요."

무당 제자, 이현. 수적 토벌에 나서다.

그 소식에 무림맹을 향해 촉각을 곤두세우던 강호는 또
한 번 뜨겁게 달아올랐다.

*   *   *

이현이 수적 토벌이란 명분으로 무당파를 떠난 날 저녁.

"벌써 산채 하나를 토벌했다더군요."

이현이 소봉채를 털었다는 소식은 벌써 무당파에 닿았다.

무당파와 그리 멀지 않은 곳에서 벌어진 일이기에 그
소식이 이처럼 빨리 전해진 것도 전혀 이상하지 않은 일이
었다.

그런 청수진인의 이야기에 언덕맡에 앉아 산 아래를 바
라다보던 혜광의 입가에 피식 웃음을 지었다.

"끌끌끌! 발정 난 똥개도 아니고. 하여간 하루도 조용히 넘어가는 날이 없구나! 아주 신이 나서 죽겠는가 보구나. 확 죽여 버리고 싶어지게 말이다."

"허허허! 그러십니까?"

이현을 죽이고 싶다는 혜광의 말에도 청수진인은 그저 웃었다.

"왜? 농담 같으냐? 내가 못 할 것 같아?"

"농담이시면 다행이지요."

"육시랄!"

넉살 좋은 청수진인의 대답에 혜광은 나직이 욕설을 내뱉으며 눈을 돌렸다.

"일단 떠나보내긴 했으나…… 잘한 일인지는 아직 모르겠구나."

"그래도 무당에 있는 것보다야 낫지 않겠습니까."

"그렇지! 그러니 보냈지. 무당이 너무 주목받고 있어. 고래로부터 항상 이럴 때 피 보는 법이야."

"행동에 각별히 조심하는 수밖에요."

청수진인은 담담히 고개를 끄덕였다.

이현이 천마를 죽인 이후.

무당은 주목받고 있다. 이현을 보기 위해 젊은 무사들이 찾아오고, 지방에서 힘 좀 쓰는 문파에서도 선을 대려고 한다.

아니, 어지간한 정파 문파는 모두 이현에게 관심을 보인다.

그리고.

그가 무공을 익힌 무당파에 향한 관심과 기대도 높아졌다.

찾아오는 사람들이 늘었다. 제자가 되길 청하는 이도 많아졌다. 돈 있는 집안에서는 막대한 양의 기부금을 보내오고, 힘 있는 고관대작들도 관심을 드러내고 있다.

이는 무당파의 성장을 의미했다.

힘이 커진다.

인력, 금력, 권력이 모인다.

그리고 그것은 곧 주목받게 됨을 이야기하는 것이기도 했다.

"야생에서 가장 먼저 죽는 놈은 약한 놈이 아니다. 특출한 놈이 가장 먼저 죽는다. 덩치 크고 힘 좋은 녀석은 그만큼 많은 놈들이 달라붙게 되어 있거든. 좋은 쪽으로든 나쁜 쪽으로든."

혜광이 이야기했다.

특출하면 주목받는다. 주목받으면 견제받기 마련이다. 특히나 이 무림이란 밀림 속에선 주목받는다는 것은 곧 더 많은 적을 만들어 냄을 의미했다.

그리고 물었다.

"남궁 쪽 분위기도 심상치 않다고?"

"분위기가 전과 같진 않습니다. 오검연이……."

"그것 봐라. 남궁가 그놈들 눈에도 불안하게 보이는 것이야. 이대로 있다가는 영영 무당의 그늘을 벗어나지 못할지도 모른다는 불안감이 든 것이지."

무림맹에서.

남궁세가가 오검연의 주장과 다른 주장을 펼치기 시작했다. 아주 반하는 것은 아니었지만, 정확히 일치하는 것도 아니다.

새로운 천하십대고수로 떠오른 이현으로부터 시작된 변화다.

그 변화는 아주 작지만, 무심코 지날 수 없다.

큰불은 작은 불씨에서 시작하고, 큰물은 작은 방울에서 시작하는 법이다.

혜광은 여전히 걱정을 떨치지 못하는 모습이었다.

청수진인은 웃었다.

"허허. 그래서 보내지 않았습니까. 수적 토벌은…… 천마의 이름에 비하면 그리 관심 둘 거리는 아니니까요."

이현을 떠나 보낸 이유.

그것은 지금 무당으로 쏠리는 관심과 주목을 돌리기 위

함이었다.

이현이 이곳에 계속 있으면 무당에 힘이 쏠린다.

그 힘을 분산하고 이 사태가 조용해지길 기다리기 위한 방책이었다.

그사이 무당은 준비하면 된다.

무당을 물어뜯기 위해 덤벼드는 짐승들로부터 스스로를 지킬 힘을 키우고 안배를 마련하면 된다.

하지만 혜광의 표정은 여전히 불편함이 가득했다.

"그래서 문제라는 것이다! 그 육시랄 놈이 어디 조용히 있을 놈이더냐? 그냥 발모가지 분질러서 어디 구석에 처박 아 놓는 것이 훨씬 나을 것이라 내 그리 일렀거늘……."

움직이면 대형 사고.

그것이 혜광이 바라본 이현이다.

그러니 무당에 대한 관심을 돌리려 내보내 놓고도 걱정 이다.

청수진인은 웃었다.

"설마 그럴 리야 있겠습니까?"

아무리 이현이라지만 이미 판은 커질 대로 커진 상황이다.

이현이 일을 키운다 해도 정도가 있는 법.

우물에 인 파문은 눈에 보이지만, 바다에 인 파문은 눈 에 보이지도 않는 법이다.

그러니 어지간한 대형사고로는 큰 문제가 생기지는 않을 것이다.

"쯧쯧쯧! 어쩌다 저리 팔불출이 되었을꼬?"

혜광을 그런 청수진인을 못마땅하게 바라보며 혀를 찼다.

곧 죽어도 제 제자가 모든 화의 근원이 될 것이라고는 의심하지 않는 꼴이 못마땅한 것이다.

그리고 물었다.

"솔직히 말하거라! 네놈 몸뚱이! 그 지경으로 만든 놈이 이현이지?"

비수처럼 날카로운 혜광의 눈빛이 청수진인에게 틀어가 박혔다.

*   *   *

저녁을 맞이한 강은 마치 타오르는 불꽃 같았다.

흘러가는 물길이 불길처럼 붉게 이글거렸고, 요동치는 소용돌이가 휘몰아치는 불기둥같이 거칠고 역동적이었다.

그리고 그 붉은 강 위를 미끄러지듯 지나가는 큰 여객선 하나.

그 갑판 선두에 이현이 서 있었다.

아름다운 풍경이다.

"우웩!"

"사, 살려……!"

"나 좀! 나 좀 내려 주시오!"

등 뒤로 토악질을 해 대는 시커먼 사내놈들만 아니면 말이다.

범인은 의혈단과 적조다.

한쪽은 평생 산골짜기에 처박혀 산 사람이고, 한쪽은 드넓은 벌판에서 죽자고 말만 몰아 댄 야인이다.

배를 타 볼 일도 흔치 않은 족속들이다.

그러니 출렁이는 강물 위에 떠 있는 배 위의 환경이 익숙할 리도 없다.

배를 타고 출발한 지 일다경도 안 돼서 사방에서 폭포수 같은 내용물을 쏟아 내며 그다지 친해 보이지도 않는 물고기 밥을 주고 있다.

덕분에 물고기만 살판났다.

반면 대기를 가득 채운 시큼한 위산 냄새에 이현의 표정은 갈수록 일그러지고 있지만.

아마 그건 뒤따라오는 다른 배에서도 마찬가지의 풍경일 것이다.

그런 이현을 향해 다가오는 사람이 있었다.

자칭 이현의 가장 충직스러운 수하이자, 전직 녹림십팔

채의 하나를 이끌었던 정만이다.

남들 다 토악질하기 바쁜 때에도 그래도 이현을 향해 보고는 해야 한다는 생각 때문인지 새하얗게 탈색된 얼굴로 기어이 기다시피 다가온 것이다.

좋은 선택은 아니었다.

"도, 도사님 준비는 완벽…… 우웩!"

결국 정만도 참지 못하고 갑판 바닥에다가 노란 토사물을 쏟아 부워 댔으니까.

꾹꾹 눌러 담던 이현의 화가 치솟은 것도 그와 동시였다.

"뒤질래? 너 점심 뭐 먹었는지 보고하냐? 삼켜!"

짧은 한마디.

그러나 그 한마디는 정만의 생리적인 현상마저 제어할 만큼 강렬했다.

그도 그럴 것이 이현의 어깨 위로 피어오르는 살기는 진짜였으니까.

"옙! 웁! 꿀꺽!"

진득한 살기에 제압당한 정만이 곧장 숙였던 허리를 세우며 대답했다. 뒤이어 듣기 거북한 두 가지 소리가 연달아 따라붙었지만, 다행히 목숨줄 끊기는 일은 벌어지지 않았다.

"준비는 마쳤습니다. 간저라는 녀석이 준비를 아주 철저하게…… 읍! 꿀꺽! 해 놓았습니다. 동원된 배는 총 다섯.
그중 저희와 같은 크기의 대형 여객선이 셋입니다. 탑승 인
원은…… 우우읍!"

억지로 치솟는 내용물을 눌러 삼키며 보고하던 정만이
결국 참지 못하겠는지 눈을 부릅떴다.

그러곤 보고도 잊고 선체 둘레에 새워진 난간을 향해 돌
진했다.

"우웨에에에엑! 죄송, 도사님 죄송, 우웨에에에엑!"

장송곡처럼 죄송하다는 말도 다 못 끝내고 길게 내용물
을 쏟아 내는 정만의 모습은 안쓰럽기까지 했다.

덩치가 커서 그런지, 저녁에 먹은 것이 많아서 그런지
쏟아 내는 양도 어마어마했다.

그다지 눈 뜨고 보아 줄 만한 광경은 아니었다.

이현은 가슴이 답답해져 왔다.

"저런 걸 뭣 하러 끌고 와서는……."

뒤늦게 후회가 밀려들었다.

의혈단과 적조와 동행한 이유.

간단했다.

그냥 도중에 귀찮은 수발이나 들라는 의미였다. 많이 데
려갈 생각도 없었다. 총합 열 명 정도면 적당하다고 생각
했으니까.

"간저 그 자식은 대체 무슨 생각이야? 지 조직 말아먹을 일 있나? 기둥뿌리라도 해 먹을 생각도 아니고 대체 무슨 정신머리로……."

이렇게 적조와 의혈단을 모두 끌고 나오게 된 원인은 간저 때문이다.

준비가 완벽했다.

완벽해도 너무 완벽했다. 무슨 전쟁을 하러 갈 것도 아닌데, 무기와 여비 준비는 물론 수적 토벌에 필요한 선박까지 섭외 및 대금 처리까지 완벽히 끝내 놓았다.

적조와 의혈단 전원이 이용 가능하도록.

아무리 돈 귀한 줄 모르고 써 대는 이현이라지만, 얼마나 많은 돈이 들어갔을지는 대략은 짐작이 갈 정도다.

어마어마한 금액일 것이다.

정말 간저패 통째로 들어다 팔아도 맞추기 어려울 돈이다.

이현의 의도를 과대 해석한 대두로 인해 벌어진 일이었지만, 자세한 사정을 알지 못하는 이현으로서는 조직 망하려고 작정한 것으로밖에 보이지 않았다.

"이것들은 망하려고 작정한 건지…… 돈이 썩어 넘치는 건지……."

황당하고 어이없다.

하지만 어쩌겠는가!

이미 돈까지 다 쓴 마당에 달랑 열 명만 이끌고 소박하게 해적 토벌이란 명분의 나들이를 나갈 수도 없는 노릇이다.

물론 이현이 간저의 성의를 생각할 만큼 깊은 마음을 갖고 있는 사람은 아니다.

'많으면 시켜 먹을 놈도 많고 편할 줄 알았는데…….'

분명 의혈단과 적조를 모두 이끌고 가니 시켜 먹을 놈도 많았고, 길가는 중간중간 알아서 산채 털고 암흑가 털어 가며 돈이며 술이며 족족 가져다 바쳤었다.

문제는 배 위에 올라탄 순간부터였다.

어디 써먹을 놈이 없다.

약속이라도 한 듯 토를 해 대고, 약속이라도 한 듯 '우웩!'거리며 합창을 해 댄다.

시큼한 냄새에 머리가 지끈거릴 정도다.

'그래도 적응되면 괜찮겠지.'

뭐 불만이 없는 건 아니지만 참기로 했다.

하루 이틀 지나고 적응되면 더 이상 강바닥에 대고 물고기 먹이 주는 짓은 안 할 테니까.

진짜 문제는…….

첨벙!

의혈단과 적조의 경쟁적인 먹이 주기 때문인지 몰려든 물고기 중 하나가 수면 위로 튀어 올랐다가 다시 들어갔다.

강 위에 작은 파문이 일었다가 사라진 것도 그 순간이다.

그리고.

"우와! 저기 봐! 물고기가 이만해!"

청화가 해맑게 웃으며 강 위를 가리켰다.

비위가 좋은 건지, 아니면 그냥 둔한 건지 사방 천지에 시큼한 위산 냄새가 진동하고 토악질을 해 대는 시커먼 남정네들이 즐비한 이곳에서 청화만 유일하게 즐거워 보였다.

누가 보면 뱃놀이라도 나온 줄 착각할 정도다.

이현의 얼굴이 구겨진 것도 그와 동시다.

"넌 대체 또 왜 따라왔냐?"

이현의 의문.

그리고 불만.

그 최대 원인은 청화였다. 겨우겨우 무당과 혜광의 손아귀에서 벗어났다는 즐거움도 잠시다.

청화가 따라붙었다.

"나? 사숙이 같이 가라고 하시던데? 허튼짓하는지 안 하는지 감시하래!"

그것도 당당히!

"나 수적 토벌 하러 왔거든?"

"응! 나도 알아! 이번엔 물고기 많이 먹겠다. 그치?"

대책 없이 해맑은 청화의 대답에 이현은 가슴이 답답해져 왔다.

놀러 나온 것도 아니고…… 아니, 놀러는 나왔지만 그래도 명목상으로는 수적 토벌이다.

그런데 어린 청화를 감시자랍시고 혜광이 붙여 버렸다. 청화와 동행해야 한다는 사실이 이현에게 반가울 리 없었다.

더욱이 청화는 이현도 함부로 대할 수 없는 상대다. 한소리 했다가 혜광에게 일러바치기라도 하는 날에는 곡소리 나는 건 이현이다.

겨우 얻은 자유에서 졸지에 상전 하나를 모시게 생겼다.

"썩을! 물고기는 개뿔!"

이현은 입술을 삐죽거렸다.

살신성인의 정신으로 물고기를 향한 식량 환원에 열중하는 적조와 의혈단도.

혹처럼 따라붙어서는 물고기 먹을 생각에 정신 팔린 청화도.

무엇 하나 마음에 드는 것이 없다.

"아, 다 때려 부수고 싶다!"

이현은 가슴속 깊은 진심을 넋두리 삼아 투덜거렸다.

그때.

"수, 수적이다!"

느닷없이 선원들의 입에서 터진 고함.

그 말처럼.

강 저편에 저마다 다른 붉은 깃발을 매단 배 일곱 척이 눈에 보였다.

후미에 선 가장 큰 선체를 제외하곤 모두 선폭(船幅)이 좁은 고속정이다.

교방채(喬榜砦). 격수채(擊水砦). 혈선채(血腺砦).

각각의 배에 매단 붉은 깃발의 글자가 이현의 눈에 들어왔다.

그리고.

"머리에 피도 안 마른 것이 겁도 없이 우리 수채를 토벌하겠다고? 요행으로 천마 하나 죽였다고 이제 눈에 뵈는 것이 없구나! 교방혈쇄 모산발이 직접 장강의 무서움을 보여 줄 것이다!"

제일 후미 가장 큰 선체에서 누군가 소리쳤다.

안력을 돋우니 보인다.

온몸에 치렁치렁한 쇠사슬을 두른 사내 하나가 선수 난간에 발 하나를 올려 넣고 소리치는 모습이.

자신만만한 모습이다.

씨익.

그 모습에 이현의 입가에 웃음이 맴돌았다.

"이렇게 반가울 수가!"

울고 싶은데 때마침 뺨 때려 주겠다는 놈이 나타났으니 이보다 반가울 수는 없었다.

물론.

"뒈지고 싶다는데 죽여 줘야지!"

물론 이현은 울고 싶은 생각은 전혀 없었다.

뺨 때리는 건 이현이고, 뺨 맞고 눈물 줄줄 흘려야 할 건 눈앞에 나타난 반가운 수적들이었다.

第五章

　수적과 산적은 사이가 좋지 못하다.

　아니, 견원지간과 같다. 산적들의 수적들에 대한 혐오는 흑도 파락호들에 향하는 시선보다 강하다.

　"흥! 물 밖에선 뭣도 아닌 등신들이!"

　그건 수적들도 마찬가지다.

　"산 구석에 처박혀서 풀뿌리나 뜯어 먹고 사는 촌놈들이 겁이 없구나!"

　산적이 수적을 싫어하는 것만큼이나 수적도 산적을 혐오 했다.

　그리고.

그와 비슷한 동종 업계가 하나 더 있었다.

"하! 그 옆에 말똥 냄새나는 건 뭐냐? 변방에서 말이나 몰던 오랑캐 놈들이 어딜 감히 장강 물을 더럽히느냐!"

마적이다.

마적들을 향한 수적들의 반감은 산적들을 대하는 것과 전혀 다를 바가 없었다.

어쨌든.

수적, 마적, 산적.

이 적자 붙은 대표적인 직업군들은 서로를 향해 강렬한 적대감과 경쟁심을 가지고 있는 것은 확실했다.

그들 모두가 약탈을 기반으로 하기 때문인지.

서로가 가진 오래된 역사에서 근원한 경쟁심인지.

그것도 아니면 각 세력이 어느 한 곳 앞서는 곳 없이 비등해서인지.

이유는 모른다.

중요한 건 서로 얼굴 보기 싫어한다는 점이다.

그리고 그 셋이 오늘 강 위에서 만났다.

더구나 그들은 입만 열면 욕이 팔 할인 직업군에 속한 이들이다.

제법 먼 거리를 떨어져 있건만 얼굴을 보기 무섭게 온갖 욕과 비난이 난무한다.

"눈물 나는 동족 혐오군."

이현은 이 웃기지도 않는 상황에 짧게 감상을 내뱉었다.

어찌 되었든 적이 나타났다.

개개인의 숫자는 어떻게 될지 몰라도 일단 배의 숫자는 수적 쪽이 앞선다.

세 개의 수채가 연합해서 나섰으니 당연한 일이다.

더욱이 이쪽은 여객선인 데 비해 상대는 전투와 약탈에 적합한 쾌속선이다.

"그런데 안 싸우나?"

무슨 할 말이 그렇게 많은지 딱 서로 얼굴이 보일 만한 거리만 유지한 채 말싸움만 하고 있다.

이쪽에서 다가가려 하면 저쪽에서 거리를 벌린다.

차라리 속 시원하게 치고받고 싸웠으면 좋겠지만, 유치한 말싸움만 계속하고 있으니 따분해 한숨만 나올 지경이다.

그때였다.

"하하핫! 네놈이 그 이현이란 놈이구나! 천마 하나 죽였다고 세상 무서운 줄 모르고 천둥벌거숭이처럼 날뛰었다지?"

수적 측에서 누군가 이현을 지목했다.

나름 신선한 느낌이었다.

계속 수적과 산적, 덤으로 마적들끼리 서로를 향해 비난만 쏟아 내다가 자신이 지목당하니 느낌이 새롭다.

"저놈이군! 탄광 노역하다 탈출한 것 같이 생긴 놈!"

아까 뱃머리에서 소리쳐 대던 그 쇠사슬의 사내였다.

커다란 덩치에 남산처럼 솟은 배를 자랑하는 그는 온몸에 쇠사슬을 치렁치렁 휘감고 있었다.

이현의 감상처럼 그 꼴이 꼭 탄광 노역하다 도망쳐 나온 죄인의 모습이다.

"하하핫! 이 장강에서는 천마도 두렵지 않다! 고작 너 같은 풋내기 애송이에게 우리 장강의 용사들이 겁먹을 줄 알았느냐! 형제들이여! 저 겁대가리 없는 샌님에게 장강의 법도를 보여주자꾸나!"

자신만만하게 소리쳤다.

그리고.

"옛!"

그것이 신호였다.

수적 측의 움직임이 급변했다. 멀리서도 일사불란하게 움직이는 모습들이 한눈에 들어왔다.

그리고.

"쏴라!"

화살 비가 쏟아졌다.

모산발은 교방채의 채주이자, 장강십팔채의 일원이다. 그의 일생은 장강과 함께했다. 장강에서 태어났고, 장강에서 살아남았다. 그리고 장강에서 강해졌다.

위기도 있었고, 고난과 역경도 있었다. 실패와 좌절도 장강과 함께했다.

그렇게 보낸 세월이 어느덧 쉰에 가깝다.

무공을 익히지 못했다면 이제는 물질에서 은퇴를 생각해야 할 나이다. 그러나 그는 여전히 정정했고, 그의 몸은 어느 장정들보다 굳건했다.

그리고.

그런 그이기에 장강은 가장 믿을 수 있는 동료이자 버팀목이며 확실한 무기였다.

천마를 죽이고 한창 주가를 올리는 이현이 수적을 토벌하려 한다는 소식을 접했을 때도 두려워하지 않았던 것도 그 때문이다.

뭍에서의 싸움과 장강에서의 싸움은 다르다.

고수도 사람이다.

뭍은 대지를 딛고 싸우지만, 장강은 갑판을 딛고 싸운다.

딛고 선 자리의 차이는 컸다.

쏴쏴쏴솨!

모산발의 명령에 연합한 격수채와 혈수채의 수적들까지

일사불란하게 움직이며 화살을 쏘아 댔다.

강 위의 싸움은 이런 식이다.

갑판 위에서의 백병전은 확실한 전력의 우위가 전제되어야 한다.

비등한 전력, 혹은 그 이상의 전력을 가진 상대를 만난다면.

거리를 벌려야 한다.

강을 사이에 두고 화살을 날려 적을 무력화시키면 그만이다.

사람은 물을 건널 수 없다.

인간의 한계를 벗어난 천마와 같은 고수는 가능하다.

일위도강(一葦渡江), 등평도수(登萍渡水), 능공허도(凌空虛道)가 그것이다.

신법이 경지에 달해 달마가 나뭇가지 하나로 강을 건넜다는 일위도강. 수면을 평지처럼 밟고 내달릴 수 있다는 등평도수. 허공을 내달릴 수 있는 경지에 이르러야 비로소 펼칠 수 있다는 능공허도.

하나같이 전설로 회자 되는 절세의 신법들이라면.

얼마든지 가능하다.

이현도 가능할지 모른다.

그러나 걱정할 것 없다.

고수 또한 사람이니까.

베이고 찔리면 피 흘리고 죽을 수밖에 없는 육체를 가진!

물 위에서 내달리는 속도가 땅 위와 같을 수는 없는 법이고, 물 위에서 움직이는 몸놀림이 땅 위와 같을 수는 없다.

둔화된다. 느려진다.

그마저도 공력의 한계란 제약이 붙는다.

쾌속정을 운영하는 수적들이 거리를 벌리고 화살로 견제한다면 결국 화살을 피하지 못하고 죽거나, 공력이 떨어져 물귀신이 되어 버리고 만다.

그러니 모산발의 입장에선 오히려 이현이 참지 못하고 달려드는 쪽이 처리하기 쉬운 일이었다.

"피해라!"

"엄폐물을 이용해!"

벌써 이현 측의 뱃전에서는 난리가 났다.

날아오는 화살을 피하려고 뛰어다니고, 화살을 막기 위해 엄폐물 뒤로 몸을 숨기기게 급급하다.

"생각보다 대응이 좋습니다."

그런 이현 측의 대응에 격수채주가 다가와 말을 건넸다.

모산발은 고개를 끄덕였다.

"그렇소. 제 한 몸 보신하는 데에는 도가 튼 놈들인 듯하오."

기습적인 화살 공격이었다.

그러나 소득은 높지 않다. 엄폐물 뒤로 몸을 숨기는 동작은 재빨랐다. 기껏해야 상처를 입히는 것은 전부다.

"어차피 크게 기대하지 않았지 않소!"

그럼에도 모산발은 실망하지 않았다.

그토록 자신 있어 하면서도 그는 혼자가 아닌 두 수채와 연합을 꾀한 데는 그만한 이유가 있었다.

화살은 적을 움츠리게 하는 것이면 충분했다.

"그럼 부탁하겠소!"

본격적인 공격은 이제부터다.

"맡겨만 주십시오!"

격수채주가 고개를 끄덕이며 전면에 나섰다.

"흡!"

크게 숨을 들이켜며 팔을 당기자 그의 근육이 팽팽하게 부풀어 올랐다. 그의 오른손에 쥐어진 것은 묵 빛의 커다란 작살이었다.

그리고.

그와 같은 광경이 선두 열의 갑판에서도 벌어지고 있었다.

자로 잰 듯한 동일한 움직임.

그리고.

"흡!"

팽팽하게 당겨진 활시위가 쏘아지듯이 격수채주의 젖혀졌던 오른팔이 크게 반원을 그렸다.

그리고.

쿵! 쿠쿠쿵!

"뭐, 뭐야!"

"피, 피해라!"

이현 측에서 소란이 일어났다.

큰 충격에 여객선이 휘청거릴 정도다. 화살을 막아주던 엄폐물은 격수채주와 그의 수하들이 쏘아 보낸 작살에 의해 꿰뚫리고 있었다.

그것은 선체도 마찬가지다.

작살이 선체 외부를 뚫고 안으로 깊숙이 박힌다.

그뿐만이 아니다.

"하하핫! 쏘아라!"

이현 측에서 일어난 혼란에 대소를 터트리는 모산발의 명령에 그가 선 기함에서 거대한 쇠뇌가 쏘아졌다.

보통의 쇠뇌를 훌쩍 넘는 크기.

그 크기만큼이나 파괴력도 뛰어났다.

작살이 엄폐물을 꿰뚫고 들어왔다면, 기함에서 쏘아 보낸 세뇌는 선체를 부수며 틀어가 박혔다.

당장이라도 침몰시킬 기세다.

그리고.

펄럭!

동시에 기함에서 깃발이 올라갔다.

촤확!

약속된 신호다.

모산발의 기함에 함께하고 있는 채주는 격수채주 뿐이다. 나머지 혈선채의 채주는 다른 곳에 있었다.

지금 바로 움직이기 시작한 두 개의 쾌속정 중 한 곳이다.

"속도를 높인다! 물길을 타라! 노를 저어라!"

혈선채주의 독려에 힘입어 그를 태운 배는 빠르게 물길을 가르고 나아갔다.

이현이 탄 배를 돌아 좌우로 갈라져 스치듯 지나갔다.

이현 옆에서는 나머지 배에서 쏘아지는 화살과, 작살. 그리고 쇠뇌의 공격에 스치듯 지나가는 쾌속정을 보고도 아무런 대응을 할 수 없는 상황이다.

그사이.

"걸어라!"

철 삯으로 연결된 갈고리가 선체 난간에 걸렸다. 하나가 아니다. 동시에 십여 개가 넘는 갈고리가 한쪽 선체 난간을 단단히 걸어 왔다.

"저어라!"

그리고.

"어어엇!"

배가 휘청거린다.

강하게 노를 젓는 속도를 높이는 쾌속정의 힘에 이현이
탄 배는 중심을 잃고 쓰러질 듯 기울었다.

모든 것이 계획대로다.

이대로 수장시키면 그만이다. 어렵지 않게 상대를 물귀신
으로 만들어 버릴 수 있다.

"하하핫! 보았느냐! 이것이 우리 장강 영웅들의 힘이다!
세상 물정 모르고 덤빈 네 어리석음을 탓하거라!"

득의 만만한 모산발이 웃음을 터트렸다.

모든 것이 계획대로 흘러가는 상황에 이미 승기는 넘어온
것이나 다름없다고 여긴 탓이다.

"이제 누구도 감히 장강을……읍!"

그때였다.

정면으로 무언가 빠르게 날아들었다.

모산발이 급히 움직였다.

촤릉!

팔을 떨치자 그의 몸에 감긴 쇠사슬이 한 마리 교룡처럼
꿈틀거리며 앞으로 쏘아져 나갔다.

교룡쇄(交龍鎖)!

그를 장강십팔채의 일원으로 올라서게 한 무공.

그의 움직임은 빨랐고, 그의 손에 의해 꿈틀거리는 사슬에는 무형의 기운이 어려 있었다.

작정하고 휘두르면 소형 선박 하나쯤은 통째로 뜯어 버릴 만한 힘이다.

하지만.

차르르릉!

"큭!"

모산발의 입에서 나온 것은 신음이었다.

사슬이 출렁이고 그 충격이 모산발의 손으로 전해졌다. 손에서 어깨로, 어깨에서 허리로 타고 내려간 충격이 무릎을 지나 발바닥으로 고스란히 전해졌다.

무지막지한 괴력이다.

"무, 무슨 힘이!"

어느새 정신을 차려보니 모산발은 세 발자국이나 뒷걸음질 처져 있었다.

갑판에는 모산발이 남긴 족적이 반 치나 되는 깊이로 새겨져 있었다.

그리고.

퍽!

등 뒤로 들려오는 둔탁한 소리.

모산발을 향해 날아오던 무언가다. 원래의 계획이었다면 사슬로 멀리 쳐 내 버렸을 것이었지만, 그 힘을 이기지 못하고 빗겨 나가게 한 것이 전부다.

그 충격으로 모산발의 긴 사슬 끝 고리가 일부 부서져 바닥을 뒹굴고 있었다.

"도?"

모산발을 향해 날아왔던 그것.

그 정체는 도였다.

어지간한 장정은 감히 한 손에 들어 올리기도 버거울 크기를 가진 거대하고 둔탁해 보이는 거도.

그 거도가 이 긴 거리를 격하고 날아온 것도 모자라, 모산발을 물러서게 만들었던 것이다.

그리고.

쒜에엑!

모산발이 등 뒤로 내리박힌 거도를 확인하고 아연실색하는 사이 파공성이 울렸다.

하나가 아니다. 여러 개다.

그리고 먼 곳에서부터 시작된 파공성이다.

본능적인 위기를 직감한 모산발의 고개가 휙 돌아갔다.

화살 비가 내린다.

이번엔 이현의 배 위가 아닌 모산발의 배 위로 쏟아져 내리는 화살 비다.

"뭐 이런……!"

일방적으로 몰아치던 상황에서 시작된 뜻밖의 반격.

거기다 날아오는 화살의 양도 기세도 만만치가 않았다.

모산발은 머리 위로 쏟아지는 화살을 바라보며 눈을 부릅떴다.

*　　　*　　　*

"어쭈? 막았어? 저게 저렇게 쓰는 거였어?"

수적들의 맹공에도 아랑곳하지 않고 선수에 서서 상황을 지켜보던 이현은 순수하게 감탄했다.

자신이 내던진 거도를 빗겨 낸 모산발을 향한 감탄이었다.

전력을 다하고 던진 건 아니다.

그래도 이 정도면 맞고 죽겠거니 예상하고 던진 것이다.

그런데 그것을 막아 냈다.

심지어 이현의 거도를 빗겨 세운 것이 모산발이 치렁치렁 휘감고 있던 쇠사슬이란 데 있어서 놀람은 더욱 컸다.

그의 몸을 휘감은 쇠사슬이 단순히 광산 노역 죄인이나 흉내 내기 위함이 아님은 확실히 깨달았다.

독특한 방식이다.

한편으로는 이해도 갔다.

"역시 수적이란 건가?"

환경에 따라 무기도, 무공도 발전 방향이 바뀌기 마련이다.

산적들이 중병기를 애용하고, 활을 부가적인 요소로 활용하는 것도 그 때문이다.

한곳에 정착해 통행세를 받는 환경상 중병기의 무거움은 큰 단점이 아니다. 오히려 그 육중함 덕분에 위압감을 조성하고, 더욱 쉽게 강한 힘을 발휘할 수 있으니 장점이 된다.

활은 적을 견제하고, 사냥감을 잡는 정도인 것도 그 때문이다.

익히기도 어렵거니와 산속에서 고수를 상대하는데 활은 그리 유용한 병기가 아니다. 산은 고수에게 몸을 숨길 수 있는 엄폐물이 지천으로 널려 있는 곳이고, 고수의 신법은 순식간에 활의 이점인 거리를 무력화시키는 무기였으니까.

반면 수적들은 다르다.

수적들에게 있어 활은 필수 무기다. 배를 접하고 백병전에 들어가기 전 상대의 전력을 파괴하는 데에 활을 따라갈 무기는 흔치 않다.

강 위. 배 위라는 환경이 활이 가진 거리라는 이점을 극대화시킨 것이다.

그렇다고 수적들이 먼 거리에서의 싸움에만 능한 것은 아니다.

수적들은 근접전에서도 특화되어 있었다.

장애물이 많고 좁고 흔들리는 배 위에서 싸워야 하는 수적들이다. 자연 백병전에서의 수적들 무기는 짧고 예리해야 하며, 가볍고 빨라야 한다.

초 장거리와 초 단거리의 싸움.

그 극단에 놓인 방식에 맞추어 무기를 발전시키고, 무공을 발전시켜 온 수적들이다.

그리고 모산발의 쇠사슬은 그 극과 극에 놓인 수적들의 싸움 방식에 맞추어 발전한 무기 일부다.

"길이의 이점을 마음대로 조절할 수 있다?"

사슬을 길게 휘두르면 배가 닿기도 전에 상대를 공격할 수 있다. 반대로 사슬을 짧게 두르면 그 자체로 방호구이자, 새로운 근접 무기가 된다.

흥미롭다.

하지만.

"뭐 특별할 건 없군!"

그렇다고 특별히 참신하다는 생각이 들진 않는다.

기형 병기일 뿐이다. 흔한 쇠사슬이니 참신할 것도 없다.

아니.

이현은 모산밭의 쇠사슬보다 더욱 특별하고 발전된 형식의 기형 병기를 알고 있었다.

야율한 때에 보았었다.

"그러고 보면 그년도 이쪽 직업군이었던 것 같은데?"

모산밭의 쇠사슬 덕분에 야율한이었을 때 지나쳤던 짧은 기억이 떠올랐다.

그렇게 이현이 야율한 때의 기억을 떠올리는 사이.

콕콕!

누군가 이현의 허리를 찔렀다.

"뭐해? 아까부터 혼자 중얼거리고?"

청화다.

쏟아지는 화살 비 속에서도 청화는 천하태평했다.

그도 그럴 것이 청화의 자리는 이현의 옆자리다. 머리 위에서 화살 비가 쏟아지든, 작살이 날아오든 상관없는 자리다.

어차피 이현이 다 막아 낼 테니까.

실제로도 그랬다. 이현은 상념에 빠져 있으면서도 날아오는 공격들을 여유롭게 쳐 내고 있었다.

실제로도 이현과 청화의 주위에는 부러진 화살과 작살이 가득했지만, 정작 이현과 청화에게선 자그마한 생채기 하나도 존재하지 않았다.

'아……! 어떻게 하나도 통과하는 것이 없냐?'

쏟아지는 화살 중 실수라도 하나만 놓쳤더라면.

그래서 청화가 다치기라도 한다면.

청화는 이번 수적 토벌에서 제외된다.

'아서라! 그랬다간 혜광 그 미친 노인네가 가만히 있겠어?'

물론, 청화가 다치는 날에는 혜광이 미쳐 날뛸 것이다. 어쩌면 무당산에서 뛰쳐나올지도 모른다.

양손엔 검강이 가득 맺힌 싸리 빗자루를 들고 말이다.

"쩝!"

약간. 아주 약간 아쉬웠다.

그 아쉬움에 아주 잠깐 입맛을 다셨다.

그런데.

"왜 자꾸 혼잣말을 하…… 뭐야? 너 방금 입맛 다셨지? 왜 그랬어? 뭐가 아쉬워?"

들켰다.

덩치는 쥐똥만 한 게 이럴 때는 또 귀신처럼 눈치가 빨랐다.

"뭐야! 왜 아쉬워하는데? 설마 내가 다쳤으면 해서 그런 거야? 아니지? 어? 너 눈은 왜 피해? 진짜야? 진짜였어? 응?"

집요하고 끈질긴 추궁.

날아오는 화살보다 빠르게 날아오는 질문 세례.

그렇다고 차마 그렇다고는 말 못 한다.

'그랬다가는 그 영감탱이가 또 무슨 미친 짓을 할 줄 알고!'

청화가 일러바치면 혜광이 나설 것이다.

어쩌면 무당산에서 뛰쳐나올지도 몰랐다. 양손에 검강으로 가득 맺힌 싸리 빗자루를 들고!

눈을 피했다.

"아, 아니? 아닌데? 그런 생각한 적 없는데?"

"그런데 왜 말은 더듬어?"

마음에도 없는 거짓말로 넘어가려고 해도 청화는 쉽게 넘어갈 생각이 없는 듯했다.

새초롬하게 뜬 눈으로 노려보는 꼴이 기어이 진실을 듣겠다는 의지가 확고했다.

때론 진실이 모든 사람을 피 보게 만든다.

청화는 마음의 상처를 받을 것이고, 이현은 혜광에 의해 몸의 상처를 받을 것이다. 아니, 어쩌면 진짜 죽을지도 모른다.

'절대 말하면 안 된다!'

이현은 모두를 위해 진실을 묻어 두기로 했다.

이제 어떻게 진실을 묻어 둘 것인가다.

이현은 기본적으로 거짓말이 익숙지 않은 인간이고, 청화는 기본적으로 눈치 빠른 꼬맹이다.

어설픈 거짓말은 통하지 않는다.

'지가 그래 봐야 쥐똥이지!'

그래도 크게 걱정하지는 않았다.

청화는 눈치 빠른 꼬맹이. 눈치 빠르다는 단서만 뺀다면 결국 꼬맹이다.

꼬맹이는 자고로.

"내가 너희 방패막이냐? 왜 내 뒤에 숨어 있어! 덩치도 산만 한 것들이!"

즉흥적이다.

새로운 화젯거리로 넘어가 버리면, 전에 있었던 일들은 까먹기 마련이다.

그가 처음 이현의 몸에 들어와 참회동을 박살 냈을 때. 태극혜검으로 청화의 관심을 돌려 위기를 모면할 수 있지 않았던가.

경험은 이래서 중요한 법이다.

청화의 관심사를 돌리기 위해 이현이 선택한 희생양을 찾았다.

역시나 희생양은 정만과 옥분이었다.

둘은 청화와 함께 이 위급 상황에서도 느긋한 모습을 하고 있었다.

청화가 이현의 옆에 서서 화살을 피했다면, 정만과 옥분은 이현의 뒤편에 숨어 쏟아지는 화살 비를 피했다.

일단 명분은 있다.

다만.

"굳이 여러 사람 힘들 필요는 없지 않습니까?"

옥분은 뻔뻔했고.

"우웩! 죄, 죄송합니다. 그, 그러려고 그런 건 아니오라 제가 사정이 우웩!"

정만은 여전히 내용물을 게워 내기 바빴다.

한 놈은 뺀질거려서 짜증 나고, 한 놈은 한심해서 짜증 난다.

'확 이것들부터 족쳐?'

마음 같아서야 수적이고 나발이고 간에 이 짜증 나는 두 인간부터 족치고 싶은 마음이 굴뚝 같았다.

하려면 얼마든지 할 수 있었다.

그만한 힘과 능력은 이미 애저녁에 갖추고 있었다. 그러니 그리 어려운 일도 아니다.

다만.

"어? 너 말 돌리는 거지? 아까 왜 입맛 다셨느냐니까? 대답 안 해 줄 거야?"

지금 급한 건 열심히 활질이나 해 대는 수적 놈들도 아니고, 짜증 나는 두 인간도 아니라는 점이다.

급한 건 아직도 진실 탐구를 포기하지 않은 청화였다.

그러니 일단 넘어가야 한다.

"언제까지 이러고 있을 거냐? 저쪽은 이제 보여 줄 건 다 보여 준 것 같은데 우리도 이제 움직여야지? 안 그래? 뒤지기 싫으면!"

옥분이 고개를 끄덕였다.

"예. 보아하니 준비한 건 이게 전부인 듯합니다. 예상한 범위 안이군요. 곧 준비하도록 하겠습니다."

수적과의 싸움.

산적과 마적이 주류를 이루는 이현 측에서는 물 위에서 싸움이란 전혀 다른 환경에서의 싸움을 의미했다.

그리고 그 말인즉슨.

달라진 환경만큼이나 달라진 싸움 방식에 대한 대비도 갖추어야 한다는 말과 같다.

그 대비를 준비한 이가 옥분이다.

다행히 수적들의 싸움 방식에 대한 정보는 충분했다.

산적이나 수적들이 약탈한 노획물은 그들이 직접 처리하지 않는다. 수적들은 뭍 위로 나오기를 꺼리고, 산적들도 자신들의 본거지를 벗어나길 원하지 않는다.

그들이 노획한 장물을 처리하는 건 흑점이나 하오문과 같은 암흑가 출신들이다.

그리고.

의혈단에는 그 암흑가 출신들도 많다.

지부장급 인사들이 수두룩하게 쌓여 잉여 인력 취급당하고 있는 것이다.

정보는 거기서 얻는 것으로도 충분했다.

지금 수적들의 일방적인 공세도 그저 그들의 공격 방식을 보기 위한 확인절차였을 뿐이다.

예상 범위 안이다.

나올 것은 다 나왔으니 이제 준비한 대응을 시작해야 할 때였다.

"모두 반격 준비하십시오!"

옥분의 외침에 우왕좌왕하며 쏟아지는 화살 비를 피하던 마적들의 분위기가 바뀌었다.

엄폐물 뒤에 몸을 숨기고 자세를 낮춘다.

그리고.

"쏘십시오!"

옥분의 명령에 따라 활을 쏘아 대기 시작했다.

산적에게 활은 보조적인 수단이었을지 모른다. 하지만 마적들에게 활은 수적들과 다를 바 없이 중요한 주력 무기 중

하나다.

또한.

그들은 달리는 말 위에서도 활을 쏘아 낼 수 있는 명사수들이다.

달리는 말 위에서 화살을 쏘는 일에 비하면 흔들리는 배 위에서 화살을 쏘는 일은 어려운 일도 아니다.

쏘아진 화살의 위력은 수적들보다 강했고, 정확도는 수적들보다 높았다.

벌써 예상치 못한 반격에 수적들의 움직임이 둔해졌다.

그리고 이제 준비한 다음을 시작해야 할 때다.

다음을 담당한 건 정만이다.

"언제까지 토하고만 있을 거냐? 일 안 해?"

아직도 분위기 파악 못 하고 토악질에만 정신 팔려 있는 정만을 움직인 건 역시나 이현이었다.

이현의 눈총 한 번에 정만은 폭포수처럼 토사물을 쏟아 내면서도 명령을 내렸다.

"예. 옙! 해야지요! 일! 애들아 움직이…… 우에웩!"

그리고.

의혈단이 움직이기 시작했다.

"우웨웨엑!"

산적출신 아니랄까 봐 건장한 장정들이 토악질을 해 대는 와중에도 바삐 갑판 아래를 오르내린다. 그리고 그들의 양팔에 가득 들린 것은 무거운 짐 덩어리나 병장기 꾸러미들이다.

통상적으로 배는 하중을 아래에 집중한다. 상선에서 물건을 선체 아래에서부터 싣는 이유도 하중을 아래에 두기 위함이다.

그래야만 급류를 만나도 선박이 뒤집어지는 불상사를 면할 수 있다.

그러나 이번엔 반대로다.

어차피 선체의 무게 중심은 기울었다. 갈고리를 걸고 다니고 있는 수적 때문이다.

그렇다면.

반대로 무게 중심을 상부로, 그리고 수적들이 당기는 반대편으로 두면 된다.

아무리 신속한 기동력을 가진 쾌속선이라 해도 이렇게 갈고리가 서로 연결된 이상 움직임에 제약이 생길 수밖에 없다.

무게 중심을 한번 옮겨 놓고 나면 더 이상 배가 기울 이유도 없다.

실제로도 당장이라도 뒤집어질 듯 기울었던 배가 원래의 균형을 되찾아 가고 있었다.

안정을 찾았으니 이제 의혈단도 반격을 시작해야 할 때였다.

"당겨!"

정만이 소리쳤다.

그러자 의혈단이 모두 동원되었다. 선체 난간에 걸린 갈고리와 철삭을 잡고 당기기 시작한다.

장정들이, 그것도 무공을 익힌 무인이 당기는 힘이다.

연결된 수적들의 쾌속선이 빠른 속도로 가까워지기 시작했다.

어차피 이현 측이 저들과 끝장을 내기 위해서는 백병전이 최고의 수단이었다.

그리고.

"이조! 삼조! 엄호하십시오!"

수적들로서는 피해야 할 일이었다.

아무리 갑판 위에서 벌어지는 백병전이지만, 산적이 주류를 이루는 의혈단이다. 갑판 위에서 펼쳐질 백병전은 그들에게도 큰 위험 부담이 따르는 일이다.

당연히 견제가 생길 수밖에 없고, 그 견제를 막는 것이 적조를 중심으로 한 마적들이었다.

뛰어난 사격 솜씨를 기반으로 한 마적들의 응사에 수적들의 견제도 무뎌질 수밖에 없었다.

말은 길었지만 짧은 시간 동안 이루어진 약속된 움직임이다.

일이 순조롭게 풀려 간다.

물론, 아직까진 안심할 순 없다.

의혈단과 마적들은 배 위에서의 백병전이 처음이었고, 수적 중에서도 고수는 있을 수 있었으니까.

무엇보다.

"그러니까 왜 입맛 다셨느냐고!"

청화가 아직 포기하지 않았다.

끈질기게 이현이 다신 입맛 다심 속에 숨겨진 진실을 추궁하고 있다.

이럴 땐 피하는 게 상책이다.

"옥분! 쥐똥 잘 지켜라!"

짧게 옥분에게 청화의 호위를 부탁했다.

'어차피 이걸로 저놈이 할 일은 끝났으니까.'

이번 작전에서 적조를 위시한 마적들의 역할은 화살을 이용한 엄호와 지원사격이 전부다.

근접전에 능한 일부만 의혈단과 함께 백병전에 투입되기로 이미 이야기가 끝난 상태다. 물론, 옥분이 이끄는 적조도 지원사격 정도의 역할만 담당하기로 했다.

수적 토벌 와중에도 옥분은 적조와 자신이 이끄는 마적들의 전력을 최대한 보존하는 쪽으로 전략을 구상한 것이다.

아직까지 의혈단과의 경쟁심이 남아 있는 상황에서 머릿수에서 밀리는 옥분은 영악하게도, 혹은 약삭빠르게도 나름의 머리를 굴린 것이다.

어찌 되었든.

덕분에 편해졌다.

옥분이라면 쏟아지는 화살 비는 물론, 어지간한 상황에서도 청화는 털끝 하나 안 다치게 할 수 있는 인간이다.

그리고.

"어엇! 야! 아직 대답 안 했거든?"

몸을 날렸다.

선수 난간을 밟고 강물 위로 뛰어들 듯 날아올랐다.

청화의 집요한 목소리가 등 뒤에서 들려왔지만, 깔끔하게 못 들은 척해 주었다.

"그보다…… 어떤 놈을 털어야 할까?"

기분도 더러운 참에 먼저 싸움까지 걸어 주니 잘된 일이다. 더구나 지금은 청화의 추궁을 피할 수 있는 좋은 핑곗거리기도 했다.

그러니.

제대로 뒤집어 줘야 했다.

별 도움도 안 되는 어지간한 피라미 몇 잡아 죽인다고 전부가 아니다.

때려달라고 덤볐으니 확실하게 때려 줘야 하는 것이 예의다. 더구나 그래야 청화의 추궁을 피한 확실한 핑곗거리도 된다.

아군의 피해를 최소화하기 위해 움직였다는데 나중에 청화가 무어라 하겠는가.

어쨌든.

나중에 핑곗거리를 위해서라도, 당장의 짜증을 풀기 위해서라도 굵직한 놈을 잡아 족쳐야 했다.

고민은 길었지만, 결과는 하나다.

"뭐든 대가리부터 잡아 족치는 게 싸움의 정석이지!"

대가리를 잡아 족친다.

명분도, 실리도 완벽하다. 심지어 모산발이 워낙 처음부터 나댄 탓에 수적들의 우두머리가 누구인지는 이미 알고 있었다.

목표도 확실하다.

잡아 족치지 않아야 할 어떤 이유도 없다.

그러니 망설일 필요도 없다.

그러는 사이.

찰랑!

날아올랐던 이현의 신형이 수면에 닿았다.

이현의 발끝과 마주한 수면이 작은 파문을 만들며 동심원을 그리며 번져나갔다.

그리고.

펑!

곧이어 새하얀 포말이 피어 올랐다.

"어어엇!"

동시에 수적 측에서 놀란 음성이 터져 나온다.

"드, 등평도수!"

수면을 평지처럼 밟고 달린다는 신법의 경지.

등평도수.

그 말 그대로 물 위를 달렸다.

수면 위로 발이 닿을 때마다 폭약이라 터지는 듯한 굉음과 함께 새하얀 포말이 일어나 솟구쳤다. 그러나 가라앉지 않는다.

아니, 오히려 평지를 달리듯 자연스럽다.

그리고 점점 더 속도를 붙이고 있었다.

"이현이다! 무당잠룡이 등평도수를 펼친다."

"저자를 쏴라!"

예상은 했을 것이다. 하지만 예상이 실제가 되는 것은 별개의 문제다.

이현이 칼을 빼 들어 공격한 것도 아니고, 그저 물 위를 달리는 것뿐이었지만 그것만으로도 수적들의 가슴엔 이미 동요가 일어나고 있었다.

이 등평도수 하나로 이현에 대한 소문이 모두 사실임이 입증된 것이나 다름없어졌으니까.

"난리 났군!"

이현은 수적들의 반응에 짧은 감상을 내뱉었다.

"하긴, 등평도수가 별거야?"

정확히 말하면 등평도수는 아니다. 등평도수는 지금처럼 꿍음을 만들어 내지도 물기둥이 치솟게 하지도 않는다.

보다 조용하고 보다 유려하다.

공력이다.

장력을 쏘듯 발바닥의 용천혈로 공력을 뿜어냈다. 그 힘으로 반발을 만들고, 그 자체로 이현이 달릴 힘을 받을 수 있는 가상의 지지대가 완성된다.

무식한 방법이다.

공력의 소모도 훨씬 많다.

그렇다고 등평도수를 펼치지 못할 정도도 아니다.

그럼에도 이현이 이 무식하고 효율성 없는 짓을 벌이는 이유는.

"빠, 빠르다!"

"어서 배를 물려라!"

"화살을 집중해라!"

공력의 낭비를 감안하고도 얻을 것이 있었기 때문이다.

"웃차!"

이현은 사선에서 날아온 화살을 허리를 비틀어 피하며 생각을 정리했다.

'이쯤이면 화살받이 역할은 충분할 것 같군!'

마적들이 활에 능하다 해도, 그 숫자는 수적들에 미치지 못한다.

아무리 엄호사격을 하고 대응사격을 한다고 해도, 수적들의 화살 공격을 모두 저지할 수는 없다.

그럴 바에야 차라리 이현이 화살받이가 되는 편이 낫다.

무엇보다도.

'나는 등평도수를 펼치는 것이 아니니까!'

이현은 다시 한 번 달리던 방향을 바꾸어 집중되는 화살을 피해 냈다.

용천혈로 장력을 내뿜듯 공력을 내뿜는 것은.

막대한 내공의 소모를 동반한다.

하지만.

그만큼 빠르다. 또한, 방향 전환도 비교적 자유롭다.

이현은 그 이점을 이용해 자신에게 화살을 집중시켰고, 또 그 화살들을 피해 냈다.

"흐아압!"

그때 기합성과 함께 무언가 날아들었다.

화살이 날아오는 속도에 비할 바가 아니다. 더욱이 가까워져 오는 소리의 기세도 만만치가 않다.

작살이다.

맹렬하게 회전하며 일직선으로 날아오는 작살에 실린 힘은 예사롭지 않았다.

'저놈이군!'

이현은 지금 날아오는 작살의 주인이 누구인지 한눈에 알아보았다.

격수채주.

모산발의 곁에서 처음 작살을 날렸던 자다.

이미 눈여겨보았던 자이기에 따로 고민할 필요는 없었다.

어찌 되었든.

"이렇게 해 주면 나야 고맙지!"

이현은 웃었다.

그리고.

쿵!

마치 평지를 밟듯 수면을 밟았다.

그 반발력을 발판으로 삼아 몸을 솟구쳤다. 그리고 검을 뻗었다.

카가가가강!

검 끝에 작살이 걸렸다. 맹렬하게 회전하는 힘이 검신을 강하게 두드렸다. 그러나 벗어나지 못한다. 맹렬한 회전에 작살의 자루까지 출렁거렸지만, 이현의 검에서 떨어지지 못한 채 오히려 회전하는 속도만 높아질 뿐이다.

그 모습이 마치 보이지 않는 그물에 걸려 요동치는 교룡과 같다.

그리고.

"돌려주지!"

이현이 허리를 비틀었다.

공중에 떠오른 상태로 허리를 비틀어 회전한다.

그리고.

쒜웩!

이현의 검 끝에 붙들렸던 작살이 떠났다.

"피, 피해라!"

은빛 꼬리를 길게 남기며 날아간 작살이 쾌속선의 허리에 틀어박혔다.

쿠궁!

묵직한 소리.

선고가 낮고 선폭이 좁은 쾌속선이 출렁이며 비명을 질렀다.

이윽고.

"구, 구멍이다! 물이 들어온다!"

수적들의 비명성이 터져 나왔다.

수적들의 가장 큰 무기는 물과 배다. 활과 다른 병장기는 그 무기가 밑바탕 되어야만 비로소 빛을 발하는 것들이다.

배에 구멍이 뚫렸다는 것은 수적들이 가진 가장 큰 무기 중 하나에 하자가 생겼음을 의미했다.

아니, 이대로 두면 졸지에 수장당할 판이다.

구멍이 뚫린 쾌속선에서 소란이 일어났다.

활을 쏘는 것도 잊고 서둘러 선체에 난 구멍을 막기 위해 안간힘을 쓴다.

이로써.

이현은 더욱 자유로워졌다.

"지금이다! 어서 쏴라! 저놈도 공중에 떠올랐으니 화살을 피할 수 없을 것이다!"

모산발의 외침과 함께 다시 화살이 날아들었다.

맞는 말이다.

수면과 허공은 천지 차이다. 수면은 작은 반발력이라도 있지만, 허공은 그런 것 자체가 없다. 괜히 경공의 최고봉을 허공답보나 능공허도로 꼽는 것이 아니다.

엄밀히 말하면 등평도수니 일위도강이니 하는 것은 허공

답보보다 한 단계 아래에 놓인 경지다.

그래도 해 놓은 일이 있어 날아오는 화살의 수는 전보다 많지 않았다.

그것만으로도 충분했다.

후웅!

한 번 검을 휘두르는 것만으로도 검풍이 일어났다. 검풍은 그 자체로 날아오는 화살을 막아 내는 방패가 되어 주었다.

여유롭다.

이현은 그 여유를 놓칠 만큼 어수룩하지 않았다.

적어도 싸움에서만큼은 그랬다.

마치 곡예를 하듯 곧장 신형을 뒤집었다.

핏!

몸을 뒤집는 이현의 발끝에 무언가 닿았다.

화살이다.

"어엇!"

"이, 이쪽으로 온다!"

아무것도 없는 허공에서.

이현은 날아오는 화살을 발판으로 삼았다.

그리고 쏘아지듯 날았다.

말 그대로다. 단 한 번의 도약으로 이현은 곧장 한 곳을 향해 비행하고 있었다.

"막아라!"

"절대 접근하게 해서는 안 돼!"

수적들의 아우성이 있었지만, 그뿐이다. 날아오는 화살도, 작살도 이현을 멈추게 할 수는 없었다.

그저 검 몇 번 휘둘러 막아 내면 그뿐이다.

그렇게.

"역시 사람은 땅을 밟고 살아야 해. 안 그래?"

이현이 가장 가까운 수적선 위에 착지했다.

"……."

의외로 조용했다.

이현의 신위에 기가 죽었는지, 아니면 워낙 당황스러운 상황인지라 할 말을 잃었는지도 모른다.

아니, 관심도 없었다.

반응이 어떻게 나오던 할 일만 하면 그만이다.

"수적이니까 물에 빠져 죽을 일은 없겠지? 아쉽게!"

대답이 돌아오지 않을 질문을 하고.

쿵!

진각을 밟았다.

갑판을 파고드는 깊은 족적이다.

그 충격에 배가 출렁였다.

그리고 높게 들어 올린 검을 갑판 깊숙이 꽂았다가 다시 뽑아냈다.

그뿐이다.

그저 강한 진각을 밟고 검을 꽂았다가 거두었을 뿐이다. 그 뒤 그냥 몸을 솟구쳐 돛대 꼭대기에 올라섰을 뿐이다.

그리고 훌쩍 몸을 날려 떠나 버렸다.

"뭐, 뭐지?"

"대체 왜 그냥 갔을까?"

등 뒤에서 수적들의 황당한 의문이 들려왔다.

그러나 그 수적들의 의문에 답을 돌려준 것은 이현이 아니었다.

그들이 타고 있던 배가 그 해답을 들려주었다.

"배, 배가 무너진다!"

"용골이 부서졌다!"

용골이다.

그저 검 한 번 꽂았다 뺀 그 동작은 수적들이 탄 배의 용골을 노린 행동이었다.

용골은 배의 중심.

척추와 같은 역할을 한다. 그 용골을 중심으로 좌우로 뻗어난 골격이 늑골 역할을 하고, 그 위로 배의 모습을 완성하기 위해 횡으로 나무판자를 덧대어 거죽을 만든다.

그것이 우리가 알고 있는 배다.

인간이 척추가 부러지면 제대로 설 수 없듯, 배도 용골이 부서지면 그 수명을 다한다.

더욱이 선폭이 좁은 수적들의 쾌속선같이 용골에 대한 의존도가 높은 선박이라면 두말할 나위 없다.

수적들과의 싸움이라면 이미 경험해 봤다.

"비록 한 번뿐인 경험이지만 충분하지!"

야율한 때의 경험이다.

그때 단 한 번 수적들과 싸웠고 승리했다. 그때 깨달았다.

배는 용골이 부서지면 끝이라는 것을.

그 깨달음을 바탕으로 이현은 또 다른 사냥감을 노렸다.

다른 수적선 갑판 위로 떨어져 내렸다.

쿵!

이번에도 역시 노리는 건 용골이었다!

第六章

"뭐 저런 말 같지도 않은!"

모산발은 눈을 부릅떴다.

벌써 두 척의 배가 허리가 분질러져 장강 아래로 가라앉았다.

모두 이현이라는 새파랗게 젊은 놈 하나가 벌인 일이다.

그것도 고작 검 한 번 찔러 넣는 것으로!

더욱더 놀라운 것은.

아직 진행형이라는 점이다.

벌써 배 두 척을 박살 낸 이현은 또다시 다른 먹잇감을 향해 몸을 날리고 있었다.

이번엔 저항도 처절했다.

이현이 갑판 위에 올라서면 배가 부서져 버린다는 것을 안 이상 넋 놓고 있을 수만은 없는 일이었다.

벌써 격수채주가 연이어 작살을 날렸고, 그의 휘하에 있는 수하들도 이현을 향해 작살을 날렸다.

뿐만이 아니다.

이현 하나를 막는데 가용 가능한 인원이 총동원되었다. 활은 물론, 선박을 파괴하기 위해 쓰이던 대형쇠뇌까지 동원되었다.

심지어 그것도 정확히 이현을 맞추기 위함은 아니었다.

맞으면 좋다.

하지만 맞지 않더라도 이현이 다음 배 위에 안착하지 못하게 방해는 해야 한다.

그것은 당장 배 하나를 지키기 위함이기도 하지만, 동시에 다음 희생자를 막기 위함이기도 했다.

'놈은 배를 도약대로 삼았다! 그리하여 공력 소비를 줄이고 있어!'

배는 이현에게 있어 다음 배를 노리기 위한 도약대다.

단 한 번의 도약이다.

그것도 강물과 달리 충분히 단단하고 확실한 도약대다.

그건 곧 공력의 소모가 줄어듦을 의미한다. 더불어 움직이는 이 배에서 저 배로 이동하는 속도도 더욱 빨라진다.

배를 일종의 징검다리로 취급해 버리는 것이다.

그러니 막아야 한다.

'다음은 우리다!'

이현이 노리고 있는 배와 가장 가까운 곳에 있는 건 모산 발이 딛고선 기함이다.

이현의 다음 사냥감이 누가 될지는 굳이 생각하지 않아도 알 수 있었다.

그러니 반드시 막아야 했다.

이현의 이동 경로 앞뒤, 위아래로.

화살과 작살. 그리고 쇠뇌가 쏘아 낸 나무 말뚝이 가득 채웠다. 그것들에 가리어져 육안으로는 이현의 모습조차 제대로 확인하기 어려울 지경이다.

아무리 이현이라도 일 검에 이 많은 공격을 떨쳐 낼 수 없다.

'어쩌면……!'

압도적인 물량의 공격이다.

치명상은 몰라도, 이현을 멈춰 세우는 것쯤은.

모산발은 저도 모르게 살며시 기대했다.

"헛!"

하지만.

대부분의 기대가 그렇듯, 기대는 기대로 끝나고 말았다.

이현은 일일이 자신을 향해 쏟아져 오는 공격을 막지 않았다.

허리를 비틀어 하늘을 바라본다.

그리고.

하늘을 향해 연거푸 장력을 쏟아 냈다.

그 반발력에 이현의 신형이 아래로 푹 꺼진다.

마치 농락이라도 하듯 이현을 견제하기 위해 쏘아 냈던 공격들은 허무하게 아무것도 없는 허공만 가르고 지나갔을 뿐이다.

그러나 놀라긴 아직 일렀다.

탕!

자신을 향해 쏟아지는 공격에는 검 한 번 뽑은 적 없던 이현이 모든 공격에서 벗어난 뒤에야 뒤늦게 검을 뽑아 휘둘렀다.

그리고.

그것은 정확히 빈 허공을 가르며 지나가던 작살의 뒤꽁무니를 때렸다.

핑그르르르!

힘의 방향이 바뀐 작살이 갈 곳을 잃고 헛돌았다.

반대로.

그 반발력을 바탕으로 이현의 궤적이 또다시 바뀌었다.

아래로 곤두박질치던 신형이 대각선으로 바뀌었다. 그 끝에 이현의 사냥감이었던 수적선이 있음은 당연한 일이다.

견제는 무산되었고, 사냥감을 향해 쏘아져 가는 이현의 속도는 더욱더 빨라졌다.

"마, 막아……."

급히 명령하려던 모산발은 입을 다물었다.

'늦었다!'

늦어도 너무 늦었다.

지금 다시 쇠뇌를 쏘아 낸다 해도, 화살을 쏘아 낸다 해도, 소용없는 일이다.

화살이 이현에게 도달해 있을 때쯤이면 이현도 갑판 위에 안착해 있을 것이다.

허공에서도 잡지 못한 이현이다.

단단한 갑판에 두 발을 딛고 선 이현을 화살로 잡을 수 있을 리 없다.

"와, 왔다!"

그런 모산발의 예상은 맞았다.

그 짧은 순간에 어느덧 이현은 갑판 위에 올라서 있었다.

강물을 사이에 두고.

저 멀리 수적선에 타고 있는 수하들의 당황한 외침이 여기까지 들려왔다.

"끝이야."

모산발은 고개를 절래 저었다.

갑판 위에 올라선 이현을 수적들이 막을 수 있을 리 없다.

'어차피 막을 수 없다면……!'

마음을 독하게 먹은 것도 그때였다.

죽은 자식 불알 만져 봐야 소용없는 일이다. 죽은 사람은 죽은 사람이고, 산 사람은 살아야 했다.

모산발은 냉정했다.

푹!

그사이 이현은 수적들의 방해를 떨쳐내고 갑판에 검을 박았다.

그저 검을 박아 넣는 것처럼 보이지만, 그 결과가 무엇인지는 이미 여러 번의 경험으로 알고 있다.

배는 무너진다.

그리고 그 전에 이현은…….

"이 교방혈쇄가 네 생각대로 되게 둘 성싶으냐!"

모산발이 괴성을 내질렀다.

차르르륵!

손을 내뻗었다.

내 뻗은 손으로 모산발의 전신을 휘감고 있던 쇠사슬이

길게 뻗어 나갔다.

그 목적은 하나다.

"함께 물귀신이나 되거라!"

이현의 다음 목표는 모산발이 있는 기함.

이곳에 닿기 위해서는 도약이 필요하다. 단단한 발 받침
이 존재하지 않으면 절대 한 번에 도약할 수 있는 거리가 아
니다.

애초에 이현이 등평도수를 펼칠 것을 예상하고 진을 구성
하였으니 당연한 일이다.

실제로도 이현은 배 하나를 부수고 난 뒤 다음 배로 이동
할 때면 꼭 높은 돛대 꼭대기에 올라서서 도약했었다.

그 말인즉슨.

"발 디딜 곳이 없으면 네놈도 결국 여기까지 올 수 없다
는 뜻이다!"

촤라라락!

모산발의 고함에 화답하듯 쇠사슬이 요동쳤다. 출렁이는
장강의 물결처럼 꿈틀거리는 쇠사슬은 이현이 올라선 수적
선까지 닿을 정도로 길게 뻗어 나갔다.

그리고.

콰가가각!

그대로 선체를 뜯어 버렸다.

이미 이현으로 인해 무너져 내리던 수적선이다. 거기에 모산발의 공격이 더해졌다.

수적선은 이제는 형체를 유지할 수 없다. 파괴가 가속화됐다.

그리고 그것은.

비틀!

이현에게도 영향을 미쳤다.

막 돛대 꼭대기에 올라섰던 이현이 잠시 중심을 잃고 비틀거렸을 정도이니까.

반으로 갈라져 가던 배가 산산이 부서져 침몰해 가고 있다.

이현이 올라섰던 돛대도 기울어 가는 상황이다.

이런 상황에서는 아무리 이현이라도 한 번에 이곳까지 날아오지는 못하리라!

그렇다면 모든 것이 해결된다.

이현이 뒤늦게 등평도수를 펼친다 해도 여기까지 당도하는 일은 결코 간단하지 않다. 내공 소모가 극심할 것이다.

그렇게 내공을 소진하고 도착한 이현이라면.

'해 볼 만할 것이야! 아무리 천마를 단칼에 죽였다고 한들 저놈도 사람이다!'

사람인 이상 공력엔 한계가 있다. 화수분처럼 무한정 뽑아 쓸 수 있는 것이 아닌 이상에야 충분히 가능성이 있다.

공력이 바닥난 애송이 하나도 어찌하지 못한다면.

장강십팔채의 일원이라 할 수 없다.

"하하핫! 어디 한번 올 테면 와 보거라! 어디 세상만사가 너 같은 애송이가 원하는 대로 흘러갈 줄 알았더냐? 올 수 있다면 와 보거라! 나 교방혈쇄께서 장강의 무서움을 직접 알려 줄 것이니!"

이제 건너와도 상관없다. 건너오지 않아도 문제 될 것은 없다.

자신감이 붙은 모산발의 웃음은 호탕하기까지 했다.

그때였다.

"왜? 못 넘어 오겠…… 응? 무, 무슨 저딴!"

한창 자신감이 하늘 높이 치솟아 도발을 하던 모산발의 안색이 변했다.

이현이 돛대에서 내려왔다. 빠른 속도로 무너져 내리는 선체 갑판 위였다.

그리고.

스확!

검을 휘둘렀다.

그 한 번의 움직임에 돛대가 잘려 나갔다.

예리하게 잘린 탓에 돛대는 스르르륵 미끄러지듯 하다 이내 기울어지며 넘어졌다.

척.

그걸 들었다.

척하니 한 손으로 받쳐서 어깨 위로 들어 올렸다.

눈으로 직접 보고도 좀처럼 믿기 어려운 일이다. 아무리 내공이 넘쳐나고, 아무리 근력이 강하다 해도 그래도 돛대다.

고작해야 수적들의 노략질을 위한 쾌속선의 돛대라고 해도.

그래도 돛대다.

바람을 머금고 그 바람을 버려야 하는 돛대다. 선체에서 용골 다음으로 단단해야 하는 녀석이다. 그러니 그 무게도 결코 작지 않다.

그런데 그걸 한 손에 척하고 들었다.

심지어.

자세를 낮추고 허리를 비튼다. 한 손으로 받친 돛대를 등 뒤로 한껏 땡겼다.

어째 그 자세가 어디서 많이 본 듯한 착각이 들었다.

묘한 기시감에 모산발의 고개가 옆으로 돌아갔다.

"격수채주……?"

그의 옆에 선 격수채주.

이현을 맞추기 위해 허리를 한껏 비틀고 작살을 등 뒤로 한껏 당긴 모습.

지금 딱 돛대를 든 이현의 자세와 똑같은 자세다.

"핫!"

격수채주가 고함과 함께 작살을 날렸다.

그리고.

쒜엑!

동시에 저 멀리서 무언가 날아오는 살벌한 소리가 들려왔다.

돛대다.

돛대가 날아오고 있었다.

격수채주가 날린 작살은 당연하게도 이현의 검에 허무하게 튕겨져 나가 강물 아래로 빠져 버린 지 오래다.

"뭐 저런 인간 같지도 않은……!"

놀라고 황당한 마음에 내지른 소리가 끝나기도 전에.

이현이 또다시 움직였다.

탁! 탁! 탁!

침몰하는 배를 피해 강물로 뛰어내린 수적들의 머리를 징검다리 삼아 가뿐하게 지르밟고 날아올랐다.

"이게 말이나 돼?"

그리고 자신이 날린 돛대 위에 착하니 올라서 버린다.

상식적으로 말도 안 되는 일이다. 상상해 본 적도 없다.

자기가 던진 돛대에 자기가 올라타다니!

그게 어디 말이나 될 성싶은 일이란 말인가.

놀란 마음에 소리쳤지만, 어쩌겠는가.

이미 벌어진 일인 것을.

설명은 길었으나 실제로 벌어진 일은 짧았다.

쿠황!

그리고 그 짧은 시간의 뒤에는 큰 충격이 찾아왔다. 정신적인 충격이 아닌 육체적으로 느낄 수 있는 충격이다.

이현이 날린 돛대가 모산발의 기함 갑판 위에 얹어 놓은 누각에 깊숙이 박혔다.

그리고.

저벅저벅.

"너냐? 나한테 애송이라고 지껄인 놈이?"

이현이 다가왔다.

척.

언제 움직였는지도 모른다. 어느덧 정신 차려 보니 어깨 위에 이현이 검이 척하니 올려져 있었다.

의중은 간단했다.

모산발이 읽을 수 있을 정도로.

대답 잘못하면 죽는다.

어깨 위에 얹어진 검에서 전해지는 서늘한 예기가 목 언저리를 간질였다. 긴장감에 솜털이 쭈뼛 섰다. 아직 겨우 초

봄에 들어선 날씨건만 식은땀이 줄줄 흘러내렸다.

정말 죽을지도 모른다는 공포!

"허헛!"

모산발은 작게 웃었다.

'이게 얼마 만에 느껴보는 기분인가!'

아주 오랜만에 느껴보는 기분이다. 젊었을 적 장강의 수
적으로 나섰을 때에나 느꼈던 기분이다. 나이가 들고, 교방
채의 주인이 되고, 장강십팔채의 일원이 된 이후로는 단 한
번도 겪어 보지 않은 기분이었다.

그 낯선 기분에 절로 웃음이 나온다.

꽈악!

하지만.

모산발은 주먹을 강하게 쥐었다.

'나는 이 장강의 용사다! 평생 장강을 벗 삼아 살아온 내
가 고작 애송이에게 목숨을 구걸할 성싶더냐!'

장강에서 보내온 세월. 그 세월 속에서 쌓아 온 자부심은
그의 자존심이자 신념이기도 했다.

겨우 약관을 넘은 신출내기 애송이에게 목숨을 구걸하기
에는 그가 장강에서 보내온 세월은 너무나 무거웠다.

"채주……!"

하물며 지금 그의 곁엔 그를 믿고 지켜보는 동료들까지

있었다.

　그러니까!

　당당하게 답하리라!

　마음을 다잡았다.

　"허허……."

　잠시 닫혔던 모산발의 입술이 옅은 웃음과 함께 열렸다.

　당당하게. 목숨을 구걸하진 않는다. 마지막 순간까지 수적답게 행동할 것이다.

　"그건 얘가 시켰습니다!"

　척!

　대답고 동시에 올라간 손가락이 격수채주를 가리켰다.

　당당하게 답했다! 목숨을 구걸하지 않았다!

　다만.

　동료를 팔 뿐이다.

　"채주……?"

　놀란 격수채주가 그를 불렀지만 모산발은 당당했다.

　"뭐! 왜! 뭐!"

　원래 이 바닥이 이런 바닥이었다.

　모산발은 마지막까지 수적답게 행동했다.

*　　　*　　　*

전투는 끝났다.

일방적으로 기울었던 전황이 허무하리만큼 간단히 뒤집어졌다.

수적들은 모두 사로잡혔다.

그리고.

"흥! 제 한목숨 건사하겠다고 동지를 팔아넘기오?"

"왜! 뭐? 어쩌라고! 이 바닥 원래 이런 바닥인 것 몰랐어?"

"더러운 산적 놈들! 내 살다 살다 이렇게 추접한 것들은 처음 보는구나!"

이현의 배 위에서는 세 명의 수채주들의 고성이 오가고 있었다.

배신과 뻔뻔함으로 대립하고 있는 이는 당연히 졸지에 팔려 버린 격수채주와, 그를 팔아넘긴 모산발이다.

그리고.

옆에서 싸우든 말든 혼자 산적들의 추접함을 비난하는 이는 혈선채의 채주다.

이현으로서는 오늘 처음 얼굴 보는 상대다.

뭐, 관심은 없다.

"여기가 너희 집 안방이냐? 왜? 이참에 모가지 따 줘? 입 안 다물어?"

다만 시끄러울 뿐이다.

"……."

그래서 온건하게 칼 아닌 말로 조용히 시켰다.

어쨌든.

이현은 세 수채주들을 살려 뒀다.

"안녕하세요. 저는 청화예요! 제가 쟤 사고예요!"

"아, 안녕하시오. 본인은…… 아니, 소인은 모산발이라고 조그마한 수채 하나를 운영하고 있습죠. 예!"

청화에게 증거물을 제시하기 위해서다.

진실을 추구하는 청화의 요구를 피해서가 아닌, 수적과의 전투를 위해서 자리를 비웠다는 증거물.

그래서 일단은 살려 뒀다.

간단히 멱을 따서 머리만 확인시켜 줄까 하다가 그래도 미관상 목은 붙어 있는 편이 낫겠다 싶어서였다.

'쩝! 나도 많이 물러졌어.'

괜한 격세지감을 느껴졌다.

야율한이었을 때였다면 고민의 여지도 없다.

겁도 없이 덤벼든 상대를 멀쩡히 살려 두다니.

그것도 미관상의 이유로.

절대 있을 수 없는 일이다.

이런 걸 보면 확실히 많이 물러지긴 물러졌나 싶었다.

그러는 사이.

"우리 측 사망자는 없습니다. 부상자는 좀 있습니다. 모두 경미한 수준입니다만 치료는 해 두는 편이 낫겠습니다."

"하하하! 치료는 무슨! 도사님께선 걱정하지 마십시오! 사내라면 이 정도는 침 좀 바르고 쉬면 낫습니다!"

옥분의 개략적인 보고에 정만의 허풍을 듣고 있었다.

"용케도 죽은 사람이 없네?"

그 결과에 약간 놀라긴 했다.

그래도 첫 수적과의 싸움인데 사망자가 하나도 없다. 생각보다 시작이 좋았다.

"그나저나."

담담히 고개를 끄덕이던 이현의 고개가 한쪽으로 돌아갔다.

"더럽고 추접한 산적 놈들!"

"싸우려면 제대로 싸우던가! 이게 대체……!"

"우, 우웩! 젠장 아까 먹었어!"

아까부터 혼자 추접한 산적들이니 뭐니 하며 열 내고 있는 혈선채주부터 시작해서 포로로 잡혀 온 몇몇 수적들의 상태가 영 미심쩍다.

하나같이 더럽다느니 하고 간간이 수적 주제에 뱃멀미 하는 것도 아닐 텐데도 헛구역질을 해 댄다.

"쟤들 왜 저래?"

"아하하하핫! 그것이…… 뭐, 별일 아닙니다. 신경 쓰지 않으셔도……."

이현의 물음에 정만이 식은땀을 흘리며 둘러대려 했다.

정만에게서는 원하는 대답을 들을 수 없다.

적어도 좋은 말로는.

최소한 주먹 한두 방은 나가야 제대로 된 답을 해 줄 것이다.

오늘 하루 박 터지게 싸웠더니 그것도 귀찮았다.

어차피 대신 대답해 줄 사람은 있으니까.

이현의 시선이 옥분을 향했다.

"산적은 산적이더군요."

"뭔 말이야 그게?"

"뱃멀미가 심했단 뜻입니다. 전투 중에도 토사물을 뿜어 낼 정도로요."

"그게 왜? 아니, 그 짓 하고도 용케도 죽은 놈이 없네?"

정상적인 몸 상태에서도 조심해야 하는 것이 무림의 칼부림이다.

하물며, 도중에 구역질까지 해 가며 싸웠다. 이건 이현의 상식으로는 죽으려고 작정한 짓이다. 그 짓을 저지르고도 멀쩡히 살아 있다는 것 자체가 말이 안 된다.

그런 이현의 물음에 옥분은 쓰게 웃었다.

"뭐, 의외성으로 작용했나 봅니다. 하긴, 저들이라고 언제 싸우던 상대가 자기 얼굴에 토사물을 쏟아 내는 경험을 해 봤겠습니까. 단순히 본능적으로 피하려던 이들도 있고, 의혈단 측에서 뿜어내는 토사물이 독이라는 소란도 좀 있고 해서요."

"한마디로 그 더러운 짓거리로 얻어걸렸다."

전혀 예상치도 못한 전개에 그보다 예상하기 어려운 결과다.

싸우는 도중에 토를 하는 놈이나, 그걸 또 피하겠다고 하다 진 놈이나.

이현으로선 등신도 이런 상 등신이 없었다.

"이건 뭐 등신도 아니고. 너도 그랬냐?"

그러면서도 혹시나 하는 심정으로 정만에게 물었다. 정만도 뱃멀미가 심했었으니까.

'그래도 명색에 산적 두목인데 그렇게까지야 하겠냐 만은……'

"예."

질문은 정만에게 던졌는데 대답은 옥분에게서 나왔다.

이현의 눈길을 피하던 정만의 얼굴이 붉어졌다.

"시끄럽다! 이게 다 승리를 위한 우리 의혈단의 계획이었다! 계집애처럼 뒤에서 숨어 활이나 날리던 너희 마적 놈들이 뭘 안다고 떠들긴! 떠들어!"

그리고 소리쳤다.

차마 이현에겐 무어라 못 하니, 미주알고주알 일러바친 옥분에게 화를 내는 것이다.

"뭐요? 계집? 지금 말 다하셨습니까! 뚫린 입이라고 아무 말이나 찍찍 내뱉어 대시나 본데 그놈의 입 확 잡아 찢어 드리는 수가 있습니다!"

"하! 할 수 있으면 해 보든가!"

또 싸운다.

어떻게 된 것이 두 인간은 안 싸우는 날이 없다.

그 지긋지긋한 모습에 이현은 고개를 절래 젓고 걸음을 옮겼다.

"차라리 맞짱을 뜨든가. 허구한 날 저게 뭐하는 짓거리야!"

속 시원하게 맞짱 뜨고 서열 정하면 될 것을.

입 아프고 시끄럽게 말로 싸운다. 이젠 말리는 것도 귀찮다.

그저 그나마 조용한 곳으로 자리 옮기는 편이 속 편한 지름길이었다.

그렇게 이현이 반대쪽 갑판 난간으로 자리를 옮기고 얼마 있지 않아서였다.

"사질아, 있잖아. 저 아저씨들이 물고기 잘 잡는 데! 매일 반찬으로 물고기 잡아 주겠데!"

청화가 신나서 뛰어왔다.

물고기 잡아 주겠다는 수적들이 목숨 구걸이라도 했나 보다. 한껏 신나서 뛰어오는 모습을 보니 대책 없이 해맑기는 여전하다.

"그놈의 물고기는!"

수적들과의 싸움이 시작하기 전부터 계속된 물고기 타령에 이현은 두 손 두 발 다 든 지 오래다.

어차피 이현에게 청화는 그가 어찌할 수 없는 종류의 사람이었으니까.

적어도 혜광이라는 무지막지한 노괴가 등 뒤에 버티고 선 이상은 말이다.

대충 흘려넘기고 멍하니 강이나 바라봤다.

어차피 전투는 끝났고, 싸움 말고는 이현이 할 게 없다.

하지도 못하고, 하기도 싫다.

그러니 뒷정리는 지금 열심히 말싸움하고 있는 정만과 옥분이 할 일이다.

지금은 그저 여유롭게 아무것도 안 하는 게 상책이다.

'아…… 평화!'

문득 입가에 흡족한 웃음이 맺혔다.

새빠지게 비무의 지옥에서 허덕이다 보니 이렇게 고요하게 있는 것이 그냥 행복해졌다.

일평생 어울리지 않으리라고 생각했던 평화 따위에 만족감을 느끼다니!

혈천신마 때였으면 상상도 못 할 일이다.

'이게 다 빌어먹을 무당파 때문이야!'

다 무당파 때문이다.

그냥 세상의 모든 불행이 다 무당파 때문이다.

"있잖아?"

청화가 말을 걸어왔다.

"뭐가?"

"넌 성격도 나쁘고 예의도 없고 무식하게 맨날 사고만 치는데, 있잖아?"

뜬금없이 욕이다.

"맞을래?"

이쯤 되면 싸우자는 의도로 받아들여도 좋지 않을까 하는 마음에 주먹을 쥐어 보였다.

그러자 청화가 고개를 급히 젓는다.

"아이참! 끝까지 들어보라니까! 오늘 보면서 있잖아? 사질은 싸움은 잘하는 것 같아!"

피식!

웃음이 나왔다.

처음에는 뜬금없이 비난을 쏟아 내더니 이제는 또 칭찬

이다.

"몰랐냐? 나 꽤 세다?"

"사숙이랑 같이 있으니까 잘 몰랐었어."

"……쩝!"

할 말이 없다.

분명 분위기상 칭찬인데 어째 입맛이 씁쓸하다.

하여간 혜광이랑 엮이면 그게 말이든 현실이든 끝이 이딴 식이다.

괜히 씁쓸한 마음에 애먼 입맛만 쩝쩝 다셨다.

그게 실수다.

"아! 맞다! 너 아까 왜 입맛 다셨어? 대답 안 했잖아! 왜 입맛 다셨어? 응?"

입맛만은 다시지 말았어야 했다. 적어도 오늘만큼은 그래 야 했었다.

결국, 무심결에 다신 입맛 하나가 청화를 상기시키고 말 았다.

"……."

"말해 봐! 너 아까 왜 입맛 다셨어? 어?"

묵묵부답으로 일관했지만 청화는 집요했다. 쉽게 떨어져 나가지 않을 것은 불 보듯 뻔했다.

그렇다고 진실을 이야기할 수도 없는 일이었다.

이렇게 쉽게 토해 낼 진실이었다면, 수적들 잡으러 뛰어다니지도 않았다.

방법이 필요했다.

수채주들을 잡았던 것처럼.

청화의 관심을 다른 곳으로 돌려놔야 한다.

이현은 움직였다.

"합! 지렁이도 할 수 있다! 태극혜검!"

태극혜검!

일전에 참회동에서 청화의 관심을 돌려놓았던 비장의 한 수.

그것이 이현의 손에서 펼쳐졌다.

하지만.

"흥! 그거 이제 나도 할 줄 알거든?"

넘어오지 않는다.

이미 배운 마당이다.

비록 흉내만 내는 정도라지만 배운 것에 넘어올 만큼 청화는 단순하지 않았다.

그럼에도.

이현은 포기하지 않았다.

"이번엔 두 개다!"

어느덧 이현의 손엔 등 뒤에 묶어 두었던 거도가 들려져 있었다.

좌검엔 태극혜검. 우도에도 태극혜검.

하나로 부족 하면 둘로 펼치면 된다.

그리고 그것이.

"와! 예뻐!"

통했다.

양손으로 펼쳐내는 두 개의 태극혜검이 만들어지는 색다른 어우러짐에 청화의 눈빛이 몽롱하게 변해 갔다.

더불어 양손으로 태극혜검을 펼쳐내는 이현의 얼굴은 일그러지고 있었다.

'나중에 혼원살신기나 흡수하려고 익힌 양의신공을 이딴데 써먹다니!'

신강에서 양의신공이 없어서 혼원살신기를 눈앞에 두고도 죽을 고비만 넘기고 돌아왔다. 그래서 익혔다. 양의신공! 언제고 시간 날 때 다시 찾아가 혼원살신기를 흡수하기 위해서였다.

어차피 위치는 그만 알고 있으니 언젠간 흡수할 기회가 있으리라 생각했다.

그런데 그것을.

혼원살신기를 얻기 위해 익힌 양의신공을!

겨우 두 손으로 태극혜검을 펼쳐내는 데 쓰고 있다.

고작 청화의 관심을 끌기 위해서!

기분이 더럽고 씁쓸했다.

"그런데 이건 이름이 뭐야?"

그런 이현에게 청화가 물었다.

"……혜검!"

이현은 대답했다.

하지만 잘 들리지 않았나 보다.

"응? 뭐라고? 무슨 혜검?"

되묻는 것을 보면.

이현은 이번에는 더욱 큰 목소리로 대답했다.

"쌍(雙)! 못 들었어? 쌍 태극혜검! 쌍! 아니, 쌍! 태극혜검!"

이 순간.

이현은 몇 번이고 쌍(雙) 태극혜검의 이름을 불러 줄 용의
가 있었다.

"쌍! 이라고! 싸앙!"

第七章

　처음 이현이 수적 토벌을 나선다고 했을 때.

　우려와 염려도 있었다.

　천마를 무찌른 이현의 실력은 부정하지 않았지만, 그것이
곧 수적 토벌마저 가능하다는 이야기는 아니었으니까.

　당연히 우려와 염려가 뒤따를 수밖에 없었다.

　만에 하나 이현이 수적 토벌에 실패하고 목숨마저 잃게
된다면 정파 무림은 모처럼 만에 배출한 젊은 고수 하나를
잃는 것이었으니까.

　그러나 이현은 단 한 번의 전투로 그 우려와 염려를 불식
시켰다.

세 개의 수채와의 첫 전투였다.

그중 하나는 장강십팔채의 일원인 교방채다.

전혀 터무니없이 어설픈 상대가 아니었다. 물 위에서의 풍부한 경험과 실력을 갖춘 세 수채를 상대로 대승을 거두었다는 것은 곧, 이현의 능력이 물 위에서도 통함을 반증하는 것이나 다름없었다.

우려와 염려가 불식되고.

그 자리를 대신 한 건 젊은 무인들을 중심으로 한 뜨거운 응원과 동경이었다.

그들과 같은 나이에.

무림의 역사상 유례를 찾아볼 수 없는 업적을 이루었다. 또 이루어 나가고 있다.

그것만으로도 뜨거운 심장을 가진 젊은 무사들이 열광하기에는 충분했다.

벌써부터 몇몇 젊은 무인은 이현의 행보를 전설이라 일컫길 망설이지 않는다.

그리고 꿈꾼다.

그들 또한 전설을 이룰 수 있기를 말이다.

그렇게 뭇 젊은 무인들을 전설을 향한 열병으로 몸살 앓게 한 주인공인 이현은.

"우와! 이리 와 봐! 저기서 당과 팔아!"

녹초가 된 얼굴로 청화의 뒤를 따르고 있었다.

그가 걷는 곳은 배 위 갑판이 아니었다.

뭍이다.

전투가 끝났으니 채비를 다시 갖추기 위해 뭍으로 정박했다.

부상자를 치료하기 위해, 부서진 배를 수리하기 위해 배를 정박한 것이다. 그리고 그 대상엔 수적들과 그들로부터 나포한 선박 또한 포함되어 있었다.

뜬금없이 없던 인간애가 샘솟아서는 역시 아니다.

그저.

'시간 끌기는 좋은데 말이야……'

시간을 끌기 위해서다.

수적 토벌이 빨리 끝나면 이현의 무당 복귀도 그만큼 빨라진다.

그 말은 즉.

지긋지긋한 무당파에 제 발로 일찍 걸어 들어가, 징글징글한 혜광에게 시달려야 한다는 뜻이다.

절대 그럴 수는 없다.

어떻게 찾은 자유인데 미쳤다고 제 발로 기어들어간단 말인가!

그러니 늦춰야 한다.

수적 토벌을 최대한 늦추는 것만이 하루라도 더 자유를 누릴 수 있는 가장 확실한 방법이다.

그 노력의 산물이 바로 이것이다.

부상자 치료는 아군과 포로를 구분하지 않는다. 수적들도 치료한다. 한 명이라도 더 치료해야 시간이 늘어난다.

졸지에 있지도 않은 인간애를 발휘하는 것은 물론, 뛰어난 복리까지 제공하게 생겼다.

그뿐만이 아니다.

무당 복귀를 늦추기 위한 이현의 노력은 단지 부상자들과 포로들에게 베푸는 복지에서 그치지 않았다.

사로잡은 수적들까지 집어삼켰다.

의혈단이 지금까지 성장할 수 있게 했던 것처럼, 사로잡은 수적들도 이현의 편에 서서 싸우게 만들었다.

땅 위든 물 위든 일단 머릿수가 많을수록 운신의 속도가 느려지기 때문이다.

수적들이야 환영했다. 속마음이야 어떻든 당장 죽을 고비를 넘겼다는 것만으로도 그들은 감지덕지다.

옥분은 반대했다.

관리하기 힘들다는 이유에서다.

하지만, 이현의 말이라면 무조건 찬성부터 하고 보는 정만과, 결코 쉽게 무당으로 돌아가지 않겠다는 의지를 폭력으로 드러내 보이는 이현을 상대로 그 뜻을 펼칠 수 있을 리 만무했다.

돈 걱정도 없다.

돈은 간저가 집안 살림살이 저당 잡히면서도 빵빵하게 지원해 주고 있었다.

그렇게 모든 것이 순조롭게 진행되어 가고 있었다.

단 하나.

청화만 빼면.

뭍에 정박한 지 이틀째.

객실에 머물러만 있기 답답하다며 뛰쳐나온 청화는 벌써부터 당과 냄새에 정신이 팔려 팔랑팔랑 뛰어가고 있다.

이현은 그런 청화의 뒷모습을 힘없이 노려봤다.

"저 썩을 년!"

입맛 한번 잘못 다셨다가 쌍 태극혜검을 펼쳤다. 그것도 모자라 가르쳐달라 떼쓰는 청화에게 가르쳐 주겠노라 답했다.

그리고.

벌써 며칠째 양손으로 태극혜검만 펼쳤다.

속은 그보다 몇 배나 뒤집어졌고, 울화통은 몇 번이나 터져 나갔다.

"저년은 사람도 아니야!"

그리고 다시금 깨달았다.

사람이라면 이럴 수 없다.

사람이 왼손 오른손이 있는 건 왼손도 쓰고, 오른손도 쓰라고 있는 것이다.

그런데.

청화는 그것이 안 된다.

오른손으로 펼치는 태극혜검을 왼손으로는 펼치지 못한다. 양손 동시에 태극혜검을 펼치는 꼴을 보면 차마 눈 뜨고 볼 수가 없을 정도다.

이런 상황에 양의신공을 가르칠 수 있을 턱이 없다.

양손도 제 마음대로 못하는 청화가 양의심공으로 마음을 두 개 세 개 나눈다 해도 그건 빛 좋은 개살구다.

써먹을 수도 없고, 애초에 그런 상황에서는 익힐 수가 없다.

한마디로 총체적 난국이다.

"지독한 년!"

실력이 안 되고 자질이 안 되면 차라리 깔끔하게 포기를 하던가.

청화는 그것도 아니다.

질기게 매달린다. 가르치다 화딱지 나서 안 가르쳐 주겠다고 하면 대번에 입맛 다신 이유를 밝히라고 물고 늘어졌다.

그러니 안 가르칠 수도 없다.

가르치자니 기본조차 안 되어 있고, 그렇다고 안 가르칠 수도 없는 상황.

힘들고 지치고 답답한 것은 항상 이현의 몫이다.

"저 혜광 같은 년!"

하여간 사람 심신 지치고 힘들게 만드는 건 딱 혜광이다.

그리고 그것은.

이현이 알고 있는 최고의 욕이기도 했다.

"아이참! 빨리 오라니까!"

자신이 어떤 욕을 먹었는지 아는지 모르는지.

"사람 많은 데서 그렇게 걸으면 길 잃는단 말이야! 자! 손 잡아!"

당과에 정신 팔려 저만치 달려 나갔던 청화가 다시 달려와 손을 내밀어 잡는다.

그러고는.

"에휴! 그래도 사고인 내가 챙겨야지 어쩌겠어. 이런 데서 길 잃어버리면 정말 큰일 난다고! 알았지?"

누가 누구에게 해야 할 소린지도 모를 말을 멋대로 지껄인다.

"……고맙다고 해야 하냐?"

"그럼! 당연하지! 나 아니면 누가 널 챙겨 주겠어?"

"……."

웃기지도 않아 말도 안 나온다.

천하의 혈천신마가 어쩌다가 이제 겨우 열 살을 지난 꼬맹이에게 이딴 취급을 받게 되었을까.

'이걸 확 뒤집어?'

순간 강렬한 유혹이 찾아왔다.

앞뒤 생각 안 하고 다 뒤집어엎어 버릴까 하는 심도 깊은 고민을 해 보았다.

하지만.

그럴 수가 없었다.

괜한 옛정 때문은 아니다. 그런 걸 아는 인간이었으면 이미 혈천신마 때 중원 무림을 피로 물들이지도 않았다.

다만.

"엇! 도사님! 역시, 여기 계셨군요!"

알아보는 인간이 있었다.

이래서야 완전범죄는 물 건너간 것이나 다름없다.

"……장한곤?"

아는 인간이었다.

가뜩이나 붐비는 거리를 가득 채운 등빨 좋은 백여 명의 사내.

그중에 하나가 아는 얼굴이었다.

"어? 알아보시는군요! 고작 무명소졸에 불과한 제 이름을 도사님께서 기억하시다니! 이 영광은 저희 장씨 가문에 대대로……."

　뭔가 감격한 얼굴이 되어서는 눈물이 그렁그렁한 채로 긴
사설을 늘어놓는 사내.

　장한곤이다.

　"……잊을 리가 있나."

　그런 그를 바라보는 이현의 얼굴은 떨떠름하기 그지없었다.

　잊을 수 없는 얼굴이고 이름이다.

　당연했다.

　'저놈 때문에 내가 그 지옥의 비무를 했는데!'

　장한곤이 무당에 찾아온 직후 곧장 비무에 나서야 했다.

　질투에 눈먼 혜광의 꼬장 때문이었지만, 어쨌든 손톱만큼
의 원인은 제공한 인간이다.

　그러니 잊을 수가 없다.

　당연히 반가울 리도 없었다. 뭐 좋은 기억이라고 반가운
얼굴로 맞이한단 말인가.

　"여긴 또 어떻게 왔냐?"

　"아! 그 간저라는 분이 이곳에 오면 도사님을 뵐 수 있을
거라 하셨습니다!"

　"……그래서?"

　"네?"

　"그래서 왜 왔냐고!"

"아! 그게 말입니다……."

이현의 질문은 까칠했다.

불편한 심기가 고스란히 담긴 그 질문에 장한곤은 잠시 당황하다가 이내 속없는 웃음을 지어 보였다.

대 놓고 싫어하는 티를 내도 전혀 알아먹는 눈치가 아니다.

이런 인간은 더 골치 아프다.

장한곤에 대한 인상이 더욱 나빠지는 순간이었다.

하지만.

"미력하지만 도사님의 큰 뜻에 한 팔 더하기 위해 이렇게 실례를 무릅쓰고 찾아왔습니다. 여기 다른 소협들도 같은 생각입니다!"

그 판단은 전면 수정이다.

일백이 넘는 숫자가 추가 합류했다.

희소식이었다. 전혀 다른 의미의.

그래도 혹시 몰랐다.

"혹시 수적과 싸운 경험은?"

"……죄송합니다. 아직 경험이 일천하여……."

일단 수적들과 싸운 경험은 없다고 한다.

"수영은? 할 줄 알아?"

"죄, 죄송합니다!"

그 마지막 확인을 위한 질문에 장한곤이 얼굴을 붉히며

고개를 숙였다.

종합해 보면.

'강호 경험 일천. 세상 물정 모름. 그런데 숫자는 백이 넘고, 수적과의 싸움 경험도 없다.'

목숨이 오가는 실전이다. 더욱이 물 위에서 수적들을 상대로 하는 전투다. 수적들을 상대한 경험은커녕, 실전 경험도 없다. 세상 물정도 모르니 눈치껏도 한계가 있다.

평소에도 쓸데없고, 전투가 벌어져도 쓸데가 없다.

그리고 한마디로.

'짐 덩어리! 그것도 백 명의!'

백 명이란 숫자의.

차라리 없는 것이 나은 짐 덩어리들이 제 발로 찾아 들어왔다.

그 말은 즉.

"환영한다! 제군!"

이현의 무당 복귀를 지연시켜 줄 강력한 지원군이 제 발로 찾아왔다는 것을 의미했다.

천하십대고수가 합류해도 이처럼 든든하지는 않았을 것이다.

*　　　　*　　　　*

이현의 격렬한 환영을 받으며 젊은 백여 명의 무인들이 합류했다.

물론 마냥 환영받지는 않았다.

특히나 이것저것 신경 쓸 일이 많은 옥분은 더더욱.

한창 회계 장부를 정리하던 옥분은 갑작스러운 방문자들의 합류 소식에 고개를 들었다.

"……뭡니까? 이분들은?"

예의상 이분들이란 표현을 썼지만 표정에서 다 드러난다. 얼굴이 띠껍다. 조금만 긁으면 면전에서 욕이라도 할 수 있을 기세다.

"수적 토벌 지원자."

그런 옥분에게 짧게 설명을 해 주었다.

그래도 여기서 유일하게 머리 좀 쓸 줄 아는 인간이 옥분이다.

인력 편성, 예산 편성, 자금 결제 등등.

머리 쓰는 모든 일이 옥분의 몫이다.

이 정도 설명은 들을 자격이 충분하다. 아니면 자신이 귀찮아 짐을 이현은 잘 알고 있었다.

혜광 때문에 그 모든 일들을 겪어 보지 않았던가.

"……그리고요?"

그러나 옥분은 그것만으로는 설명이 부족했나 보다.

"그리고 뭐?"

"수적과 실전을 치러 본 경험이라든가……."

"수영도 못해!"

"……예!"

옥분이 고개를 끄덕였다.

이제는 설명이.충분한가 보다.

다만, 붉으락푸르락해진 얼굴을 보아하니 충분한 설명이 환영으로 이어질 가능성은 없어 보였다.

오히려 이제 정말 백여 명의 짐 덩어리들의 면전에다 대고 욕이라도 한 사발 쏟아 줄 마음의 준비가 된 듯했다.

그때였다.

"존경합니다! 선배님! 장한곤이라 합니다!"

장한곤이 꾸벅 허리를 숙였다.

막 한바탕 욕을 쏟아낼 찰나에 행해진 장한곤의 기습적인 인사는 옥분을 당황하게 만들기 충분했다.

설마 정파의.

그것도 혈기왕성한 젊은 무인이 자신에게 먼저 꾸벅 허리를 숙여 올 줄은 옥분도 전혀 예상하지 못한 일이다.

하물며, 막 욕을 쏟아 내려 했던 상대가 이렇게 나오는 것은 더더욱 예상할 수 없었던 일이었다.

"바, 반갑습니다. 오, 옥순…… 아니 옥분입니다."

옥순이라 제 이름을 설명하려던 옥분은 이현의 눈치를 보고 다시 본래의 이름을 밝혔다.

"그런데 선배님이라니요?"

"말씀 편하게 하십시오! 이미 저희보다 먼저 도사님께서 품으신 큰 뜻을 알아보시고 함께 협행을 해 오신 분이라 알고 있습니다. 그러니 선배님이시지요."

"저, 저는 이게 편합니다. 하지만 제 전직이……."

"예! 마적이셨다고 들었습니다. 하지만 과거가 다 무슨 소용이겠습니까! 이렇게 의로운 일을 위해 누구보다 앞장서셨다는 것만으로도 그 의기는 충분히 입증하시고도 남으심이 아니겠습니까."

"그, 그게……!"

옥분이 당황한다.

"호오! 부끄러워하냐?"

이렇게 당황하는 모습은 또 오랜만이라 지켜보는 재미가 있었다.

"누, 누가 부끄러워한답니까! 그냥 이건 좀 당황스러워서……."

부끄러워하고 있다.

툭 찌른 장난에 발끈하고 나서는 것 보니 확실했다.

어찌 되었든.

단칼에 합류를 반대하려 했던 옥분이 망설이기 시작했다.

이렇게까지 저자세로. 그것도 선배라 부르며 진심을 다해 존경심을 표현하고 있는 상대를 두고 면전에다 대고 이야기 하기에는 여러모로 망설여질 수밖에 없었다.

"다녀왔습니다! 대충 수리는 끝난 것 같으니…… 응? 이 것들은 다 뭐하는 샌님들입니까?"

그렇게 옥분이 망설이는 사이.

객잔 정문으로 선박의 수리 상태를 살피러 갔던 정만이 돌아왔다.

정만은 출입구 밖까지 길게 늘어선 젊은 무사들을 흘깃 보고 경계심을 드러냈다.

당연했다.

전직이 산적이다.

정파의 혈기 왕성한 젊은 무사들이 강호행에 나서면 가장 먼저 하는 일이 산적 토벌이다.

물론, 정만이 그 산적 토벌에 당할 만큼 우습게 보일 사람 은 아니었지만, 그래도 대하기 꺼림칙한 것은 사실이었다.

족히 일백이 넘는 젊은 무사들 모두 한눈에 보기에도 정 파 쪽 무사들처럼 보였으니까.

그런 정만의 경계 어린 시선이 젊은 무사들과 이현을 향할 때였다.

"안녕하십니까! 선배님! 후배 장한곤이라 합니다! 여기 저와 함께한 소협들은 선배님들과 같이 도사님을 도와 협행을 하고자 한마음 한뜻으로 찾아온 이들입니다!"

옥분에게 그랬던 것처럼.

장한곤이 정만에게 꾸벅 허리를 숙였다.

역시나 반짝반짝거리는 눈이다. 두 눈에 가득 담긴 선망의 빛은 정만마저 움찔 한 걸음 물러서게 만드는 것이었다.

"서, 선배님? 흐허허헛! 뭐, 듣긴 나쁘지 않소. 정만이오."

"아! 녹림십팔채의 일원이었던 망룡채의 채주이시자, 현재 도사님을 도와 강호의 의기를 바로 세우는 데 앞장서는 의혈단의 단주이시지 않습니까! 말씀 편하게 하시지요! 제가 후배인 것을요!"

휘황찬란한 수식어가 줄줄이 붙는다.

그리고.

꿈틀! 꿈틀!

그 수식어만큼이나 정만의 입꼬리가 꿈틀꿈틀거리며 치솟는다.

좋아하는 티를 안 내려고 나름 노력하는 듯이 보였지만 다른 사람들 눈에는 좋아하는 티가 팍팍 난다.

그리고.

"으허허허헛! 그래! 말 편하게 하라고? 그래 편하게 하지! 이름이 뭐랬지? 아! 장한곤이랬지? 우리 후배님 아주 마음에 드는구만! 그래! 이 몸이 한때 그 유명했던 망룡채의 주인이자, 이제는 도사님의 오른팔이자 도사님의 제일 충신인 정만이야! 정만! 그보다 자네 식사는 했나? 술은 좀 하고? 자! 이리 들어와! 다 먹고 살자고 하는 짓인데 두둑하게 먹어야지! 아, 어서 따라오라니까?"

홀딱 넘어갔다.

치솟는 광대를 숨기지 못하더니 결국 넘어가서는 마치 사문의 사제라도 만난 듯 어깨동무까지 하고 식탁으로 끌고 간다.

그 화기애애한 분위기에.

"……하!"

옥분이 한숨을 내쉬었다.

이런 상황에서는 합류 불가는 입에 꺼내기도 힘들게 되었다.

이미 분위기만 보자면 장한곤을 비롯한 정파의 백여 명의 젊은 애송이의 합류는 기정사실이 되어 버린 것이나 다름없었다.

옥분은 물었다.

"……정말 합류시키실 작정이십니까?"

이현을 향한 물음이다.

결국 이 상황을 뒤집을 수 있는 마지막 실낱같은 희망은 이현뿐이었으니까.

"그런데?"

물론 이현은 이 상황을 뒤집을 생각이 전혀 없었다.

'좋아! 잘하고 있어!'

오히려 귀찮게 왈가왈부할 필요 없이 넉살 좋게 상황을 엮어가고 있는 장한곤을 속으로 응원하고 있는 입장이다.

그러나 옥분도 쉽게 물러설 수가 없었다.

"수영도 못한다잖습니까."

"너는 할 줄 아냐?"

"실전 경험도 없습니다."

"너는 날 때부터 말 타고 나와서 마적 했어?"

"돈은요? 배 수리비에, 수하들 치료비, 도사님이 고집 부려서 수적들까지 치료하는데 든 돈이 얼만지나 아십니까? 거기다가 앞으로 들어갈 돈은요? 그게 어디 한두 푼으로……."

"그게 네 돈이냐? 간저 돈이지."

이현은 단호했고, 옥분은 속이 타들어 갔다.

쓸모도 없는 짐 덩어리를 맡을 생각은 추호도 없었다. 단순무식한 정만이 관리할 리 없다. 그들을 관리 하는 일 또한 옥분의 몫일 것이 확실했다.

월봉 한 푼 못 받는데 추가로 일 덩이가 주어지는데 반가워할 사람은 세상 어디에도 없었다.

옥분은 눈을 질끈 감았다.

크게 심호흡을 하면서 끓어오르는 마음을 다잡았다.

그리고

"좋습니다!"

고개를 끄덕인다.

그러나 그것은 포기가 아니었다.

"다 좋습니다! 그래 저 애송이들 배에 태운다고 칩시다! 그러면? 자리는요? 자리는 어떻게 하실 생각이십니까?"

"자리? 뭔 자리?"

"배에 탈 자리 말입니다! 수적들에게 노획한 배 중 수리하여 사용할 수 있는 배는 총 두 척입니다. 기함으로 쓰던 것이야 갑판이 넓으니 어찌 된다지만, 나머지 하나 쾌속선은 몇 명 타지도 못합니다!"

길 위라면 상관없다.

몇 명이고 길게 늘어서면 될 일이니까.

하지만, 물 위는 다르다.

물 위에서 서 있을 수 있는 곳은 배 위의 갑판밖에 없다. 그리고 갑판은 한계가 있다.

"우리 타고 수적들 태우고 나면 자리가 없습니다! 수적들을 버리시든지, 아니면 저 애송이들을 버리시든지 해야 한다 이 말입니다! 아니면? 저희가 내릴까요?"

말끄트머리에서 옥분이 웃었다.

협박이다.

또한 타당한 주장이기도 했다.

승선 인원이 정해진 배에 정해진 인원 이상을 태울 수는 없는 일이다. 더욱이 전투에 필요한 갖가지 물품을 실어야 함을 감안하면 더더욱 그러했다.

자칫하면 배가 가라앉을지도 모른다.

하지만.

씨익!

"뭐야? 간단한 문제네."

이현은 웃었다.

옥분의 고민은 너무 간단한 고민이었다.

*　　　*　　　*

결국, 이현의 고집은 승리했다.

다 탔다. 의혈단도 적조단도, 이현과 청화도, 그리고 새로 합류한 백여 명의 젊은 정파 무사들은 물론, 수적들까지.

탑승 인원 초과다.

하지만 이현의 단순 무식함은 그것을 가능하게 만들었다.

"으아앗! 태극혜검 쌍! 아니, 쌍 태극혜검!"

강물 위로 부서지는 노을.

그 노을을 배경 삼아 이현은 한 폭의 그림과 같은 검결을 뽑아내고 있었다.

"와! 예뻐!"

물론, 이게 다 빌어먹을 청화 때문이다.

지치지도 않는지 자꾸만 시켜 먹는다. 출항한 이후 하루에도 열댓 번씩 강물에 처박아 버리고 싶은 욕구가 꿈틀거리며 치솟는다.

"역시 대단하시군요! 태극혜검을 양손으로 저토록 조화롭게 펼칠 수 있으시다니요!"

그렇게 이현이 분노의 쌍 태극혜검을 펼치고 있을 때.

그것을 보고 감탄하고 있는 인물이 있었다.

장한곤이다.

장한곤과 함께 탑승한 백여 명의 젊은 무사들 또한 말은 안 했다 뿐이지 모두 같은 심정인 듯했다.

그들로서는 처음 보는 광경이다.

세상에 태극혜검을 양손으로 동시에 펼칠 수 있는 인물이 있다니.

말이 쉽다. 아니, 말만 쉽다.

실제로 그것이 가능하려면 검술에 대한 상당한 깨달음이 있어야 한다.

그도 그럴 것이 모든 검술에는 그 검술에 맞는 보법이 뒤따른다.

당연히 왼손으로 펼치는 검술과, 오른손으로 펼치는 검술에 이어지는 보법은 다르다.

간단히 그 보법부터 새로 조화를 이루어야 한다. 그 뒤 공력의 운영, 서로 동선이 겹치는 초식 문제의 해결.

풀어야 할 숙제가 산더미다.

새로 무공을 만드는 것이나 다름없는 일이다.

그런데 그것을 아무렇지 않게 해낸다.

비록 실전 경험은 일천하나 그래도 무가에서 태어나 걸음마를 시작하면서부터 무공을 수련해 온 장한곤이다.

지금 눈앞에 처음 보이는 신기에 가까운 모습이 얼마나 대단한 것인지는 너무나 잘 알고 있었다.

당장에라도 감동의 울음을 터트릴 기세다.

"때론 상식이 통하지 않을 때가 있죠. 곧 익숙해지셔서 별 감흥도 없으실 겁니다."

그런 장한곤의 모습에 옥분이 심드렁하게 대답했다.

처음엔 옥분도 놀랐었다.

변방 신강에서도 유명한 태극혜검이다. 무림의 역사상 그 태극혜검 하나로 세상을 구한 적이 또 몇 번이란 말인가.

그것을 동시에 양손으로 펼쳐내고 있으니 놀랄 수밖에 없다.

하지만 그거도 처음 몇 번이다.

자꾸 보다 보면 그냥 보는 것도 귀찮고 식상해진다.

이젠 별 감흥도 없다.

"서, 선배님께서는 자주 보셨습니까?"

"뭐…… 조, 조금 자주 보기는 했지요."

"조, 존경합니다!"

"예?"

그저 태극혜검을 양손으로 펼치는 것을 지겹도록 봐 왔다는 데에 존경까지 한다고 하니 옥분이 오히려 놀랐다.

그러나 단순히 그 의미만은 아니었다.

"무릇 무림에서는 무공을 연공하는 모습은 절대 타인에게 함부로 보이지 않는 것이지 않습니까! 그런데 도사님께서는 선배님께 아무렇지 않게 연공 모습을 보이셨다니…… 그건 정말!"

외인에게 함부로 연공을 보이지 않는다.

무림의 금기다.

파훼법이 나올 수도 있기 때문이다. 특히나 초식이라는

형이 존재하는 검술은 특히 그러했다.

'그러고 보니…….'

그런데 이현은 그것을 아무렇지 않게 보여 준다.

신뢰가 없으면 절대 하지 못할 일이다.

새삼 깨달았다. 옥분의 시선이 이현을 향했다.

"이런 쌍! 네 왼팔은 장식이냐? 겨우 이딴 것 익히는데 어떻게 발전이라는 것이 없냐! 발전이!"

"이씨! 네가 자꾸 제대로 못 가르치니까 그런 거잖아!"

이현은 여전히 청화와 투닥거리고 있었다.

어떻게든 가르쳐 보려고 용쓰는 이현이나, 옥분의 눈에도 영 자질이 안 보이는 청화의 싸움은 참 지치지도 않는다 싶다.

한편으로는 황당하다.

'겨우 이딴 것.' 이현의 표현이다. 그리고 그가 말하는 '겨우 이딴 것'이 태극혜검이다.

무당 검공의 정점.

중원 검공에서도 항상 상위로 놓이는 절세검공.

그 검공을 이현은 '겨우 이딴 것'으로 폄하하고 있었다.

'하긴 저 인간이 우릴 동료로 인정할 리가…….'

한편으로는 이해가 되기도 한다.

그러니 아무 데서나 막 펼치는 것이다. 파훼법이 나오든 말든 그에겐 태극혜검 따위는 전혀 안중에도 없는 검술이었으니까.

혹시나 했던 기대가 역시나 하는 실망으로 돌아왔다.

"……저 인간은 원래……."

이현을 향한 장한곤의 허황된 착각을 바로잡아 주려고 했다.

젊은 나이에 괜한 판단 실수로 인생 망치지 않기를 바라는 마음에서 해 주는 귀띔과 같은 것이었다.

하지만.

"하하하하! 우리 후배님께서 뭔가 제대로 착각하고 있고만! 도사님께서 제일로 믿는 건 우리 의혈단이야. 그리고 그중에서도 도사님의 천하제일 충신인 이 정만님이시지! 무공 수련도 우리가 더 먼저 봤다고! 저 마적 놈들은…… 그냥 덤인 것이지! 우리 의혈단에 따라오는 덤."

"덤이라니! 그게 또 무슨…… 에휴! 됐습니다. 혼자 열심히 천하제일 충신하고 계십시오!"

착각에 빠진 젊은 영혼을 구하려고 했는데 쓸데없이 정만이 끼어들어 속을 긁어 댔다.

발끈해서 한소리 쏘아붙이려고 했지만 이내 포기해 버렸다.

괜히 이딴 걸로 목소리 높이는 것도 꼴이 우습다.

그사이.

"하하핫! 도사님께서 얼마나 우리 의혈단을 각별히 여기고 계시는지 말이야! 아마, 신강 때였지? 식량이 떨어졌을 때가 있었는데……."

정만은 이현과 의혈단 사이의 일화를 늘어놓는다.

식량이 부족해진 상황에서도 절대 의혈단을 포기하지 않았다는 이현에 대한 이야기.

옥분도 아는 이야기다.

다만, 그가 기억하는 것과 달리 정만의 기억은 상당히 미화되고 각색되어 다시 과장되고 있었다.

"우와! 저, 정말 대단하군요! 그런 상황에서도 끝까지 포기하지 않다니! 이 장한곤 정말 감격했습니다!"

사실을 알 리 없는 장한곤은 그 허구 구(九)할의 이야기에 홀딱 넘어가 눈을 반짝이고 있다는 것이다.

"그리고요? 그리고 또 무슨 일이 있었습니까?"

그것도 모자라 먼저 이야기를 재촉한다.

마치 시골집 소동이 제 할아버지에게 옛날이야기를 들려달라 조르듯 초롱초롱한 눈망울로 매달리는 장한곤의 모습이 한심하다.

"……."

그런데.

'뭐지? 이 더러운 기분은?'

어째 기분이 더럽다.

시원하면서도 섭섭하다.

방금 전까지 그를 향했던 장한곤의 동경과 부러움이 전부 정만을 향해 돌아서면서부터 시작된 감정이다.

그 미묘하고 더러운 기분에 옥분은 검미를 찌푸렸다.

자꾸만 강렬하게.

뭔가 빼앗긴 것 같다. 아니, 지고 있는 것 같다.

그것도 무식한 의혈단주 정만에게!

"그러고 보니 신강에서 이런 일도 있었습니다……."

"오! 어떤 일 말씀이십니까?"

결국 참다 못해 입을 열었다.

이 유치한 자기 자랑 따위에는 절대 동참하지 않으리라 다짐했던 마음은 어느덧 온데간데없이 사라져 버렸다.

유치한 것보다 짜증 나는 것이 뭔가 지고 있는 듯한 기분이었다.

옥분은 그렇게 조심스럽게 이현과 적조 사이에 있었던 무용담을 하나둘 풀어 놓기 시작했다.

"정말! 정말 존경합니다! 선배님!"

장한곤이 감탄한다.

존경심이 가득한 눈망울로 두 손을 꼭 잡고 소리친다.

'이 맛이로구나!'

이 맛이다. 장한곤의 존경과 선망에 가득 찬 눈망울. 그리고 말할 순간을 빼앗긴 채 소태라도 씹은 얼굴로 인상을 찡그리고 있는 정만의 얼굴.

만족감이 밀려든다.

이 맛이다.

이 맛에 정만이 그토록 유치한 자랑질을 했던 것이다.

"그리고 하루는 또 이런 일도 있었지요!"

신이 나 점점 더 목소리가 높아졌다.

"에이! 그건 별것도 아니지! 도사님과 우리 의혈단이 어떤 일이 있었느냐면……."

정만도 보고만 있기 싫은지 다시 목소리를 높인다.

그렇게 두 사람이 앞다투듯 얼마나 많은 거짓말과 과장으로 뒤섞인 무용담을 털어 놓았을까.

무용담만 보면 마적단과 의혈단은 천하에 둘도 없는 충신에 용맹한 무사들이었고, 이현은 그런 그들을 하나로 이끄는 천하제일의 고수이자 뛰어난 수장이 되어 있었다.

"정말 대단하시군요! 도사님을 따르시는 모든 분들이 전부…… 저 같은 강호 초출은 감히 우러러보기에도 창피해질 만큼 대단하신 분들이십니다!"

장한곤이 감탄했다.

이야기를 통해 들은 의혈단과 마적단은 이현을 위해서라

면 목숨마저 대신 내놓을 수 있는 이들이다. 거기다 개개인의 실력 또한 마교도 두려워하지 않을 만큼의 무공과 용력을 갖춘 역전의 용사들이다.

그리고 추호도 의심하지 않았다.

"하긴, 뜻을 함께하신 수적 분들도 저 같은 고생을 마다하지 않으시니……."

명확한 증거가 있지 않은가.

장한곤의 시선이 갑판을 한번 훑었다.

지금 그들이 올라탄 선박은 거대했다. 수적들이 기함으로 쓰던 것을 이현이 기함으로 쓰기 시작했다고 들었다.

그리고.

지금 갑판 위에는.

의혈단도 있고, 마적단도 있고, 장한곤과 같이 이번에 합류한 정파의 젊은 무사들도 있다.

다만 단 한 부류.

이번에 이현과 뜻을 함께하기로 했다고 알려진 수적들은 갑판 위에 단 한 명도 존재하지 않았다.

그것은 다른 배 위에도 마찬가지다.

자리가 없기 때문이다.

모든 배에 나누어 태워도 그 많은 숫자를 감당할 수 없어서이기 때문이다.

그래서 이현이 한 가지 계책을 냈고, 수적들은 기꺼이 그 계책을 따르기로 했다고 한다.

"적으로 마주했음에도 고작 며칠 만에 도사님의 뜻을 위해 고생을 마다하지 않으시다니……!"

갑판을 훑던 장한곤의 시선이 배 아래를 향해 돌아갔다.

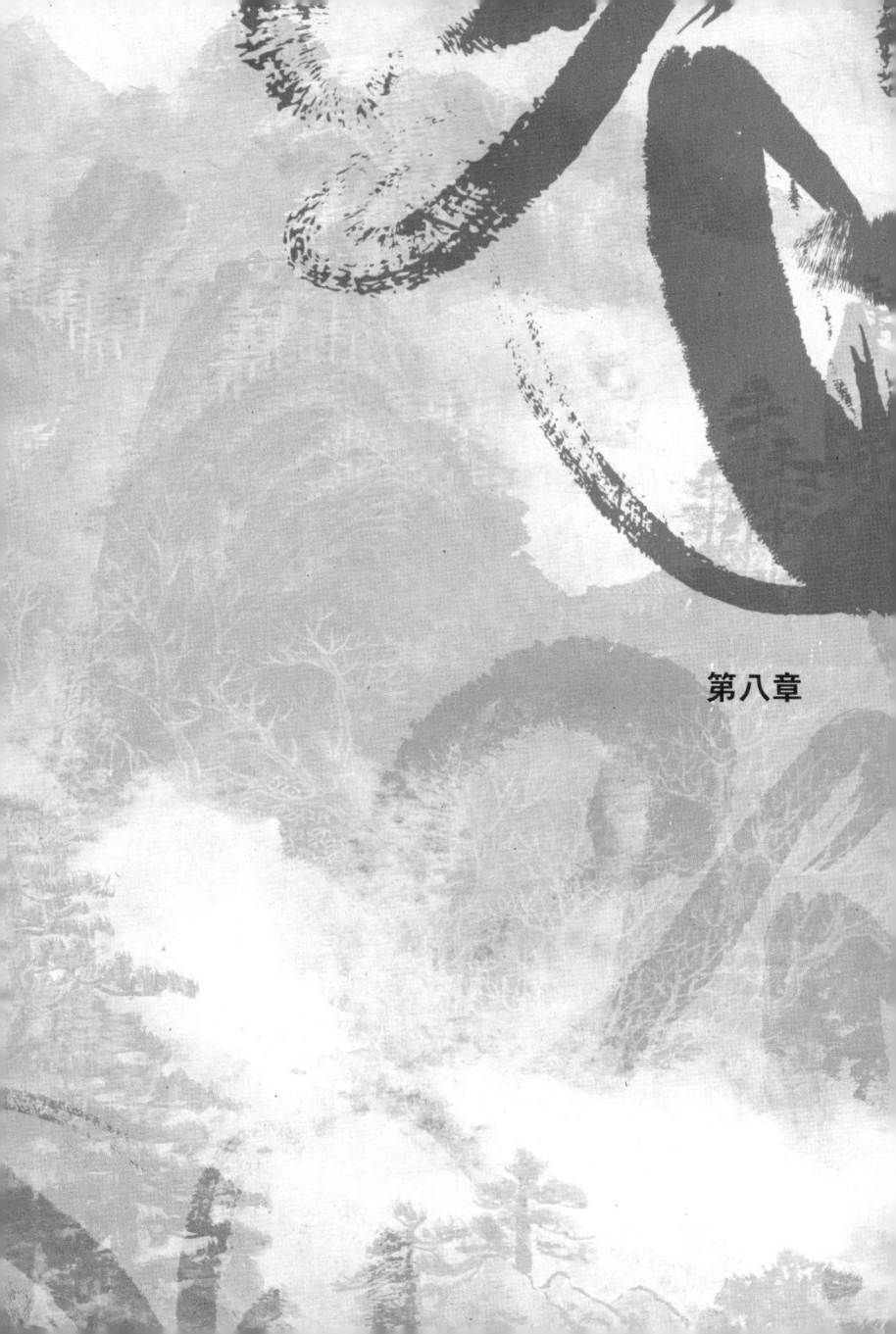

第八章

촤확!

배가 물길을 갈랐다.

거대한 기함이 소용돌이치는 물살을 가르고 지나가자 하얀 포말이 부서지며 뱃전을 때렸다.

"앗! 차가워!"

"이게 다 그쪽이 동료를 팔아먹어서 이렇게 된 것이 아니오!"

"시끄럽소이다! 괜히 요동치지 마시오! 그물 흔들리지 않소!"

그리고 배의 허리 부분에서 불만이 쏟아져 나왔다.

거대한 기함 배 허리에는 새카만 것들이 잔뜩 붙어 있었다.

아니, 새카만 머리들이 잔뜩 붙어 있었다.

머리의 주인은 수적들이고, 수적들은 살아 있었다.

수적들은 포로로 잡힌 것도 서러운데, 갑판도 아닌 배 허리 난간에 고정된 그물에 매달린 신세가 되었다.

이러다 또 다른 수적들과 전투가 시작되면 가장 먼저 화살받이가 되어야 할 판이다.

이곳만이 아닌 다른 배에서도 마찬가지의 풍경이 펼쳐지고 있었다.

이게 다 이현 때문이다.

수영시켜! 정 싫으면 매달려서 오라고 하든가. 뭐, 수적이니까 물에 빠져 죽진 않겠지!

정파의 젊은 무인들의 합류를 승선 정원 초과로 반대하던 옥분을 향해 던진 이현의 그 말이 모든 불행의 원흉이었다.

당장 목숨 줄 붙어 있는 것만 해도 감지덕지인 수적들의 입장에서 선택의 여지는 없었다.

죽기 싫으면 배에 매달려야 했다.

그리고 세상에 죽고 싶어 하는 사람은 없다.

그런 이유로 포로로 사로잡힌 모든 수적들은 지금 이렇게 배 옆 편에 고정된 그물을 붙잡고 매달려 가야 하는 신세가 된 것이다.

촤하!

또다시 배가 물길을 갈랐다.

새하얀 포말과 함께 부서진 물살이 튀어 올라 수적들을 흠뻑 적셨다.

"읏! 차가! 으드드드!"

모산발은 턱이 덜덜 떨렸다.

노을이 졌다. 수온은 내려갔고, 주기적으로 뒤집어쓰는 물길은 체온마저 앗아 갔다. 그물과 허리를 줄로 묶어 매달려 가는 입장이라 허리는 끊어질 것 같다.

그것은 다른 수적들도 마찬가지다.

"으으윽! 멀쩡한 내 배는 엄한 놈한테 내주고 나는 왜 이딴 꼴로……!"

하나같이 새파랗게 질린 얼굴로 이를 간다.

"이게 다 동료를 배신한 교방채주 때문이 아니오!"

여전히 지치지도 않고 모산발을 향한 비난을 멈추지 않고 있는 격수채주도 얼굴이 파리하게 뜨긴 마찬가지다.

지속적으로 물살에 노출된 탓에 손은 부르트고, 입술은 잠시도 쉬지 않고 떨린다. 이제는 발음도 제대로 하기 힘든 모습이었다.

결국은 죽을 맛이다.

죽기 싫어 어쩔 수 없는 선택이었지만, 이러다간 배에 매달려 동사로 죽을 판이었다.

"……."

모산발은 눈을 질끈 감았다.

온몸이 덜덜 떨려 감은 두 눈을 덮은 눈썹은 여전히 파르르르 떨리고 있었다.

'천하의 교방혈쇄 모산발이 어쩌다 이렇게 되었단 말인가!'

한때는 장강 위의 공포로 군림해 온 모산발이다. 그의 이름 하나면 우는 아이도 울음을 그쳤고, 딴에 고수랍시고 으스대던 것들도 꼬랑지를 말았다.

하지만 이젠 옛말이다.

하루아침에 나락으로 떨어진 신세가 서럽다.

그리고.

'이대로 계속 가다간 정말 죽는다!'

정말 이대로 동사로 죽을지도 모른다는 위기감이 엄습했다.

'어떻게 살아왔는데! 이 몸이 장강에서 살아온 세월이 몇인데 고작 이딴 추위에 얼어 죽을 성싶으냐!'

살기 위해서는 동료를 팔기도 서슴지 않았다.

"흥! 눈을 감는다고 그대의 배신이 가려질 것 같소!"

여전히 분위기 파악 못 하고 악을 써대는 격수채주의 말
에도 전혀 부끄럽지 않았다.

　살아남는 자가 강한 자다.

　살아남기 위해서는 무슨 짓이든 해야 하는 곳이 이 바닥
이다.

　그런 장강 바닥에서 지금껏 살아남은 모산발이 고작 추위
때문에 얼어 죽는다니!

　절대 억울해서라도 그럴 수는 없다.

　하지만, 계속해서 이러고 있다가는 언제고 얼어 죽는다.

　억울하고 분한 것은 분한 것이고, 현실은 현실이다.

　그렇기에 더욱 살고자 하는 그의 욕구는 더욱 강렬하게
불타올랐다.

　"어디 입이 있으면 말이라도 해 보시오! 언제까지 그딴
식으로 현실을 외면한단 말이오!"

　여전히 시끄럽게 떠들어 대는 격수채주.

　창피하거나 부끄럽진 않다.

　하지만 당장 언제 죽을지도 모르는 상황에 떠들어 대고
있으니 신경에 거슬린다.

　"시끄러워! 이 딱따구리 같은 자식아!"

　"뭣이? 딱따구리? 이제 아예 반말로 나오시기로 한 것이
오?"

"오냐! 이 자식아! 뭐? 현실 외면? 조동아리도 딱따구리 같은 놈이 대가리도 새대가린 게냐? 내가 배신 안 하고 뒤졌으면? 그럼 뭐가 바뀌었을 것 같아? 지금보다 좋아졌을 것 같으냐 이 말이다!"

"……."

발끈하던 격수채주가 꿀 먹은 벙어리가 돼 버렸다.

분한 마음에 고래고래 소리를 질러 대고 있지만, 그도 엄연히 한 수채를 이끌던 채주다.

그 정도 사리 분별쯤은 할 수 있는 머리가 있었다.

모산발이 그를 팔았다고 해서 결과가 달라지진 않았다.

애초에 이현이 바보도 아니고 그런 거짓말에 넘어갈 일부터가 없었다. 그 결과도 지금보다 더 나빠지면 나빠졌지 좋아지지도 않았을 것이다.

"그, 그래서? 아무런 잘못이 없다 이 말이오?"

그래도 못내 억울한 마음에 한소리 해 보는 격수채주다.

하지만 모산발은 그런 시시비비를 가리고 싶은 생각이 없었다. 애초에 마지막 순간 살려고 배신했던 것은 사실이고, 지금껏 단 한 번도 부정한 적이 없다.

처음부터 똥오줌 못 가리고 그걸 물고 늘어지는 건 격수채주이지 모산발이 아니었다.

모산발에게 중요한 것.

"현실을 외면하지 말라고 했습니까? 그럼 현실적으로 지금 상황을 직시해 보십시다!"

반말을 다시 존대로 바꾸었다.

이제부터 정말 중요하다.

그 바뀐 말투에서 느껴지는 진지한 분위기에 격수채주도 더 이상 생떼만 쓸 수는 없었다.

"무슨 말이오? 현실을 직시해 보자니요?"

"이대로 있다간 우리 모두 죽습니다. 수적이 장강 물에 얼어 죽는단 말입니다!"

아무리 장강에서 나고 자란 수적들이라지만, 그들도 사람이다.

아니, 수적들이기에 잘 안다.

물은 적아를 가리지 않는다.

장기간 차가운 강물에 노출되면 체온이 떨어진다. 기력도 쇠한다. 그리고 탈진, 혹은 얼어서 죽는다.

몸이 꽁꽁 어는 것이 아니다.

체온이 떨어져서 더 이상 오장육부가 제 기능을 하지 못해 죽는 것이다.

"그, 그럼 이제 와서 갑판 위에 올려달라고 하자는 거요? 그걸 저쪽에서 들어 주겠소? 아니면, 선상 반란이라도?"

"그럼 칼 맞아 죽습니다."

수적들은 안다.

이현은 말이 통하는 상대가 아니다. 불만을 표하는 순간 목이 날아간다.

선상 반란도 마찬가지다.

강을 사이에 두고 먼 거리에서 싸웠을 때도 이기지 못했다. 그런데 같은 배 위에서 반란을 일으킨다고 반란이 성공할 리 없다.

이현이 나서면 다 죽는다.

"그, 그럼? 어쩌자는 말이오! 아! 혹시 그 청화라는 꼬맹이를 인질로 삼자는 것이오?"

유일한 약점이라면 청화다.

일단 어리다. 실전 경험도 없어 보인다. 다른 우락부락한 산적이나 마적들보다는 손쉽게 확보할 수도 있고, 무당파. 그것도 배분상으로는 이현의 사고씩이나 되는 아이라고 했다.

인질로 삼는다면 그나마 가능성 있는 이야기다.

"감당할 자신 있겠습니까?"

하지만, 모산발의 표정은 차갑기 그지없었다.

"겉보기에는 이현이란 놈이 툴툴대며 막 대하는 것처럼 보일지도 모릅니다. 하지만, 생각해 보십시오. 정말 막 나갈 것이라면 그럴 필요가 없지요. 이현씩이나 되는 놈이라면 말입니다!"

툴툴댄다. 볼 때마다 항상 유치한 말싸움으로 투닥거린다.

하지만.

눈에 보이는 것이 전부는 아니다.

천마를 단칼에 죽인 이현이다. 그런 이현이 나이 어린 사고와 매번 투닥거리며 유치한 싸움만 하면서도, 항상 져 주는 건 이현이다.

그것이 비록 청화가 배분상 이현의 윗어른이란 이유 때문이든, 다른 이유이든 상관없다.

어찌 되었든 이현에게 청화란 존재는 중요한 비중을 차지하고 있다.

그러니 인질로서의 가치는 높다.

반대로.

"일이 틀어지는 순간 우린 그 사람 같지도 않은 놈의 뚜껑 열린 모습을 보아야 할 것입니다. 하실 수 있으시겠습니까? 그 감당을?"

차라리 선상 반란이 났다.

실패하면 단칼에 모가지가 날아갈 테니까.

하지만 청화를 대상으로 한 인질극이라면, 단칼에 목이 날아가는 것도 사치다.

곱게 죽을 수는 없을 것이다.

그 뒷감당을 할 수 있겠냐고 묻는 것이다.

"……."

물론, 격수채주가 그 뒷감당을 할 수 있을 리 없다.

애초에 그만한 능력과 담력이 있었더라면 지금 이렇게 찬물 맞아 가며 배에 매달려 가는 꼴은 보지 않았을 테니까.

"그럼 어쩌잔 겁니까?"

답답해진 격수채주가 언성을 높이며 물었다.

요구하는 것도 안 된다. 선상 반란도 안 된다. 그나마 가능성 높은 인질극도 안 된다.

다 안 되면 현실을 직시해 봐야 달라지는 건 아무것도 없지 않은가.

그런 그를 향해 모산발이 눈을 빛냈다.

"먹물쟁이들이 옛 성현의 말씀이니 나발이니 하는 것을 대갈빡 깨지게 외워 대는 이유가 무엇입니까?"

"거야 출세하려 그런 것 아니오! 설마 이 나이에 과거 시험 보라는 말씀이시오? 그게 지금 상황에 맞는 말씀이라 생각하시는 것이오?"

"그렇다면 우리 수적들이 말단 선원부터 시작해 밧줄 묶는 법부터 배워 가며 채주의 자리에 오르는 이유는 무엇이오?"

"그거야 배워서 써먹으려고 그런 것이오만? 설마? 진짜 우리가 뭘 배워야 한단 말씀이시오?"

"그렇습니다."

불신이 가득한 격수채주의 물음에 모산발은 단호하게 고개를 끄덕였다.

"우리가 밧줄 묶는 법부터 시작해 물건 싣는 법, 무기 쓰는 법을 배우는 이유는 배워서 써먹기 위해서이고, 먹물쟁이들이 공자 왈 맹자 왈 대갈빡 터지게 외워 대는 것도 해묵은 성현의 가르침을 배워 써먹기 위함이오!"

배워야 한다.

그 말에 격수채주의 얼굴이 일그러졌다.

당장 얼어 죽을 판인데 머리 아프게 또 무엇을 배우라는 말인가.

배우는 게 좋았으면 학사를 했지, 수적은 하지 않았을 것이다.

격수채주는 배워야 한다는 그 말 자체에 강렬한 거부 반응을 보였다.

"그러니까 무얼 배워야 한단 말이오? 정말 공자 왈 맹자 왈이라도 하라는 말이오?"

자연 목소리도 높아졌다.

그러나 모산발은 그런 격수채주의 반응에 고개를 저었다.

"학문을 배우자는 것이 아닙니다. 수채주 하려고 겨우 까막눈이나 면한 우리들입니다. 이 나이에 무공을 새로 익혀도 제대로 배울까 말까인데, 어찌 학문을 익히겠습니까."

"그건 다행이오만……."

머리 아픈 학문을 배우는 것은 아니다.

그것만으로도 격수채주의 얼굴은 한층 누그러졌다. 하지만 의문은 여전했다.

"그럼 우리가 뭘 배우면 된단 말이오?"

격수채주의 물음에 모산발의 입가에 미소가 짙어졌다.

"역사입니다!"

"역사 말이오?"

한결 누그러졌던 격수채주에게서 다시 거부 반응이 나오고 있었다.

"예! 역사! 하지만 걱정하지 않으셔도 됩니다. 저희에게는 좋은 선생이 있으니! 의혈단이란 선생 말입니다."

살아남기 위해선 역사를 배워야 한다.

단, 그것이 의혈단을 통해서 배우는 역사다.

그러니 보통의 역사 공부와는 많이 다른 역사 공부였다.

*   *   *

사흘이 지났다.

배는 여전히 강 위에 떠 있고, 새로운 수적과의 전투는 벌어지지 않고 있었다.

그 사이.

이현에게 사로잡힌 수적들의 역사 공부는 성공리에 끝났다.

내용은 어려울 것도 없었다.

의혈단은 단 하나의 가르침도 직접 주지 않았지만, 좋은 스승이 되어 주었다.

공부의 교훈은 명확했다.

"정말 괜찮겠소? 이렇게 되면 우린 정말 이 바닥에서……."

"장강 바닥이 원래 그런 바닥 아닙니까. 황하만 흙물입니까? 장강 바닥은 진흙탕물입니다! 그리고 그 일은…… 어차피 그렇게 될 일입니다."

그 명확한 교훈에도 격수채주는 망설였고, 모산발은 단호했다.

"아니면? 다른 방법이 있습니까? 이미 우린 지칠 대로 지쳤습니다!"

살아남기 위해서는 이 방법뿐이다.

어차피 기호지세다. 그들이 원하든 원하지 않든. 진실이 무엇이든 이젠 그런 건 아무래도 좋았다.

타의로 호랑이 등에 올라탔으니, 이제 살아남을 길을 모색해야 할 뿐이다.

'곧 현실을 알게 될 테지!'

걱정하지 않았다.

곧 현실을 맞이할 수밖에 없을 것이다. 달라지는 건 아무것도 없음을 격수채주도 인정할 수밖에 없다.

모산발은 그렇게 자신했다.

그리고 시선을 돌려 장강의 물길을 바라보았다.

겉보기에는 다 같은 물길이지만, 장강에서 일평생을 보내온 모산발의 눈에는 전혀 다르게 보였다.

"곧 시험이 시작될 듯싶습니다. 마음 준비 하십시다!"

"……아무리 생각해도 이건 영…….''

격수채주는 여전히 확신이 서지 않은 반응이었지만, 모산발은 개의치 않았다.

대신 시선을 선수 너머.

수평선 저 너머를 향해 못 박힌 듯 고정되어 있었다.

그렇게 얼마나 지났을까.

"때가 왔습니다!''

모산발의 눈이 반짝였다.

저 멀리 희미하게나마 수평선 너머로 삐죽 솟은 돛대가 보였다.

멀리서 빼곡 고개를 내밀던 돛대가 어느덧 두 눈에 선명하게 들어왔다.

왕하채(旺河砦)!

그 세 글자가 돛대 위 깃발에 새겨져 펄럭였다.

모산발도 알고 있는 세 글자다.

당연했다.

같은 장강십팔채의 일원이었으니까.

때가 되었다.

"시험을 치를 때가!"

시험을 치를 때다.

＊　　　＊　　　＊

전투는 곧장 시작되었다.

상대는 왕하채와 수검채(水劍砦) 그리고 그 휘하의 다섯 개의 중소 수채.

왕하채와 수검채는 장강십팔채의 일원이다.

첫 전투보다 훨씬 큰 규모의 전투다.

전투의 시작은 빨랐다.

첫 전투와 같이 서로를 향해 욕을 퍼붓거나 하는 행위는 없었다.

그건 이현 측이나, 왕하채나 수검채 측에서 의도한 바가 아니다.

이러한 상황을 의도한 건 모산발을 비롯한 사로잡힌 포

로 수적들이었다.

"뛰어내려! 헤엄쳐서라도 배에 올라라!"

서로 일정한 거리를 두고 첫 인사를 나누려던 차에 벌어진 일이다.

모산발의 진두지휘 아래 포로 수적들이 일시에 강물에 뛰어들었다.

비록 몇 날 며칠을 선체에 매달려 생활해 온 그들이지만, 그들도 명색에 수적이다.

수영이라면 이골이 났다.

아무리 지치고 힘들어도 수영을 해서 인접한 배로 이동하는 것쯤은 일도 아니다.

강물에 뛰어든 포로 수적들은 전력을 다해 헤엄쳐 가장 가까운 곳에 위치한 배에 매달렸다. 뒤이어 저마다 갖고 있던 단병기와 갈고리를 이용해 배 위에 오르는 것은 순식간이었다.

그중에 모산발과 격수채주도 포함되어 있었다.

"크허허헛! 오랜만입니다! 장강의 형제여!"

갑판 위에 올라선 모산발은 익숙한 얼굴을 확인하고 만면에 웃음을 지었다.

그들이 타고 오른 배는 왕하채.

그중에서도 왕하채주 대풍노(大風櫓) 고몽이 타고 있는

기함이었다.

"오랜만에 뵙소이다! 소인은 격수채의 채주를 맡고 있던……."

뒤늦게 격수채주도 고몽을 보고 아는 척을 했다.

그 또한 얼굴에 가득 미소를 머금은 채다.

호의적인 인사다.

하지만.

"시끄럽다! 장강의 용사라는 자부심도 잊고, 제 목숨 건사하고자 무당의 애송이에게 형제들을 판 배신자 놈들의 인사 따위를 이 고몽이 받을 성싶으냐!"

돌아오는 반응은 호의적이지 않았다.

"오, 오해이시오! 팔다니요! 우리가 팔긴 누구를 판단 말이오! 그저 저희는 살기 위해……."

"장강의 형제들을 팔고, 그 정보를 넘겨 무당파 애송이의 앞잡이가 되었지! 그 간악한 세 치 혀로 감히 이 고몽을 속이려 한단 말이냐!"

격수채주가 고몽의 오해를 수습하려고 했지만, 이미 고몽은 들을 생각도 하지 않았다.

그리고.

'역시! 장강 바닥이 달리 장강 바닥일까!'

모산발은 이 모든 상황을 짐작하고 있었다.

그러니 놀랄 것도 없다.

피차 장강에서 수적질을 해서 먹고 사는 입장이다. 동료인 동시에 경쟁자이고, 또한 서로 먹고살기 위해서라면 어떤 일도 마다하지 않는 처지다.

평시에는 동종 업계의 동료이지만, 반대로 조금의 이득 관계가 엮이는 순간 불구대천의 원수처럼 수단과 방법을 가리지 않고 치고받고 싸우는 사이다.

믿음은 얄팍하다.

그리고.

그 얄팍한 믿음은 적에게 패하고도 살아남은 옛 동종 업계 종사자를 순수한 시선으로 바라볼 수 있게 할 만큼이 되지 못한다.

하물며 눈앞의 적과 함께 모습을 드러냈다면 더더욱 그러했다.

기본이 의심이다.

싸워서 이기면 자신이 잘나서 이긴 것일 뿐이다.

만에 하나 일이 틀어지거나 싸움에서 패하기라도 하면 그건 순전히 적에게 살아남은 옛 동종 업계 종사자의 배신과 앞잡이질 때문이다.

결국 무슨 수를 써도 환영받지 못한다.

"우리는 그저 포로로 잡혔을 뿐이오. 도움을 구하기 위해…….”

“흥! 그딴 수작에 넘어갈 줄 아느냐! 안 속는다! 뭣들 하
느냐! 어서 저 배신자를 쳐 죽이지 않고!”

격수채주가 여전히 미련을 버리지 못하고 결백을 주장하
려 해봤지만 이미 소용없는 일이다.

“미련을 버리십시다.”

모산발은 격수채주를 향해 조용히 말했다.

“……알겠소이다. 허면, 처음 계획했던 대로 하겠소.”

격수채주도 결국 어쩔 수 없는 현실을 받아들이고 고개를
끄덕였다.

고몽의 도움으로 포로 신세에서 벗어나는 건 포기했다.

그렇다면.

이제 미리 계획했던 대로 해야 할 때였다.

‘어차피 똥통에 빠진 몸이다! 똥물 몇 번 더 뒤집어쓴다
고 달라지는 건 없다!’

이미 배신자로 낙인 찍혔음을 확인했다.

낙인을 지울 수는 없으니 이제 살길을 모색해야 했다.

‘얼어 죽을 수는 없는 일!’

그 살길을 모색하는 법을 의혈단에게서 배웠다.

의혈단은 직접 가르쳐 주지 않았지만, 그들이 지나온 행
적과 역사가 가르쳐 주었다.

의혈단을 통해서 배운 것.

과거 그들은 살기 위해 같은 산적을 털고, 같은 암흑가를 털었었다.

더 배불리 먹기 위해, 더 편히 지내기 위해서였다.

그리고 실제로 그들은 더 배불리 먹고 더 편히 지냈다.

그 결과가 눈앞에 있다.

그렇다면.

눈앞의 왕하채주의 배를 빼앗으면 더 이상 차가운 강물에 붙어 가며 배 허리에 매달릴 일이 없을 것이다.

"쳐라!"

모산발이 소리쳤다.

그의 외침에 갑판 위로 기어오른 그의 수하들이 일제히 한때 동종 업계에 종사했던 이들을 향해 달려들었다.

그리고!

"이놈들! 배를! 배를 내놓아라!"

뒤이어 모산발도 몸을 날렸다.

포로로 잡아 두었던 수적들의 예상치 못한 적극적인 자세.

"쯧쯧쯧!"

반대편 갑판에서 그 모습을 지켜보는 옥분은 낮게 혀를 찼다.

'저 심정 알지.'

남 일 같지가 않다.

광기에 휩싸여서 미친놈처럼 쇠사슬을 휘둘러대는 모산발의 절박한 심정을 어찌 모르겠는가.

한땐 옥분도 극심하게 느꼈던 감정인 것을.

그리고.

"크헐헐헐! 저놈들이 적응력이 빨라!"

원조도 웃고 있었다.

호쾌하게. 속 시원하다는 듯 웃고 있는 그 원조는 정만이다.

따지고 보면 이런 동족상잔의 시작이 의혈단이지 않은가.

속 시원하다는 듯 웃고 있는 정만의 모습에 옥분은 문득 자괴감이 들었다.

'이 업종 특징인가……!'

산적, 마적, 수적.

뒤에 적자가 붙으면 꼭 이런 상황에서 동족상잔의 비극을 만들어 낸다.

그것도 꼭 본인이 앞장서서.

웃으려니 쓸쓸해지고, 울려니 황당해서 헛웃음이 나온다.

그렇게 옥분이 적 자 붙은 직업군이 가진 직업병에 대해 자괴감을 느끼고 있을 때.

"역시 대단합니다! 며칠 전까지는 힘없는 양민을 수탈하던 수적이 도사님과 뜻을 함께한 뒤에는 이토록 앞장서서 정의를 바로 세우기 위해 노력하다니요! 이건, 그동안 저질러 온 죄를 뉘우치기 위한 속죄인 것입니까? 아니면, 그만큼 도사님을 향한 충성심 때문인 것입니까?"

이를 전혀 다른 시각으로 바라보고 있는 사람이 있었다.

장한곤이다.

이제는 습관이 아닐까 싶은 그 감동받은 눈으로 눈앞에 펼쳐지는 전황을 바라보는 장한곤의 표정은 마치 꿈을 꾸는 듯했다.

"수적이었던 저들이 저렇게까지 목숨을 도외시하고 전투에 앞장서다니……! 이건! 이건 정말!"

당장이라도 감동의 눈물을 펑펑 쏟아 낼 것 같다.

"후배님이 뭘 좀 모르는 것 같군! 저 수적 놈들이 싸우는 건 싸우는 것도 아니야! 싸움은 우리 의혈단이 제대로지! 잘 보라고! 우리 의혈단이 어떻게 싸우는지! 가자! 얘들아!"

그런 장한곤의 모습에 정만이 불쑥 나섰다.

그건 미리 옥분과 약속했던 상황이 아니다. 아니, 지금 상황 자체가 옥분이 계획했던 상황과는 전혀 다르게 흘러가고 있으니 약속 따위는 중요하지 않다.

하지만.

'역으로 도발당했다!'

정만의 이런 돌발적인 행동은 엄연히 수적들의 행동에 도발당한 것이다. 아니, 수적들을 칭찬하는 장호곤의 모습에 도발당했다는 표현이 맞았다.

애초에 산적과 수적들 간에 가지는 경쟁심을 생각하면 충분히 이해할 수 있는 일이다.

다만.

어처구니가 없을 뿐이다.

"역시! 멋지십니다!"

또한, 당당하게 앞으로 나서는 정만 뒷모습을 향해 기대에 찬 시선을 보내는 장한곤의 모습에 살짝 기분이 나빠진다.

유치하지만 꼭 지고 있는 것 같다.

심지어.

초롱초롱!

"어흠! 음…… 그러니까 우리는 작전 상……!"

그 기대에 찬 시선이 다시 돌아왔을 때에 느끼는 부담감은 상당했다.

장한곤의 기대에 찬 시선이 의미하는 바는 단순했다.

마적단 또한 의혈단에 못지않은 활약을 보여 줄 것이라는 기대다.

그리고 이미 앞서 며칠 동안 유치한 경쟁심에 온갖 뻥을 가미한 활약상을 늘여 놓지 않았던가.

이대로 안전하게 뒤에서 화살만 날리기에는 자존심이 안 선다.

'차마 뒤에서 화살만 날리겠다는 말은 못 하겠다!'

자존심 하나만큼은 어디 가서 꿇리지 않는 옥분이 제 입으로 안전한 후방에서 화살 지원만 하겠다는 말은 못 할 상황이다.

결국.

"이잇! 모두 뭣들 하십니까! 무식한 산적 놈들이 잘난 척하도록 내버려 두실 것입니까! 우리도 뛰어듭니다!"

옥분은 실리보다 자존심을 택했다.

"······이것들이 왜 이렇게 의욕이 넘쳐?"

모처럼 만에 벌어진 전투에 나서 볼까 하던 이현은 그냥 자리를 지켰다.

나설 필요가 없었다.

무슨 상이 걸린 것도 아닌데 의혈단은 물론이고, 몸 사리기 바쁘던 마적들까지 적극적으로 나서고 있는 판이다.

초장부터 포로로 잡은 수적들이 판을 뒤흔들어 놓은 탓에 전황은 벌써부터 이쪽으로 기울고 있는 실정이다.

굳이 나서지 않아도 곧 승리할 것이다.

그러니 나설 필요는 없다.

다만.

"하여간 저것들은 신강에서도 그렇고 대충이란 개념이 없어요! 대충이란 개념이!"

자존심상.

이왕 벌어진 싸움에서 질 생각은 추호도 없다.

하지만 이건 해도 해도 너무하다.

싸워도 너무 열심히 싸우고, 뛰어들어도 너무 열심히 뛰어든다.

모르는 사람이 보면 무슨 철천지원수라도 상대하는 듯했다.

"아아! 저런 의협심이라니! 저런 용기라니! 저, 저도……!"

그런 이현의 귓가로 익숙한 목소리가 들려왔다.

전황을 지켜보며 뜨겁게 달아오르는 피를 주체하지 못하는 덩치 큰 사내.

장한곤이다.

"부, 부족하지만 저희도 한 팔 거들어야 하지 않겠습니까!"

결국 장한곤은 끓어오르는 피를 주체하지 못하고 전투에 뛰어들었다.

그것도 뛰어들려면 혼자 뛰어들 것이지 함께 온 젊은 정파 무인들까지 모조리 이끌고 전투에 참전했다.

덕분에 명색에 기함인데, 기함에 남아 있는 무인은 이현과 청화가 전부가 되어 버렸다.

이현은 수적들의 틈바구니에서 큰 칼을 휘두르며 성난 황소처럼 날뛰는 장한곤을 지그시 노려보았다.

실전 경험이 없어 여러모로 헤매는 모습이었지만, 이미 일방적으로 기운 전황 탓에 제법 활약은 펼치는 듯했다.

"저거 냄새나."

"응? 누가? 아! 저기 덩치 큰 아저씨? 그런데 무슨 냄새? 난 안 나는데?"

중얼거린 혼잣말을 들었는지 청화가 물어 왔다.

이현은 그런 청화에게 시선도 주지 않고 눈을 좁히며 여전히 장한곤을 응시했다.

냄새가 났다.

그것도 어디선가 맡아 본 냄새.

"대두."

"응? 그 등도촌에 머리 큰 아저씨?"

"그래. 그 대두."

"그 아저씨가 왜?"

청화가 고개를 갸웃거렸다.

이현은 말했다.

"저 덩치 큰 놈한테서 대가리 큰 놈 냄새가 나."

대두의 냄새.

딱 특정해서 무어라 할 수는 없다. 하지만 냄새가 난다.

아주 비슷하면서도 조금 다른.

젊은 정파의 무인에게서 흑도의 머리 큰 사내의 냄새가 물씬 풍겼다.

第九章

   당연하지만 두 번째 전투에서도 대승을 거두었다.

   그리고.

   "역시 대두과였어!"

   이현은 장한곤에게서 맡은 대두의 냄새가 정확히 무엇인지 알 수가 있었다.

   벌써 장강에 나선 지 보름이 지났을 때다.

   "일 크게 만드는 놈이었어!"

   대두의 냄새가 난 뒤 간간이 살펴보았다.

   그리고 확신했다.

   대두는 뭔가 일을 크게 만든다. 그게 딱히 잘못된 것은 아니다. 심지어 결과도 좋다. 그건 이현도 인정한다.

다만.

일을 크게 만들어도 너무 크게 만든다는 것이 문제라면 문제다.

그리고 장한곤도 그랬다.

일을 크게 만든다. 아니, 일이 크게 번지도록 만든다.

대두와 닮았으면서도 조금 다르다. 그 방식도 다르다.

대두는 무엇이든 생각 이상의 지원을 퍼부어 준다. 은자 한 냥 내놓으라고 하면 은 한 궤짝을 내놓아 일을 크게 만든다.

반면 장한곤은 그냥 말뿐이다. 칭찬한다. 진심을 다해서. 그런데 그 칭찬이 묘하게 사람 자존심을 자극한다.

순수에 가득 찬 기대와 선망에 찬 칭송.

그 달콤함에 넘어간 사람은 그 기대에 부응하기 위해, 더 큰 선망과 칭송을 받기 위해 전력을 다한다. 아주 돈 한 푼 받은 것 없이 스스로 자청해서 밑천 탈탈 털어 낸다.

의도한 것이라면 무서운 심계다.

의도하지 않은 행동이라면, 진짜 무서운 재능이다.

그 능력으로 문파를 이끌었으면 천하제일 문파를 만들어 내는 것도 일은 아닐 것이다. 나라를 이끄는 군주였으면 부국강병은 물론 태평성대에 세계 정복까지 가능했을지도 모른다.

뭐, 어찌 되었든.

그 능력만 보면 확실히 좋은 능력이다.

다만.

"그런 놈이 왜 여길 왔느냐고!"

이건 해도 해도 너무했다.

벌써 수적들과 다섯 번째 전투다.

"으아앗! 마적 나부랭이들보다 못 싸우는 놈은 내 손에 죽을 줄 알거라!"

의혈단은 홀딱 넘어간 지 오래다.

수적과의 전투가 벌어지기만 하면 선불 맞은 돼지처럼 누구보다 빠르게 적선 위로 몸을 날려 댄다.

"설마 우리가 무식한 산적들보다 못 한 것은 아니리라 믿습니다! 모두 전력을 다하세요!"

마적들도 넘어갔다.

얌체처럼 제 전력 보전하기 바쁘던 옥분은 그놈의 자존심 때문에 눈 돌아갔다.

이제는 전력 보전이고 나발이고 신경도 안 쓰고 그저 장한곤의 눈에 마적들이 산적들보다 뒤처져 보일까 더 걱정하는 눈치다.

하여간 옥분은 그놈의 자존심이 문제다.

뭐, 여기까진 이해할 수 있다.

따지고 보면 그놈의 자존심과 경쟁심 때문에 신강에서도 비슷한 짓거리를 했었던 인간들이었으니까.

다만.

"저것들은 대체 왜 저러는 거야?"

이현이 사태의 심각성을 다시 한 번 깨닫게 한 것.

"장강 위에서 땅개들이 날뛰도록 내버려 둘 작정이냐! 우리 장강의 용사들의 힘을 보여주자! 우리들이야말로 도사님의 충신임을 입증해 보이자!"

수적들이다.

포로로 잡힌 수적들이 쥐도 새도 모르게 넘어가서 동족상잔에 앞장서고 있다.

이게 그냥 배에 매달려서 오들오들 떨기 싫어 상대 수적의 배를 빼앗기 위해 하는 것이면 모르겠는데, 이건 그것도 아니다.

순전히 자존심 때문이다.

그리고 장한곤의 선망에 찬 시선과 칭송 때문이다.

그 시선과 칭송을 받겠다고 이현을 막아선 수적들에 대한 정보는 물론, 그들이 주로 애용하는 전술까지 고스란히 보고해 댄다.

제 놈들이 언제부터 수하들이었다고!

덕분에. 아니 그 탓에 수적 토벌이 순조롭다. 아니, 순조
롭다 못해 쾌속했다.

"제길! 진짜 이러다가 한 달 안에 장강십팔채 다 쓸어버
리는 것 아니야?"

이러다 예정보다 일찍 무당파로 복귀해야 할 판이다.

빨라도 너무 빨랐다.

*   *   *

이현의 진심이 어떻든.

무림은 연전연승을 거듭하는 이현의 수적 토벌에 집중했다.

이현의 이름은 더 이상 뜨거울 수 없을 만큼 뜨거워졌다.

당연했다.

천마를 죽인 것도 최연소다. 수적 토벌 과정에서 이루어
낸 성과도 최단기다.

이제 무림은 더 이상 이현의 수적 토벌 가능성에 염려나
우려 따위 하지도 않았다.

대신 과연 이현이 얼마나 빠른 시간 내에 수적 토벌의 업
적을 완수할 수 있을까가 관심의 대상이 되었을 뿐이다.

그리고 그만큼 이현의 이름이 가지는 크기는 더욱더 커
졌다.

이제 그저 젊은 신진고수가 아니다.

무당과 별개로 의혈단과 마적단, 그리고 수적단을 비롯한 무림의 젊은 영재들을 수하로 거느린 거대한 무력 조직의 주인이다.

이미 그 자체로 당장 문파를 세운다고 해도 능히 천하제일문을 세울 수 있을지도 모른다는 말까지 공공연히 나돌 지경이다.

또한,

이현은 그 이름 자체로 불가능을 가능으로 만드는 존재로 통하고 있었다.

무당무왕(巫堂武王).

이현을 부르는 새로운 별호다.

스승인 청수진인이 태극검제라는 별호를 먼저 얻었기에 제자인 이현은 그보다 아래인 왕자를 붙여 무당무왕이라 부르는 것이다.

더욱이 이현의 무술이 태극검제와 달리 검에만 국한되어 있지 않아 검왕이 아닌 무왕이란 칭호로 대신했다.

어찌 되었든.

그 위상은 하루가 다르게 올라갔다.

무당의 위상 또한 하루가 다르게 달라졌다. 천하십대고수 중 둘을 배출했다. 그중에서도 이현은 현재 한창 주가를 올리고 있는 상황이다.

그 명성이 어제가 다르고 오늘은 또 다르다.

그렇게 이현의 명성은 이제 누구도 감히 범접하기 어려운 지경에 이르렀다.

그리고.

"……무당무왕이라……."

무림맹주 천호건은 조용히 그 새로운 천하십대고수의 이름을 곱씹고 있었다.

통. 통. 통.

무적철권이라 불리는 별호에 어울리는 굵고 단단한 손가락은 자단목 탁자를 두드렸다.

홀로 깊은 상념에 빠질 때 하는 그의 버릇이다.

이현이 수적 토벌로 명성을 높이는 사이.

무림맹은 여전히 제자리걸음이다. 문파 간의 의견 통일이 이루어지지 않고 있었다.

그것이 이현의 행보와 명확한 대비를 이룬다.

이현은 벌써 수적 토벌의 완성을 눈앞에 두고 있는데, 무림맹은 여전히 아무것도 하지 않고 있다는 이야기가 되는 것이니까.

"위험하군…… 무당은……!"

천호건은 잠시 눈을 감았다.

아무리 생각해도 위험하다는 느낌을 떨칠 수가 없다.

천마의 제자로 키워져, 그의 목적에 따라 정파의 젊은 고수로 등장해 무림맹주란 자리에 올랐다.

아무런 배경도 없기에 오히려 쉽게 맹주라는 자리에 오를 수 있었다.

여러 문파의 연합으로 구성된 무림맹에서 어떤 이해득실에도 소속되지 않은 고수란 존재는 그만큼 믿을 만한 존재로 비추어질 수 있었을 테니까.

반대로.

그렇기에 천호건은 항상 촉각을 곤두세워야 했다.

무림맹은 무당파를 비롯한 여러 문파들의 입김이 강하게 작용하는 곳이다.

그곳에서 무딘 정치적 감각으로는 버텨 낼 수 없다.

아니, 애초부터 그 정치적 감각 덕분에 무림맹주의 자리에 오를 수 있었다.

무림맹주에 오른 이후 스승인 천마를 배신한 이유도 그 탓이다.

비록 아직은 허수아비일지라도 무림맹주다.

정파의 중심이다.

그 정파를 천마에게 모두 가져다 바친다고 한들.

그에게는 사형제들이 있다.

그리고 천호건은 자신을 정확히 알고 있었다.

무림의 전부를 천마에게 가져다 바쳐도, 그것이 천호건의 몫으로 돌아오지 않는다.

결국 통일된 무림의 주인은 천마일 뿐이다.

천호건은 자신이 다른 세 사제들을 제치고 그 천마의 자리에 오를 수 있으리라 생각하지 않았다.

유약한 막내 사제를 제외한다면 그가 가장 능력이 떨어졌으니까.

무공이든 무엇이든 말이다.

그렇게 스승마저 배신하며 지켜 낸 무림맹주란 자리다.

그 선택은 탁월했다.

그것이 그의 감각이고, 판단이다.

그런 그가.

위기를 느끼고 있었다.

"벌써 여론은 무당으로 향하고 있다!"

무당의 힘이 커지고, 이현의 이름이 가지는 무게가 커진다.

벌써부터 무림맹에 속한 문파들 중 몇몇은 무당파에 선을 대기 위해 발 빠르게 움직이고 있다.

당연한 일이다. 무당의 힘은 그만큼 빠르게 성장하고 있었으니까. 그리고 당연하게도 시간이 지나면 지날수록 이러한 움직임은 더욱더 가속화될 것이다.

그렇게 되면 무림맹은 무당맹이 될지도 모른다.

또한, 무림맹주라는 자리는 언제고 이현의 차지가 될지도 모른다. 아니, 어쩌면 이현을 키워 낸 태극검제 청수진인의 차지가 될지도 모른다.

가능성은 없지 않다.

아니, 이대로 내버려 둔다면 언젠간 그렇게 될 것이다.

"처음부터 무당은 위험한 곳이었으니까."

애초 그가 무림맹주란 자리에 오른 이후 가장 경계했던 문파가 무당파였다.

"숨겨진 것이 많은 곳이야."

흑사신마에 의해 멸문에 가까운 타격을 받고도 오대문파를 연합하는 오검연의 중심이 되었다.

비정상적일 정도로 빠른 시간 동안 흑사신마에 의해 훼손되었던 정기를 회복하였고, 손실된 무공마저 복원해 냈다.

그리고 그 어려운 환경 속에서도 태극검제 청수진인이란 천하십대고수를 배출해 냈다.

우연의 일치라 보기 힘들다.

처음부터 무언가 숨긴 비장의 한 수가 있었을 것이다.

그리고 그 비장의 한 수가 현재의 이현을 만들어 냈을 가능성이 컸다.

청호건은 감히 바라보지도 못한 천마를 일 수에 죽인 이현이다.

그런 이현을 앞세운 무당파로부터 무림맹주의 자리를 지킬 수 있을 리 만무하다.

내어 달라면 내줘야 하는 자리가 되어 버렸다.

"그럴 수야 없는 일이지……."

천호건은 마음을 다잡았다.

스승마저 배신하고 차지한 자리를 이렇게 내어 줄 수는 없다.

타닥. 타닥. 타닥.

자단목 탁자를 두드리는 속도가 점점 더 빨라졌다.

그리고.

생각을 마쳤다.

씨익!

천호건은 웃었다.

"맹주령을 동원해야겠군. 영웅첩 정도면 충분하겠지."

단 한 번 무림맹주의 직권으로 모든 일을 처리할 수 있는 절대 권력.

맹주령.

무림맹의 누구도 그 맹주령에 반대할 수 없다.

그리고 정파 무림에 속해 있는 무인들의 동원을 요청할 수 있는 영웅첩.

그 두 개의 패라면 천호건 홀로 일을 도모할 수가 있다.

"신교를…… 아니, 마교를…… 친다!"

천호건이 움직였다.

무림맹주라는 자리를 지키기 위해.

                    *   *   *

천호건이 맹주령을 동원해 영웅첩을 돌렸다.

마교를 향해 칼을 뽑겠다는 의지를 드러냈다.

정파의 젊은 고수들은 저마다 청운의 꿈을 품고 무림맹을 향해 모여들고 있다.

이제 곧 맹주가 이끄는 정파의 무사들이 마교를 향해 진군을 시작할 것이다.

그리고.

이현은 장강의 수적들을 토벌하고 있다. 쉽지 않으리라 생각했던 일이 너무나 쉽게 진행되고 있다.

이대로 가다가는 장강십팔채가 정말 사라질지도 모른다.

이 모든 상황은 사파에게 불리하게 돌아가고 있었다.

그리고 그중에서도.

"하필 이런 때에!"

사도련의 총군사인 호설귀(狐舌鬼) 오운목은 발등에 불이 떨어진 것이나 다를 바 없었다.

사실 사파의 정신은 흑도 파락호와 다를 바가 없다.

사파의 최고의 가치는 이익이다. 이익을 위해서라면 수단
과 방법을 가리지 않는다.

그것이 사파다.

다만 흑도의 파락호와 다른 이유는 힘이 있다는 것이 전
부다.

실제로 흑도에서 출발해 사파의 일원이 된 세력도 부지기
수다.

그리고 사도련은 그런 사파의 모든 문파를 아우르는 연
합체다. 무림맹과는 그 체제가 다르다. 무림맹은 구성 문파
의 지원을 받지만, 사도련은 구성 문파의 상납을 받는다.

그 차이다.

하지만 사도련이 사파의 전부라는 것은 아니다.

온전한 사파가 되기 위해서는 녹림십팔채와 장강십팔채
가 더해져야 한다.

사도련, 녹림십팔채, 장강십팔채.

이 세 단체는 평상시에는 각각의 영역에서 활동하지만,
위기시에는 그 뜻을 함께하는 동맹체로서 사파를 구성했다.

물론, 그들이 뜻을 함께하는 데에는 생존이나, 이득이라
는 전제 조건이 따라야만 가능하다.

그런데 현재 뜻을 함께해야 할 녹림십팔채는 제 살림 간수하기도 바쁘고, 장강십팔채는 지금 이현에게 공격받고 있다.

아니, 따지고 보면 녹림십팔채가 그 지경이 된 것도 이현 때문이었다.

그 때문에 위기는 더욱 크게 다가왔다.

사도련을 지원해 주어야 할 세력이 존재하지 않았다. 거기에 지금껏 미적대며 결정을 미뤄 오던 무림맹이 마교 토벌을 공표하고 나섰다.

애초에 이득에 의해 이루어진 사도련이다.

이득이 흔들리고, 안전을 위협당하고 있다.

사도련의 체제 자체가 균열이 일어나고 있었다.

사파의 몰락을 지켜보기 싫다면 반드시 이번 사태를 수습하고 봉합해야 한다.

사도련의 건재함을 보이고, 정파의 독주를 막아야 한다.

하지만.

"하필! 이럴 때에 자리를 비우셔서는!"

이 위기를 앞장서 타개해야 할 사도련주는 현재 사도련에 존재하지 않는다.

비록 총군사이지만 모든 권력이 사도련주에게 집중된 체제상 오운목이 현재 할 수 있는 일은 없다.

"이럴 것이면 권한을 좀 늘려 주시든가! 고작 무사대 세 개로 대체 뭘 하라고! 이딴 게 무슨 권한이라고!"

그의 독단으로 움직일 수 있는 무사대라고 해 봐야 세 개 대가 넘지 못한다.

그것으로는 무림맹은커녕, 현재 장강에서 분탕질을 치고 있는 이현을 막을 수 있을지도 미지수다.

사도련주의 부재는 한시라도 빨리 움직여야 하는 지금 족 쇄가 되어 버린 것이다.

"그렇다고 이대로 두면 날아가는 것은 내 몫일 테니!"

복도를 걷는 오운목의 발걸음이 빨라졌다.

이대로 두 손 놓고 있을 수는 없다. 그랬다가는 돌아온 사도련주가 가만히 있지 않을 것이다.

그의 주인은 화가 나면 무서운 존재다.

괜히 강호에서 빙혈도제(氷血刀帝)라 불리는 것이 아니 다. 곁에서 지켜봐 왔기에 더욱더 잘 알고 있었다.

그가 사도련주가 될 때.

사파의 모든 문파는 숨죽였다. 그를 반대하던 사파 문파 는 풀 한 포기 남기지 못한 채 멸문했고, 반대했던 원로들은 편한 죽음마저 허락받지 못했었다.

사도련주는 그 모든 일을 눈 한 번 깜빡이지 않고 행했다.

그러니 어떻게든 이 일을 처리해야 한다.

손발 다 떼고, 그래도 죽지 않기 위해서는 무언가 궁여지
책이라도 내놓아야 할 판이다.

그리고 지금.

그가 바삐 걸음을 옮겨 향하는 곳이 그 궁여지책을 마련
해 줄 사람이 머무는 곳이다.

아니, 어쩌면 그 사람이라면 오운목이 무슨 짓을 저질러
도 살아남을 수 있는 면죄부를 쥐어 줄 수 있을지도 모른다.

사도련의 실질적인 권력의 핵심이자, 냉혈도제마저 결코
이길 수 없는 유일한 존재였으니까.

우뚝.

그렇게 생각하는 사이 어느덧 목적지에 다다랐다.

큰 미닫이문 앞에 선 오운목은 감히 먼저 문을 열어 안으
로 들어갈 생각조차 하지 않았다.

"총군사 오운목입니다."

그저 문밖에 서서 안에서 대답을 해오길 기다릴 뿐이다.

"오랜만이군요. 무슨 일이신가요?"

그리고 대답이 돌아왔다.

그 대답에 오운목의 입가에 미소가 번졌다. 문 너머에서
들려오는 목소리만으로도 벌써 마음이 놓였다.

"별일 아닙니다. 그저 잠시 외출을 다녀오시는 것은 어떠
신지 건의드리러 왔습니다."

어느덧 오운목의 목소리에도 미소가 담겼다.

이튿날.

사도련은 대응을 시작했다.

지금의 빙혈도제가 처음으로 사도련주의 자리에 올랐을 때 이후 처음으로.

사도련에 상주한 모든 무인들이 길을 나섰다. 그리고 사도련의 이름으로 각각 사파 문파에 동원령이 내려졌다.

사파 최대의 규모다.

그리고.

당연하게도 그들의 방향은 북쪽.

그중에서도 당장 그들의 우군이라 할 수 있는 장강십팔채의 주인인 수적왕이 이끄는 수룡채를 향해서였다.

이로써

정사. 양쪽 모두 움직이기 시작한 것이다.

*   *   *

"……제길! 정말 한 달 안에 다 쓸어버리다니!"

이현은 배 위에서 투덜거렸다.

장강십팔채.

그중 열두 채를 쓸어버렸다. 그리고 그 생존자들은 고스란히 포로 겸 아군으로 돌아왔다. 그들이 쓰던 배도 마찬가지다.

이제 이현이 이끄는 이들의 숫자만 해도 삼천을 바라본다.

이 정도면 진짜 전쟁을 해야 어울릴 숫자다.

"한 달은 아니지. 스무날도 안 됐는걸! 아니다! 보름 조금 넘었다고 해야 하나?"

"그 말이 그 말이지."

날짜를 정정해 주는 청화의 말에 이현의 얼굴은 더욱더 참혹하게 일그러졌다.

수적들을 토벌하는 시간이 곧, 이현이 자유를 보장받는 시간이다.

그런데 그 자유를 보장받는 시간이 애초 예상보다 훨씬 빨리 단축되어 버렸다.

"이게 다 저 빌어먹을 자식 때문이다!"

이현의 고개가 휙 돌아갔다.

그곳에 이 모든 일의 원흉.

"우와! 정말 대단하십니다!"

어린애도 안 믿을 무용담을 듣고 흠뻑 넘어가 감탄을 터트리는 장한곤이 있었다.

신난 건 옥분과 정만이다. 그 옆에 빠끔히 어느덧 수적단단주가 된 모산발이 고개를 내밀고 자기 자랑을 시작한다.

이게 다 저 장한곤 때문이다.

순진한 건지, 단순한 건지 허풍과 사실도 구분 못 하고 연신 터트려 대는 감탄사 때문이다.

그거에 홀딱 넘어가서 일이 이 지경이 되어 버렸다.

첫 전투를 제외하고는 이현은 수채 열두 채가 쓸려 나가는 동안 칼 한 번 뽑아 보지도 못했다.

이현이 칼을 뽑은 때라고는 진전이라고는 없는 청화에게 쌍 태극혜검을 가르쳐 줄 때밖에 없었다.

뽑을 만한 상황이 아니었다.

장한곤에게 자랑하겠다고 거품 물고 수적 토벌에 사활을 거는 의혈단과 마적단, 그리고 새로 생긴 수적단을 보면 기가 차서 칼 뽑을 생각도 안 든다.

쉬엄쉬엄하라고 했는데도 이 지경이다. 아니, 막판에 가서는 최대한 천천히 하라고 협박까지 했다.

그런데 어째 점점 더 빨라졌다.

쉬엄쉬엄하라고 할 때도 전보다 빨라졌고, 최대한 천천히 하라고 협박할 때는 아주 번갯불에 콩 볶아 먹을 기세로 수적들을 쓸어버렸다.

그래서 이젠 아무 말도 안 한다.

이미 분위기를 보면 이제 와 쥐어 패서 천천히 하라고 한다고 한들 말을 들어 먹을 분위기가 아니다.

덕분에.

아니, 때문에.

이제 남은 장강십팔채는 여섯 채다.

그리고 그 여섯 채마저도 눈앞에 수룡채에 모두 합류해 있는 상황이다.

고로 이번 한 번의 전투만 끝나면 수적 토벌도 이대로 좋나는 것이다.

"저것들도 겉멋만 들어서는……."

이현은 괜한 심술에 저 멀리 보이는 마지막 토벌 대상을 보며 투덜거렸다.

강 위에 떠 있는 거대한 배. 아니, 섬.

수명을 다한 폐선들을 모아 하나의 인공적인 섬을 만들어 놓은 곳.

부초(浮草).

폐선들을 모아 만들었으니 배로서의 기능은 없다. 고작 물 위에 떠 있는 거대한 부유물일 뿐이다.

그곳이 수적왕이 이끄는 수룡채의 본거지다.

크기는 또 무지막지하게 크다.

무시할 수는 없다.

수적들의 말로는 그 위에서 밭도 일구고, 논도 일굴 수 있어 자급자족이 가능하다고 한다.

　거기에 정박할 수 있는 배만 해도 수적들이 주로 쓰는 쾌속선으로 족히 쉰 척은 된다고 하니 그야말로 물 위에 떠 있는 난공불락의 요새나 다름없다.

　"……이번만큼은!"

　이현은 그 수적 토벌 마지막 사냥감을 바라보며 다짐했다.

　이번만큼은 반드시!

　"최대한 시간을 끌 수 있는 데까지 끈다!"

　수룡채마저 쓸어버리면 그땐 정말 무당파로 끌려가야 한다.

　그러니 끌 수 있는 데까지 끌어야 한다.

　할 수 있는 한 최대한으로!

　이미 그의 협박이나 태만으로 가속도가 붙어 버린 수적 토벌을 늦출 수 없다는 것은 입증되었다.

　그래서 거기에 대한 작전도 다 짜 났다.

　자유를 누리고자 하는 이현의 의지는 그만큼이나 확고했다.

　그러니까.

　"풍악을 울려라!"

　제대로 놀아 볼 작정이었다.

　수적 토벌.

그 마지막을 앞두고 수룡채를 포위한 이현의 배 위에서는 한바탕 술잔치가 벌어졌다.

그것이 이현이 수적 토벌을 최대한 늦추기 위한 마지막 방법이었다.

*　　　*　　　*

이현이 수적 토벌을 늦추기 위해 선상 잔치를 벌이고 있을 때.

수룡채의 본거지인 부초.

그 안에서도 가장 깊은 곳에 자리한 용소라는 곳의 전각 안에는 여인이 앉아 있었다.

쪼르르르.

이제 서른 초중반에 접어든 여인은 아름다운 자태를 뽐내며 조용히 술잔에 술을 따랐다.

이현의 무리가 부초를 포위하고 있는 것 따위는 전혀 개의치 않는 태연한 모습이다.

"홋!"

여인은 웃었다.

"만박괴가 죽기 전에 남겼다는 용산산(龍散酸)이 확실히 효과가 좋긴 좋군요. 당신이 제게 그런 표정을 다 짓고 말이죠?"

용산산.

백 년 전 천하 사괴(四怪)로 꼽히던 만박괴가 죽기 직전에 남긴 산독공이다. 한 번 흡입하면 제아무리 고수라도 족히 열닷새 동안은 공력을 움직이지 못한다는 강력한 효능으로도 유명했다.

하지만 단점은 그만큼 명확했다.

괜히 이름에 산(酸)자가 붙은 것이 아니다. 액체로 되어 있어 공기 중에 뿌릴 수도 없다. 신맛이 강해 쉽게 의심을 사는 데다가 특유의 냄새까지 있어 사실상 독으로서의 효용 가치로는 낙제점이나 다름없다.

은밀하게 용독할 수 없으니 아무리 효능이 좋아도 쓰임이 없는 것이다.

하지만 제조법이 없기에 만박괴가 죽기 직전에 남긴 것이 유일해 희소성은 높다.

백여 년이 지난 지금에 와서는 용산산을 구하기는 하늘의 별 따기와 다를 바 없다. 천금을 들여도 운이 닿지 못하면 구할 수 없는 귀물이다.

여인은 그것을 이야기하고 있는 것이다.

그리고.

"안 그런가요?"

여인이 시선을 돌려 넓은 방 안 구석을 응시했다.

그곳에 서른 후반의 사내가 있었다.

"노, 놓아 주시오! 그대가 지금이라도 놓아 준다면 지금까지의 일은 모두 없던 것으로 하겠소!"

겨우 속옷만 차려입은 반라의 모습으로. 그것도 온몸이 쇠사슬로 결박된 채.

나름 심각한 듯 말하고 있지만, 하나도 심각하거나 무서워 보이지 않았다.

하긴, 반라나 다름없는 상태로 결박되어서, 그것도 서글서글한 눈으로 심각하게 말해 봐야 그것이 얼마나 통하겠는가.

"그럴 수야 없지요. 없던 일로 하기에는 그동안 들인 공이 적지 않은 걸요. 안 그런가요?"

여인은 눈 하나 깜빡하지 않고 답하며 술잔을 비웠다.

그리고.

사락.

일어섰다.

그 움직임에 그녀가 입은 붉은 비단 장포가 잠시 펄럭였다. 더불어 옷고름에 이어진 두 개의 푸른빛 단도 모양의 노리개가 잠시 출렁였다.

사각. 사각.

여인은 그 상태로 사내를 향해 다가갔다.

붉은 입술은 여전히 농염한 미소를 짓고 있었다.

그녀가 사내를 향해 다가설 때마다. 희고 고운 다리가 장포 밖으로 드러났다가 사라지길 반복한다. 그리고……

장포도 다 가리지 못한 상체는.

풍만한 그녀의 가슴골이 살짝 드러나 있었다.

겉보기에는 안에 옷을 입고 있는 것인지, 아닌지도 분간할 수 없는 모습이다.

"설마 제가 오늘을 얼마나 기다렸는지 모르시지는 않겠지요?"

다가서는 그녀의 물음에.

"오, 오지 마시오! 멈춰! 멈추시오! 내 오늘의 일은 결코 잊지 않을 것이오!"

중년의 사내가 질겁을 하고 소리쳤다.

온몸이 쇠사슬로 결박된 상태에서도 어떻게든 그녀와의 거리를 벌리려고 꿈틀거렸다.

하지만 그녀는 여전히 여유로웠다.

"그럼요. 잊으시면 안 되죠. 아니, 제가 잊지 못하도록 해 드리겠어요."

여유로운 그녀의 대답에 울상이 된 건 사내다.

"내, 내게는 여우 같은 부인이! 아니, 토끼 같은 부인이 있소이다!"

질끈 두 눈 감고 소리친다.

우뚝!

그 소리에 여인의 걸음이 멈췄다.

더 이상 들려오지 않는 걸음 소리에 사내는 조심스럽게 실눈을 뜨고 여인의 표정을 살폈다.

더 이상 다가오지 않는 여인의 행동에 희망을 가진 듯했다.

"알죠. 너무나 잘. 어찌 모를까요. 그래서요? 그것이 과연 소녀를 멈출 수 있는 이유가 될지는 모르겠군요."

여인은 사내의 실낱같은 희망을 상큼한 미소로 짓밟아 주었다.

그리고.

성큼.

다시 사내를 향해 걸음을 내디딘다.

"이익!"

더 이상 설득할 말도 없는 사내는 그저 눈을 질끈 감으며 기적을 바랄 수밖에 없었다.

그때였다.

똑똑!

"곤노입니다."

걸쇠로 굳게 잠긴 문밖에서 기적이 들려왔다.

"……무슨 일이죠?"

그 기척이 사내를 향해 다가서던 여인을 돌려세웠다.

여인은 몸을 돌려 문을 열었다.

문밖에는 등 굽은 노인이 서서 그녀를 기다리고 있었다.

"무슨 일이죠? 특별한 일이 아니면 제 허락이 있기 전까지는 접근하지 말라고 했을 텐데요?"

중요한 순간을 방해받았기 때문일까.

곤노라는 노인을 향한 여인의 물음엔 가시가 돋쳐 있었다.

그리고.

곤도 또한 그 기색을 읽었는지 고개를 조아리며 더 이상 심기를 거스르지 않게 조심했다.

"사방으로 포위를 당했습니다. 아무래도 직접 나서셔야……."

"오늘은 안 돼요!"

"하오나 상황이……!"

"알아서 하세요. 모든 건 자체적인 결정에 맡기겠어요. 단! 오늘만큼은 절대 제가 직접 나서는 일이 없었으면 해요. 제 말뜻. 무엇인지 아시리라 믿어요. 곤노!"

여인은 냉정하게 곤노의 의견을 묵살했다.

"하오나 모두들 불안해하고 있어서……."

"곤노는 제 말뜻을 이해하지 못하셨나요. 아니, 이 수적왕의 말뜻을 이해하지 못하셨나요?"

비록 말석이라고는 하지만 천하십대고수의 한 자리를 차지하고 있는 절대 강자.

전대 장강십팔채의 총표파자를 죽이고 그 자리를 계승한 뒤 줄곧 장강의 물길을 다스려 온 장강의 지배자.

그리고 이현이 등장하기 전까지 천하십대고수 중 가장 어린 나이를 자랑했던 절대고수.

수적왕 초희.

그것이 그녀의 정체였다.

북풍한설처럼 차가운 그녀의 물음에 곤노는 어깨를 움츠렸다.

애초 곤노는 무림인이 아니다.

단지 그녀가 위기에 빠진 그를 구하고 수룡채의 총관이란 자리에 앉혀 놓았을 뿐이다.

그것도 달리 이유가 있어서가 아니다. 무공을 익힌 것도 아니고 머리 좋은 책사도 아니다. 성실하긴 하지만, 평소에도 빈번히 실수를 저지르는 곤노다.

그런 곤노를 총관의 자리에 앉힌 것은 순전히 그녀의 변덕일 뿐이다.

그러니 그런 곤노가 차가운 그녀의 기세를 받아 낼 수 있을 리 없다.

"정 불안하시다면 전투태세를 갖추시고 위협사격이라도
하세요. 단! 오늘만큼은 절대로 아무 일도 일어나서는 안 된
다는 것을 명심하세요."

"아, 알겠습니다."

곤노는 그렇게 그녀의 명령을 받고 나서야 급히 몸을 돌
렸다.

열린 문틈 너머로 곤노의 모습이 온전히 사라진 것을 확
인한 수적왕 초희는 그제야 다시 얼굴에 미소를 찾았다.

그리고.

빙글.

몸을 돌려 구석에서 떨고 있는 사내를 바라보았다.

"이제 소녀와 하던 일을 계속해야겠지요?"

"무, 무슨 일을 말이오!"

사내가 급히 소리쳐 보지만 이미 늦었다.

끼익!

곤노에 의해 잠시 열렸던 그 문이 서서히 닫힌다.

더불어 사내를 향해 다가가는 초희의 걸음도 서서히 빨라
지고 있었다.

"글쎄요? 무슨 일일까요?"

빙글 웃는 그녀의 웃음 섞인 물음과 함께.

사락.

비단옷이 살결을 훑어가는 소리가 들려온다.

뒤이어.

"왜, 왜 그러는 것이오! 오, 옷은 왜 벗……!"

사내의 당황한 외침이 들려왔지만 그것도 잠시다.

탁!

문이 닫히는 소리에 사내의 외침은 묻혀 버렸다.

단단히 닫혀 버린 수적왕 초희의 거처. 용소.

"아아악! 다가오지 마시오! 다, 다가오지 말라니까! 화낸다! 나 화낸다! 정말 화낼 거…… 으아아악!"

잠시 사내의 필사적인 외침이 들려왔지만, 그 외침은 누구도 들을 수 없었다.

용소는 이제 그녀의 허락 없이는 누구도 근접할 수 없는 곳이었다.

*　　　*　　　*

먹고 마시고 논다!

수적 토벌을 조금이라도 늦추고자 하는 이현의 발악이다.

의혈단이고, 마적단이고, 수적단이고 간에 천성이 놀고먹고 날로 먹길 좋아하는 족속들이다. 놀고 마시고 먹다 보면 수적 토벌이고 나발이고 잊기 마련이다.

또한.

이제 무당 복귀가 눈앞으로 다가온 이현 스스로를 원 없이 마시고 먹기 위한 일석이조의 계책이기도 했다.

역시 궁하면 통하는 법이란 말은 맞다.

머리 쓰기 싫어하던 인간이 이런 생각까지 하게 되는 것을 보면 말이다.

실제로도 작전은 성공했다.

오랜만에 벌어진 잔치판에 갑판 위는 그야말로 놀자 판이다.

수룡채를 포위한 다른 배들도 마찬가지다.

"역시! 수룡채를 코앞에 두고도 대담하게 잔치를 벌이시는 도사님의 배포는 정말……!"

다만. 한창 분위기가 물오르던 차에 이번에도 어김없이 입을 열어 감탄을 터트리기 시작하는 장한곤.

순간 이현의 눈이 매섭게 빛났다!

"역시고 나발이고 너는 입 다물어! 입 열지마!"

한창 그 좋아하는 술을 병째로 나발을 불어 대던 것도 멈추고 엄중하게 경고했다.

"옙!"

그 엄포에 장한곤이 꼬리를 말고 입을 다문다.

그러나 이현의 매서운 눈빛은 여전히 장한곤에게 머물러

있었다.

'저놈은 항상 조심해야 돼!'

이현은 다시 한 번 장한곤을 향한 대한 경계를 강화했다.

괜히 또 밑에 애들 헛바람 집어넣어서 술김에 사고 치는 일은 없어야 했다.

여기서 말하는 사고는 수룡채를 공격하는 일이다.

'그냥 즐기는 거다! 놀 수 있을 때까지! 마지막 자유를 즐기는 것이다! 적어도 술 떨어질 때까지!'

그 마지막 자유를 위해서 이현은 한시도 장한곤을 향한 경계를 게을리하지 않았다.

눈앞에 장강십팔채의 주인을 두고 고작 무림 초출 애송이를 경계해야 한다는 것이 우스운 일이지만 어쩌겠는가.

마지막 자유를 사수하기 위해서는 어쩔 수가 없다.

그렇게 다시 술판이 이어졌다.

벌어진 술판 속에서 이런저런 이야기가 나왔다.

강호에 떠도는 소식들이다.

"무림맹은 벌써 신강에 진입했다는 모양이더군요. 곧 마교 놈들과 일전을 치를 기세랍니다. 이번엔 무림맹주가 독하게 마음먹었나 보더군요."

"뭐, 그러든지 말든지!"

"아! 그리고 사도련에서도 움직이기 시작했다고 합니다.

빙혈도제가 사도련주에 오른 뒤 최대 규모 숫자의 무사들이 동원됐다고 합니다.”

“하긴, 그것들도 똥줄 탈 테니까. 이대로 있다가는 무림맹 독주가 될 판인데 가만히 있을 수야 없겠지.”

“조심해서 나쁠 것은 없을 것 같습니다. 이래저래 사파와 저희는 사이가 좋은 편이 아니니까요. 잘못하면 사도련에서 우릴 먼저 공격해 올지도 모르겠습니다.”

주로 이야기하는 건 옥분이었고, 심드렁하게 대답하는 건 이현이었다.

그러나 이번만큼은 이현도 눈을 반짝였다.

“그래 주면 감사하지. 어차피 걔네들 별것도 아닌데 뭘.”

사도련이 먼저 공격을 해 올지도 모른다. 애초 목적은 수적 토벌이었지만, 사도련에서 먼저 공격을 해 온다면 목적은 수정되어야 한다.

사도련과 싸운다.

그렇게 되면 무당으로 돌아가는 시간을 더욱더 늦출 수 있다.

이현에게는 듣던 중 반가운 소리다.

무엇보다.

이현은 사파를 그리 높게 취급하지 않았다.

야율한 때 이미 겪어 봤다. 정파는 무당신검을 중심으로 끈질기게 반항했지만, 사파는 단 한 번의 공격에 허무하게 무너져 버렸다.

수적도, 산적도, 그리고 사도련도 마찬가지다.

사실, 그래서 별다른 기억도 없다.

"그러시다가 정말 사도련주 목이라도 따시는 것 아닙니까?"

옥분의 물음에 이현이 피식 웃었다.

"뭐, 그것도 나쁘진 않은…… 젠장! 그랬다가는 진짜 일년 내내 비무만 해야 될지도 모른다고!"

그때였다.

퍼엉!

저 멀리서 폭음이 들려왔다.

수룡채의 본거지라던 부초에서부터 시작된 폭음이다.

그리고.

펑! 퍼펑! 펑!

부초에서 연이어 폭음이 들려왔다.

"대포군!"

그 소리를 쫓아 고개를 돌리던 이현은 단번에 폭음의 정체를 알아차릴 수 있었다.

대포다.

부초에서 대포를 쐈다.

"겨, 경계 태세! 적이 대포를 쐈다! 각자 자리로……."

대번에 놀자판이었던 갑판에서 난리가 났다. 한창 술이 오른 참에 적측이 쏘아 올린 대포다.

군부에서 전쟁때나 쓰던 대포를 수적이 쏘았다. 대번에 경계 태세에 돌입하고 긴장할 수밖에 없는 상황이다.

"아! 괜찮아! 괜찮아! 어차피 안 맞아! 그냥 놀던 대로 놀아!"

그것을 진정시킨 건 이현이었다.

날아오는 포탄을 보고 궤적을 읽었다.

어차피 날아오는 포탄 중 경계해야 할 것은 없다.

대부분 그들이 탄 배를 넘어가거나, 미치지도 못하고 강 위로 곤두박질칠 것들이다.

실제로 배에 타격을 줄 만한 공격은 아니다.

"응? 진짜 괜찮아? 그래도 대포는 위험한 거랬는데?"

청화도 걱정했지만 이현은 씩 웃을 뿐이다.

"어차피 저놈들한테 대포가 있다는 건 미리 알고 있었던 일이다. 그리고 실제로 이 배를 맞출 만한 건 하나도 없어. 아마 대포 쏘는 놈이 등신이거나, 아니면 그냥 겁만 주려고 쏘는 위협사격일 게 뻔해."

"헤헷! 그렇구나?"

이현의 설명에 그제야 청화가 안심하고 웃는다.

그러고는 진짜로 아무 걱정 없다는 듯 양 볼 빵빵하게 먹을 것을 채워 넣는다.

수룡채가 대포를 가지고 있다는 정보는 이미 포로로 잡은 수적단을 통해서 들었던 이야기다.

거기에 적이 이쪽을 맞출 능력이 없음을, 혹은 맞출 의도가 없을 안 이상 걱정할 것도 없다.

어차피 적도 당장 싸움을 원하는 것은 아닌 이상.

술판을 여기서 끝낼 수는 없다.

술판이 끝났다가는 또 일 크게 만드는 장한곤의 능력이 발동할지도 모른다.

그럼 진짜 자유는 끝이다.

"역시! 도사님이십니다! 포성만 듣고도 적의 의도를 한눈에 간파하시는 혜안은 정말……!"

"조용히 하라고 했다? 한 번만 더 지껄여 봐 입을 확 꿰매 버릴 테니까!"

"옙!"

역시나.

장한곤이 이 틈을 놓치지 않고 또 주절주절 입을 열려고 했다.

다시 한 번 엄중한 경고를 준 이현은 장한곤을 한번 노려본 이후 다시 술을 즐겼다.

역시.

"배 위에서 마시는 술도 좋구만!"

어디에서 먹는들 안 맛있겠냐만은, 배 위에서 마시는 술도 나름의 맛이 있었다.

특히나 이렇게 적이 지척에 있는 상황에서 마시는 술은 제법 짜릿한 맛도 있어 특히나 그 맛이 각별했다.

그런 그에게 옥분이 다가왔다.

이현의 말에 다시 시작된 술판이었지만, 옥분은 대포를 쏘아 대는 수적들이 못내 걱정인 듯했다.

"괜찮겠습니까? 위협사격인 듯싶지만…… 수적들에게 들은 바로는 수룡채가 쓰는 포탄이 이중 폭발을……!"

그 말이 채 끝나기도 전이었다.

쿠흥!

이현의 배 위를 훌쩍 넘어 지나가 강물에 박힌 포탄이 떨어진 자리에서 폭음과 함께 물기둥이 치솟았다.

*   *   *

옥분의 염려처럼 수룡채가 쏘아 올리는 포탄은 이중 폭발을 일으키는 구조다.

군부에서 시험용으로 제작되었다가 그 신뢰성의 문제로

연구를 포기한 기술을 수룡채가 입수해 자체 개발해 낸 신무기인 셈이다.

물론, 신뢰성의 문제는 아직 남아 있다.

일 차 충돌 이후 폭발이 일어나는 이중 폭발을 위해 설계되었지만, 불발 비율이 압도적으로 높다. 거기다가 목적과 다르게 언제 폭발할지도 불확실하다. 충돌 직후 터지는 것이 있는가 하면 충돌하기 전에 허공에서 터져 버리기도 한다.

하지만.

그것만으로도 장강에서는 무적에 가까운 무기다.

실제로도 수룡채가 장강십팔채의 중심이 될 수 있었던 데에는 초희의 압도적인 무공만큼이나, 포탄의 이중 폭발 능력이 큰 역할을 담당했었다.

그리고.

그것은 곧 수룡채에게 있어서 수적왕 초희의 존재만큼이나 자부심이 깃든 무기라는 의미이기도 했다.

문제는 그것이었다.

"저 붕어 밥으로도 못 써먹을 것들이 아직도 놀자 판이야?"

비록 위협사격이라지만 수룡채의 자부심이 깃든 포탄을 연거푸 쏘아내고 있다.

그렇다면 이쯤에서 겁을 먹고 포위를 풀어야 할 텐데도,

이현 측에서는 그런 반응이 없다.

아니, 여전히 갑판 위에서는 술판이 벌어져 있다.

옆에 포탄이 떨어지든 말든 그냥 놀고 마시겠다는 의미가 확연히 드러난다.

그 모습이 마치 수룡채를 비웃는 것 같다.

그것이 대포를 쏘아 올리는 수적들의 자존심을 긁었다.

"어디! 이래도 안 물리나 보자!"

대포를 쏘아 대는 수적들의 두 눈에 독기가 어리기 시작했다.

"괘, 괜찮겠습니까? 채주께서는 그저 위협사격만 하라고 하셨습니다만 점점 가까워지는 것 같습니다!"

그 모습에 곤노는 안절부절못했다.

처음에는 이현 측 배 멀리에 날아가 떨어지던 포탄이 점점 배 가까이에서 떨어지고 있다.

오늘만은 무슨 일이 있어도 사고 치지 말라고 했던 초희의 명령을 듣고 수적들에게 전했던 곤노로서는 혹시나 잘못해서 포탄이 적선을 맞추지나 않을까 걱정되는 것이다.

"걱정하지 마시우! 내가 여기서 대포만 몇 년을 쐈는데 실수 같은 걸 할 줄 아시우? 어차피 위협사격만 하면 되는 것 아니오! 위협사격만! 안 맞으면 그만이지! 안 그렇소? 그냥 저놈들 하는 꼴이 눈꼴 시려워서 그러우!"

그런 곤노를 대포를 쏘던 수적이 안심시켰다.

그리고.

펑!

또다시 한 발의 포탄이 쏘아졌다.

*　　　*　　　*

한쪽은 어차피 안 맞는다.

한쪽은 어차피 안 맞추기만 하면 된다.

그 안이한 마음속에서 수룡채는 열심히 대포를 쏘아 대고, 이현 측은 열심히 열과 성을 다해 술판을 벌이고 있었다.

옥분의 염려는 그저 염려로만 끝났다.

"아! 괜찮다니까! 어차피 안 맞으면 그만이야! 안 맞으면! 무슨 경계 인원을 편성하길 편성해! 놀 땐 다 같이 놀아야지! 안 그래? 자! 너도 그렇게 똥 씹은 얼굴 하지 말고 마셔! 아! 마시라니까? 술 마실래? 병풍 뒤에서 향내 맡을래?"

"······마셔야죠."

이현의 장담 아닌 장담. 거기에 양념으로 더해진 협박은 옥분을 다시 술자리에 복귀시키기에 충분했다.

확실히 포탄이 날아온 이래 지금껏 한 번도 배 위로 떨어진 적은 없다.

그러니 피해가 있을 리가 없다.

펑!

그러던 중.

이현이 자리한 기함 바로 앞 강물로 포탄 하나가 떨어졌다.

물기둥이 치솟았다. 그 물기둥이 향한 곳은 이현의 머리 위였다.

"……."

삽시간에 갑판 위에 정적이 흘렀다.

꿀꺽!

한창 즐겁게 술판을 즐기던 이현이 물벼락을 맞았으니 무슨 사단이 벌어져도 벌어지리라 모두들 예상한 것이다.

하지만.

"뭐, 이것도 괜찮네!"

사라진 물기둥 속에서 이현은 여전히 여유로웠다. 물에 빠진 생쥐 꼴이 되기는커녕 옷자락 하나 젖은 데 없이 뽀송 뽀송하다.

물기둥이 덮치기 전에 미리 기막을 펼쳐 쏟아지는 물을 막아 낸 탓이다.

그것은 이현과 함께 있던 청화도 마찬가지다.

다만.

"헤헤헷! 막 물이 이렇게 막! 헤헷! 신기해. 그런데 사질아 너 왜 이렇게 빙글빙글 돌아? 아…… 사질아 나 잠 와!"

"너이 쥐똥 같은 년아! 언제 또 술을 처마신 거야!"

"히힛! 몰라 나 잘래!"

언제 또 몰래 술을 처마셨는지 벌게진 얼굴로 술주정을 부리다가 푹 하고 상위로 고개를 처박은 것만 제외한다면 말이다.

"아오! 저 주정뱅이! 무슨 년이 머리에 피도 안 마른 게 벌써부터 술주정이야! 술주정이!"

좋았던 기분 잡쳤다.

그래도 이번에는 크게 술주정 안 하고 기절한 것이 다행이라면 다행이다.

술상에 고개를 파묻는 청화의 모습을 보다 못한 이현이 일어나 그를 챙기려 했다.

그때였다.

"아아! 쏟아지는 포탄 속에서도 여유를 잃지 않는 도사님의 모습을 이렇게 보고 있노라니, 꼭 어렸을 때 들었던 영웅담이 생각납니다!"

장한곤이 또 그새를 못 참고 입을 열었다.

가뜩이나 청화의 술주정으로 잡친 기분에 아주 재를 뿌리는 짓이다.

더욱이 내내 마음에 안 들었던 장한곤이다. 무당의 복귀가 눈앞에 있는 이유도 따지고 보면 모두 장한곤 때문이 아니던가.

청화는 못 때려도 장한곤은 때릴 수 있다.

다만 그동안 때릴 구실을 못 찾아서 안 때리고 있었을 뿐이다.

기분도 나쁘던 차에.

더욱이 내내 눈엣가시 같은 놈이 건수를 물어다 줬다.

이현은 찾아온 기회를 걷어찰 만큼 어리석은 사람은 아니었다.

"너 임마! 내가 한 번만 더 입 열면 그 입 꿰매 버린다고 했지! 일로 와 이 자식아! 내가 그 입……!"

옳다구나 청화를 향해 걸어가던 방향을 장한곤을 향해 바꾼 그때.

순간 시야에서 장한곤이 사라졌다. 대신 하얀 포말이 가득한 물기둥이 시야를 가득 메웠다.

펑!

폭발이 일어났다.

이현이 딛고 선 갑판 아래.

아니, 배 밑에서 일어난 거대한 폭발이다.

순식간에 치솟은 물기둥이 배를 수직으로 관통했다. 그 치솟은 물길에 이현과 청화의 모습이 사라졌다.

그리고.

끼이이익! 쿵!

이현이 탔던 기함이 큰 비명을 내지르며 반으로 갈라져 가라앉았다.

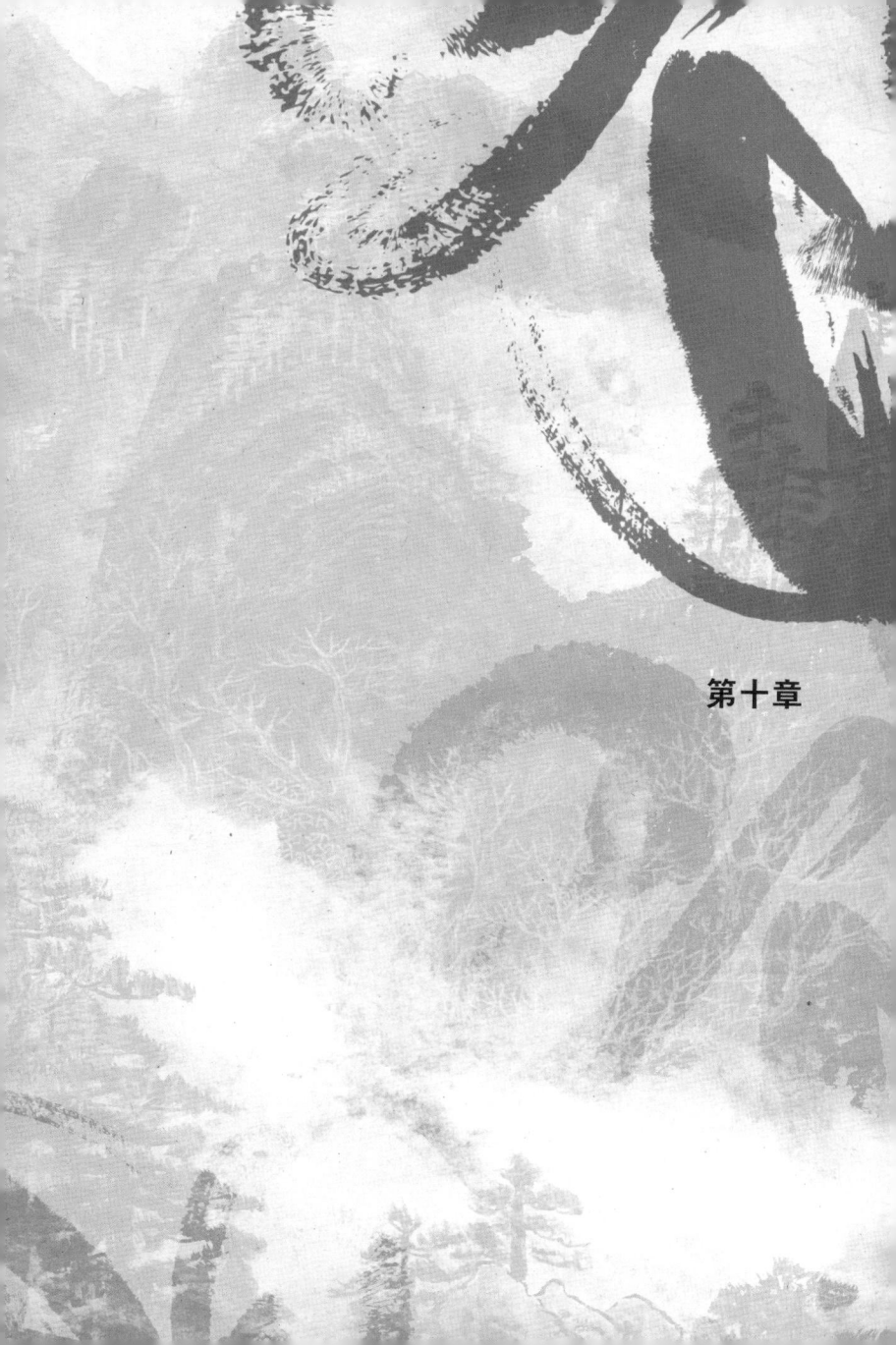

第十章

기함 바로 앞에서 떨어진 포탄.

포탄은 당연히 수룡채가 자랑하는 이중 폭발 형식의 포탄이다.

그리고 그 포탄이 물속에 가라앉아 이현이 타고 있던 기함 바로 아래에서부터 이중 폭발을 일으켰다.

그 한 번의 폭발로.

기함이 부서져 가라앉아 버렸다.

"……."

그 모습은 부초에서도 선명히 보였다.

이현의 술판에 한창 약이 올라 온갖 쌍욕이 난무하던 수룡채 수적들의 사이에서 침묵이 감돌았다.

애초에 맞추려고 했던 것이 아니다. 그리고 실제로도 맞추진 않았다.

다만, 그것이 배 밑에서부터 폭발했을 뿐이다.

이건 수적왕의 명령을 어겼다고 할 수도 없고, 그렇다고 명령을 충실히 따랐다고 할 수도 없는 상황이다.

이현이 탄 기함을 침몰시킨 혁혁한 전공을 세운 수적의 얼굴은 이미 흙빛으로 변한 지 오래다.

"괘, 괜찮을 거요. 마, 맞지? 맞다고 해 주시오!"

걱정하는 곤노에게 절대로 맞출 리 없다고 장담했던 그 수적이다.

수적왕의 불호령에 겁이 난 그는 당장이라도 울 것 같은 표정으로 곤노에게 답을 구했다.

"그, 그렇게 조심하라고 하지 않았습니까!"

곤노도 울고 싶긴 마찬가지다.

오늘만큼은 절대 아무 일도 벌어져서는 안 된다는 수적왕의 명령은 이미 물 건너간 지 오래다.

맞췄으니 전투가 벌어진 것은 불 보듯 뻔한 일이다.

그나마 다행이라면 침몰한 배가 대장선이라는 정도였지만, 그건 하나도 위로가 되지 않았다.

그렇게 두 사람이 서로를 마주 보며 울먹일 때였다.

"저, 저저저!"

쿵! 쿵! 쿵! 쿵!

별안간 수룡채 수적들 틈에서 소란이 일어났다.

그리고 연이어 대포가 쏘아지는 듯한 굉음이 저 멀리서부터 들려왔다.

아니, 굉음은 빠른 속도로 가까워져 오고 있었다.

"저게 무슨……."

그 소리의 시작을 쫓아 고개를 돌린 곤노는 입을 다물 수가 없었다.

대포 사격은 분명 멈췄다.

그런데 멀쩡한 강 위에 물기둥이 치솟는다.

그것도 모자라 하늘을 꿰뚫을 듯 치솟는 물기둥은 빠른 속도로 가까워지고 있었다.

그리고.

곤노는 보았다.

한 손엔 검, 또 다른 한 손에는 도를 든 채로 물 위를 빠른 속도로 달려오고 있는 분노에 가득 찬 사내를.

요 근래 저런 식으로 강 위를 달렸다는 사내에 대한 소문은 들었다.

곤노는 저도 모르게 그 소문의 주인공의 별호를 중얼거렸다.

"무당무왕."

무당무왕 이현이 부초를 향해 달려오고 있다.

*   *   *

"어떤 개자식이야!"

이현은 화가 머리끝까지 났다.

"기껏 목숨 줄 붙여 놨더니!"

무당 복귀를 늦추기 위한 그의 노력은 모두 물거품이 되어 버렸다.

이미 공격을 당한 이상 술판을 이어 나가 봐야 소용없는 짓이다. 싸워야 한다. 일단 이유야 어찌 되었든 싸우면 이겨야 하고, 싸움이 끝나면 무당파로 복귀해야 한다.

그렇게 많이 준비했던 귀한 술도, 산해진미도 이제 다 소용없다.

모처럼 돌아가지 않던 머리를 돌린 결과는 결국 물거품이 되어 버렸다.

또한.

폭발이 일어난 곳은 이현의 발아래다.

전혀 예상치 못한 폭발에 이현은 물벼락을 맞아야 했다.

다급히 호신강기를 펼치지 않았다면 정말 위험했을지도

모른다.

그리고 그 폭발의 범위 안에는 청화도 포함되어 있었다.

그 청화는 지금…….

"헤헷! 우와! 사질 나 꿈꾸나 봐! 사질이 막 물 위를 뛰어!"

이현의 등 뒤에 업힌 채로 술기운에 취해 비몽사몽하고 있었다.

"헤헷! 사질아 나 어지러워! 우웩!"

"야야! 토하지 마! 토하지 말라…… 잇쌍!"

그 자세 그대로 시큼한 구역질까지 쏟아 내며!

물벼락 맞은 것도 짜증 나는 판에, 등 뒤를 뜨끈하게 적시는 청화의 토사물 세례까지 받았다.

"다 뒤졌어!"

오랜만에 제대로 열 받은 이현은 눈이 돌아갔다.

스윽.

한 손에 쥔 거도를 움직였다.

화가 머리끝까지 차오른 이상 더 이상 앞뒤 잴 생각 따위는 없었다.

"뒤져라!"

스윽!

거도가 사선으로 허공을 갈랐다.

쩌저정!

거도의 움직임에 따라 대기에 큰 균열이 생겨났다.

마치 겨울철 꽁꽁 언 빙판이 깨어져 나가듯 아무것도 없는 허공이 깨어져 나갔다.

그리고.

쿠르르르릉!

부초 위에 세워진 건물들이 사선으로 갈라져 부서져 내렸다.

"마. 막아라!"

분노한 이현의 돌진에 수룡채의 수적들도 나름 필사적이었다.

목숨을 걸고 앞길을 막아섰다.

하지만 소용없는 짓이다.

"비켜 이 잡것들아."

이현은 달려오던 속도를 줄이지 않았다. 아니, 오히려 속도를 더욱 높였다.

그리고 그대로 들이받아 버렸다.

정면을 막아섰던 수적의 복부로 이현의 무릎이 꽂혔다.

그 충격에 비명도 지르지 못하고 직각으로 허리를 굽히는 수적을 이현은 귀찮은 벌레 쫓아내듯 가볍게 팔을 휘젓는 것만으로 저 멀리 날려 버렸다.

이현은 그대로 속도를 줄이지 않고 부초 깊이 돌진했다.

그러다가.

우뚝.

멈춰 섰다.

"……."

별안간 멈춰 선 이현의 태도에 수적들은 더욱더 긴장했다.

진하게 뿜어져 나오는 이현의 살기는 그들을 숨조차 제대로 쉬지 못하게 옭아매고 있었다.

이현은 살기로 번들거리는 목소리로 물었다.

"여기 대가리가 누구야!"

화가 머리끝까지 치솟은 상황에서도, 이현의 성격은 여전했다.

괜히 머릿수만 많은 조무래기들을 일일이 쫓아가며 박살내는 건 귀찮다.

건수 큰 하나.

수적들의 우두머리.

속칭 수적왕.

우선 그 대가리부터 잡아 족치는 것이 우선이다. 그다음 조무래기를 잡아 죽이든 구워 먹든 하면 그만이다.

"……."

그런 이현의 물음에 누구 하나 대답하는 이는 없었다.

피식.

그럼에도 이현은 웃었다.

상관없다.

"말하기 싫다는 건가? 좋아. 그럼 이 몸이 곧 답하고 싶게 해 주지."

대답하지 않겠다면, 대답하고 싶게 만들어 주면 그만이었다.

*　　　*　　　*

화가 난 이현을 막을 수 있는 존재는 아무도 없었다.

두 발이 땅 위에 있다. 그리고 땅 위에서는 천마마저 한 칼에 죽여 버린 이현이다.

그런 이현을 한낱 수적 따위가 막을 수 있을 리 만무하다.

그렇게 날뛰며 원하던 대답을 얻었다.

용소.

이 부초라는 곳 가장 중심지에 위치한 전각.

그곳이 수적왕의 거처라고 했다.

사냥감이 있는 위치를 알았으면 그다음으로 해야 할 행동은 뻔했다.

사냥감을 사냥하러 가는 것이다.

"막아라!"

수적들이 막아섰지만 그들은 전혀 장애물이 되지 못했다.

뒤이어 의혈단과 적조, 그리고 수적단까지 부초를 공격하기 시작한 마당이다.

안팎으로 혼란스러운 상황에서 이현을 막아설 적의 숫자는 한정되어 있고, 그 한정된 숫자로 이현을 멈춰 세울 수 있을 리 없었다.

"여긴 절대 못 간다!"

"시꺼!"

퍽!

용감한 수적 하나가 길을 막아섰지만 이현은 그저 거도를 한 번 휘두르는 것으로 상대를 날려 버렸다.

내공은 쓰지 않았다.

내공을 쓰기에도 아까운 상대다.

그저 거도를 한 번 휘두르는 것만으로도 상대를 날려 버리기 충분한데 굳이 그 이상의 힘을 쓸 필요는 없는 법이다.

아니, 애초에 사냥감을 사냥하기 전에 괜히 힘 빼는 것도 귀찮다.

그저 단순히 거도를 횡으로 휘두른 이현의 동작 하나에 앞을 막아섰던 수적은 그대로 팔이 부러진 채로 구석에 처박혀 버렸다.

그렇게 걸었다.

그 뒤로 몇 번이나 이현의 앞을 막아서는 적들이 있었지만, 그들을 처리하는 것도 그리 오랜 시간이 걸리지 않았다.

그리고.

들었던 대로 부초의 중심에 위치한 전각에 섰다.

"용소. 맞군!"

친절하게 전각에 걸린 현판에 용소라는 글자까지 양각되어 있다.

의심할 여지가 없다.

"수적왕인지 나발인지 당장 튀어나와 이 육시랄 놈아!"

이현은 굳게 닫힌 전각의 문을 거칠게 걷어차 날려 버렸다.

그렇게 훤히 드러난 용소의 내부.

"……."

당장이라도 뛰어들어가 칼질을 할 것 같던 기세였던 이현은 그 순간 침묵했다.

그리고.

"……흑흑흑! 여보, 미안하오!"

방 안에서 들려오는 흐느낌.

이현은 잠시 고개를 갸웃거렸다.

웬 서른 중후반의 사내 하나가 쇠사슬에 꽁꽁 묶인 채로 볼썽사납게 울고 있다.

"쳇!"

뒤이어 방 안 한쪽에서 불만에 가득 찬 혀 차는 소리가 들렸다.

그쪽으로 방향을 돌린 이현은 심정은 더욱더 복잡해졌다.

전라에 가까운 여인이 붉은 장포로 아슬아슬하게 가릴 곳만 겨우 가린 채 술잔을 홀짝이고 있었다.

노려보는 얼굴엔 불만이 가득했다.

뭔가 그림이 이상했다.

순간.

"뭐야? 내가 쓰레기인 거야?"

왠지 그런 생각이 들었다.

아주 중요한 순간에 난입해 몹쓸 짓을 하고 있는 기분이 들고 있었다.

*   *   *

아주 순간에 난입해 몹쓸 짓을 하고 있는 더러운 기분에 잠시 본래의 목적을 망각했었다.

"아 참! 이게 아니지!"

하지만 이내 목적을 상기한 이현은 당당히 걸음을 옮겼다.

'이왕 버린 몸!'

이왕 쓰레기가 된 판이다.

여기서 더 쓰레기가 되어 봤자 쓰레기일 뿐이다.

그러니 차라리 당당하게 행동하기로 하고 방 안으로 걸어 들어갔다.

우뚝.

그리고 걸음을 멈추었다.

"변태 같은 놈! 취향은 존중하마! 네가 수적왕이냐?"

쇠사슬에 매인 채 울고 있는 사내를 향해 칼을 겨누었다.

이 묘한 분위기의 방 안에서 그나마 수적왕처럼 보이는 건 그래도 쇠사슬에 감겨 있는 사내가 유일했다.

쇠사슬에 꽁꽁 묶인 것이야 취향의 문제로 존중해 줄 수 있는 문제였으니까.

그런데.

"아, 아니오만?"

눈물이 그렁그렁한 사내가 아니라고 한다.

그 대답에 이현의 얼굴이 일그러졌다.

"하여간 이것들은 죄다 이런 상황에선 자기가 대장 아니라고 지껄이더라? 왜? 전부 그렇게 하기로 어디서 합의라도 봤냐?"

"저, 정말도 아니란 말이오! 나는 수적왕이 아니라……."

"제가 수적왕이에요!"

사내가 변명을 하며 자신의 신분을 이야기하려 했지만 그보다 먼저 자신이 수적왕임을 밝히는 목소리가 있었다.

"……네가?"

이현은 그 목소리의 주인을 바라보며 잠시 고개를 갸웃거렸다.

"예. 제가 수적왕 초희예요. 그래도 수적 토벌을 하겠다고 하셨는데. 적이 수괴가 누군지는 조사하셔야 하는 건 아닌가요?"

여유로운 웃음.

그리고 자연스럽게 흘러나오는 기운.

확실히 거짓은 아닌 듯했다.

"음…… 조사는 딱히 내 취향이 아니라서…… 그리고 보니 어디서 본 얼굴 같기는 하네."

야율한 때의 기억을 더듬으니 확실히 낯익은 얼굴이다.

애초 사파를 무너트리는데 그리 큰 공을 들이지 않은 탓에 기억 속에 깊게 자리 잡지 못하고 있었을 뿐이다.

'그런데 저놈은 왜 낯이 익지?'

이현은 흘깃 구석에 처박혀서 훌쩍이는 사내의 얼굴 확인하고 고개를 갸웃거렸다.

낯이 익다.

그런데 누구인지는 도통 기억이 나지 않는다. 기억이 나지 않은 것을 보면 확실히 야율한 때도 별 비중이 없었던 인사였던 듯했다.

'뭐, 기둥서방쯤 됐나 보지.'

간단하게 생각하고 넘어갔다.

그보다 중요한 것이 있었으니까.

"여잔 건 좀 의왼데…… 너냐? 대포 쏘라고 시킨 놈이. 아니, 년이?"

이현의 눈빛이 일변했다.

잠시 요상복잡한 분위기에 잊고 있었지만, 본래의 목적은 대포를 쏜 수룡채의 채주를 죽이는 일이었다.

이제 수룡채주를 만났으니 본래의 방문 목적에 충실할 생각이었다.

이현은 굳이 살기를 감추지 않고 드러냈다.

하지만 초희는 전혀 긴장하는 기색이 없었다. 오히려 더욱더 짙은 미소를 지으며 고개를 끄덕일 뿐이다.

"맞아요. 제가 시켰죠. 위협 포격만 하라고 했는데 실수로 맞았나 보군요. 죄송해요."

누군 술 먹다가 물귀신이 될 뻔했는데 초희는 마치 별일 아니라는 듯 가볍게 이야기한다.

이현의 검미가 꿈틀거렸다.

"실수? 그럼 나도 그냥 칼 휘두르는 흉내만 낼게. 혹시나 맞으면 실수니까 시원하게 용서해 달라고! 그럴 수 있지?"

초희가 실수로 대포를 맞췄으니, 이현도 실수로 칼을 맞출 생각이었다.

물론, 이현은 대포를 맞고 살아남았지만, 초희도 그럴 수 있으리라고는 누구도 장담할 수 없다.

"어디까지나 실수니까!"

그렇게 말하고.

스릉.

이현이 검을 뽑고 초희를 향해 몸을 날리려 했다. 하지만 시도는 시도에서 그쳐야만 했다.

"흠!"

막 몸을 날리려던 이현은 우뚝 걸음을 멈추었다.

"역시 천마를 무찔렀다는 소문이 사실이군요? 눈이 좋으시네요?"

빙글 웃는 초희.

이현은 그런 초희를 바라보며 으르렁거렸다.

"은사라…… 제법인데?"

이현이 발을 멈춘 이유.

방 안 가득 거미줄처럼 자리 잡은 은사 때문이었다.

너무 가늘어 눈으로도 확인하기 어렵지만, 무시하고 달려들었다가는 몸이 잘려 나간다.

그래서 멈췄다.

아무리 방심하고 있었다고 하지만, 이현이 미처 알아차리기도 전에 이처럼 방안 가득 은사를 설치할 수 있는 실력이면 확실히 대단한 실력이다.

아니, 당연했다.

수적왕. 초희.

그는 비록 말석이나마 천하십대고수에 이름을 올린 고수다.

이 정도도 하지 못한다면 천하십대고수란 자리는 어울리지 않았다.

열린 문틈으로 들어온 햇볕에 은사가 붉게 반짝였다.

"붉은 은사라…… 천잠보검인가?"

붉은 은사를 보는 순간 기억났다.

천잠보검. 과거 수적과의 첫 싸움 때 쇠사슬을 무기로 쓰는 모산발을 보고 떠올렸던 무기가 바로 이것이다.

그 원리는 비슷하지만 더욱더 발전되고 강력한 무기.

천잠보검.

"이 옷이죠. 어때요? 예쁜가요?"

천잠보검을 알아보는 이현의 모습에 초희는 빙글 웃으며 자랑하듯 한 바퀴를 돌았다.

아슬아슬하게 걸친 장포가 순간 펄럭거렸다.

초희가 걸친 붉은 장포.

그것이 천잠보검이다. 만박괴가 일평생을 바쳐 만들어 냈다는 희대의 보갑이자, 보검.

군이 따지자면 사검(絲劍)이다.

장포를 이룬 실 하나하나가 은사다. 그리고 연결되어 있다.

다루기는 어려우나 검강으로도 쉽게 자를 수 없고, 주인의 마음대로 그 형태를 변화시킬 수도 있다.

확실히 자랑할 만하다.

"옷이? 아니면 몸이?"

한 바퀴 돌 때 장포가 펄럭이며 살짝 드러난 몸매까지.

"어머! 도사님이 너무 밝히시는 것 아닌가요? 군이 따지자면 양쪽 다로 하시죠."

비록 잠깐이지만 나체가 드러났다.

그럼에도 초희는 전혀 부끄러워하는 기색을 찾아볼 수가 없었다.

부끄러워 하기는커녕.

"시집도 못 간 여인의 알몸을 보셨으면 책임을 지셔야겠지요?"

오히려 농담 같은 말을 건넨다.

"물론, 목숨으로요!"

물론, 이어지는 뒷말과 행동은 전혀 농담 같지가 않았다는 것임 문제였다.

쐐액!

등 뒤에서 날카로운 예기가 느껴졌다.

정확히 등을 노리고 수평으로 날아오는 기운이다.

'겨우 이딴!'

날카롭긴 하지만 피하지 못할 이유는 없다.

그저 허리를 숙이는 것만으로도 충분히 피할 수 있는 공격이다.

하지만.

"큭!"

이현은 그 쉬운 방법을 두고 허리를 비틀어 검을 등 뒤로 돌려 다가오는 은사를 빗겨 내는 방법을 택했다.

스확!

사선으로 각을 만들어 날아오던 은사를 위로 빗겨 낸 탓에 눈앞에서 은사가 지나가는 것을 선명히 볼 수가 있었다.

서늘한 예기가 코끝을 훑고 지나갔다.

조금만 늦었다면 그대로 허리가 잘려 나갔을 것이다.

'빌어먹을 쥐똥은 왜 업고 와서는!'

청화 때문이다.

등 뒤에 청화를 업고 있다. 상체를 숙여 등 뒤에서 날아오는 공격을 피할 순 있다. 하지만, 그 경우 청화가 위험해진다.

그래서 굳이 무리하게 몸을 비틀어 공격을 막아내야 했다.

그렇게 선기를 빼앗겼다.

초희는 그 기회를 놓치지 않았다.

명색에 천하십대고수다. 더욱이 장강십팔채를 이끄는 수로채의 총표파자다.

실전 경험은 풍부했다.

파파파팟!

방바닥이 꿈틀거리며 부서져 튀어 올랐다. 마치 발밑에 숨은 뱀이 먹잇감을 공격하기 위해 달려들 듯 바닥을 파고든 은사가 솟구쳐 올랐다.

이번엔 목이다.

이현은 거도의 넓은 면을 방패 삼아 공격을 막아 냈다.

캉!

불꽃이 튄다.

하지만 쉴 틈이 없다.

초희는 잠시도 쉴 틈을 주지 않고 공격을 연계해 나갔다. 사각에서 기묘한 각도로 들어오는 공격 하나하나가 치명적이다.

애초부터 첫 시작이 좋지 않았다.

거기다.

'상성이 좋지 않아.'

천마는 기본이 패도다. 그리고 이현 또한 패도다. 무당의 검술이 몸에 익어 유(流)가 더해졌지만 그 기본은 혈천신마 때부터 고집해 온 패도인 것이다.

그리고.

패도와 패도의 싸움은.

더 강한 자의 승리로 끝나기 마련이다.

하지만 초희의 사검은 패도와 거리가 멀다. 섬세함과 은밀함을 바탕으로 쉴 틈 없는 공격으로 조여 들어온다.

일종의 설계된 공격이다.

늪에 한 발을 들이면 쉽게 빠져나갈 수 없는 것처럼, 초희의 공격이 그러했다.

그러나 언제까지 이렇게 수세에 몰리고 있을 수만은 없는 일이다.

일단 싸움을 시작했으면 무슨 수를 써서라도 이긴다.

그것이 야율한 때부터 이어진 이현의 철칙이다.

그 철칙을 여기서 무너트릴 생각은 추호도 없다. 더욱이, 이렇게 수세에 몰리면서도 한 번도 질 것이라고는 상상도 하지 않았다.

이제 방법을 바꾸어야 할 때다.

스륵!

이현의 검과 도가 원을 그렸다.

물 흐르듯 천천히 두 개의 원이 하나로 맞물려 가며 그 하나로 조화를 이룬다.

태극혜검.

아니, 쌍 태극혜검이다.

'일단은 유로 흘리며 쌓아 간다!'

성격에 안 맞지만 당장 숨을 돌리기 위해서는 최선이다.

그리고 그것은 효과가 있었다.

정면으로 공격을 내치기보다는 빗겨 내는 쪽을 택하며 수비에 여유를 찾는 한편, 초희의 공격 방식을 하나하나 온몸에 각인시켰다.

이후.

'사검을 봉쇄하려면 근거리지!'

거리를 좁힌다.

태극혜검의 검결을 따라 움직이는 두 자루의 칼.

그리고 그 검결에 따라 움직이는 보법에 무당의 신법을 가미했다.

스확!

이현이 펼친 태극혜검의 검결을 뚫고 은사가 들어왔다.

하지만.

스스슷!

그대로 이현을 관통하리라 생각했던 은사는 허무하게 허

공을 갈랐다.

이현이 은사를 피하는데 한 행동이라고는 고작 한 발자국 앞으로 내딛는 것이 전부다.

빠르지도, 그렇다고 느리지도 않은 한 걸음이다.

그러나 그 한 걸음이 간극을 만들어 냈고, 그 간극이 은사의 덫을 벗어나게 만들었다.

이현은 전진했다.

반대로 초희는 한 걸음씩 뒤로 물러서야 했다.

하지만 실내다.

초희가 물러설 수 있는 공간은 한정되어 있다. 마침내 초희의 등이 벽에 닿았다.

그사이.

이현은 둘 사이를 가로막는 은사를 부드럽게 뛰어넘으며 또다시 간격을 줄이고 있었다.

그때였다.

"제법이군요!"

더 이상 물러설 수 없는 곳까지 밀린 초희가 웃었다.

그리고 공격이 빨라졌다.

'달라지는 건 없다.'

그저 조금 더 빨리 움직이고, 조금 더 유려하게 움직여야 할 뿐이다.

그것 말고는 달라진 것은 없다.

그저 지금까지 해 왔던 대로 천천히 전지해 거리를 지우면 그만이다.

그렇게 생각했다.

"또······!"

허리춤으로 공격이 날아들었다.

이번에도 쉽게 피할 수 있는 동작이다. 그저 이대로 앞으로 나아가면 된다.

더 서두르지도, 더 늦추지도 않아도 된다.

다만, 등 뒤에 청화가 업혀 있지 않았다면 말이다.

청화가 있는 이상 지금 속도 그대로 앞으로 나아갔다간 그 공격은 고스란히 청화가 받을 수밖에 없다.

상황이 고약했다.

지금 이현의 검과 도는 거미줄처럼 얽힌 은사들을 풀어내고 있다.

앞뒤로는 온통 은사가 둘러져 뱀처럼 옥죄어 오고 있다.

쳐 낼 수도 막을 수도 없다.

그렇다고 피할 수도 없다. 피하게 되면 청화가 다친다.

결국.

이현은 결단을 내렸다.

피가 튀었다.

붉은 핏방울이 바닥 위로 방울져 떨어져 내렸다.

그리고.

"대단하시네요! 설마 맨손으로 잡을 줄은 몰랐어요!"

이현은 검을 버리고 허리춤을 노리고 들어온 공격을 맨손으로 받아 냈다.

"이것도 기억나는군. 그래, 이래서 천잠보검이었지."

손 안에 상처가 깊다.

그 깊은 상처를 내고 붙들려 있는 것이 있었다. 아직도 그 여력이 남아 있는지 여전히 미세한 떨림으로 살점을 파고드는 작은 비수.

보통은 옷고름에 붙은 장신구처럼 보이지만 그 자체로 이미 검이다.

스스로 피를 머금는 혈검.

은사의 머리에 달려 공격의 첨봉이 되는 역할을 한다.

이현은 도를 들었다.

챙!

옷고름이 두 개듯.

비수도 두 개다.

도를 드는 단 한 번의 행동으로 태양혈을 노리고 날아오던 비수를 쳐 냈다.

방어에 성공했다.

이제 다시 거리를 좁힐 때다.

그러나 이번엔 그 자리에서 이현이 움직이지 않았다.

대신.

"어이. 아줌마."

말을 건넸다.

항상 짜증 섞인 농담 같은 목소리가 아니다. 목소리는 착 가라앉아 서늘하게 예기를 발했다.

"어머! 시집도 안 간 숙녀에게 아줌마라니요! 실례랍니다!"

"그래. 노처녀 아줌마."

초희의 농담 같은 말에도 이현의 목소리는 변하지 않았다.

그녀가 무어라 하든 이제 그 장단에 맞추어 줄 생각은 없다.

"처음부터 노렸나?"

대신 물었다.

그리고.

"글쎄요? 설마 장강십팔채의 채주인 제게 인도주의를 바라시는 건 아니시겠죠?"

"노렸군!"

확실한 대답은 하지 않았지만 그것만으로도 충분히 확인할 수 있었다.

두 번의 피할 수 없는 공격.

그것은 이현이 피하면 청화가 당하게 되는 공격이었다.

처음은 우연이라 여기고 넘어갈 수 있었으나, 두 번은 우연이라 치부하며 넘어갈 수는 없다.

그리고 그녀는 부정하지 않았다.

"하긴, 수적 년에게 그딴 걸 기대하는 것도 우습군."

"그렇게 말씀해 주시니 감사하네요!"

차가운 이현의 말에 웃으며 대꾸하는 초희.

그러나 이현의 눈빛은 오히려 더욱 고요하게 가라앉아 있었다.

"그래. 내가 요즘 세상을 물렁하게 봤어."

마음이 바뀌었다.

'내 피를 볼 생각을 하지 않았으니 이렇게 된 것이다!'

비수를 움켜쥔 상처가 쓰라렸다.

처음부터 잘못됐다.

눈앞에 수적왕이라는 초희를 잡기 위해 다른 수적들은 대충 상대했다. 그래서 죽든 살든 신경 쓰지 않았다. 그것부터가 잘못이다.

'예전의 나였다면 확실히 죽였다.'

혈천신마였다면 상대가 조무래기든 무엇이든 길을 막는 자는 모두 죽었어야 했다.

지금도 마찬가지다.

화가 머리끝까지 나 있었음에도 스스로 자신의 피는 보기 싫었다. 그래서 최대한 깔끔하게 처리하려고 했다. 덕분에 무뎌졌다.

어처구니없이 청화를 노릴 생각을 품게 할 만큼.

'상대를 죽이려면 내 목숨 또한 걸어야 하는 법이거늘!'

그것이 생사를 결정하는 싸움의 기본임을 잊고 있었다.

그동안 너무 승승장구했기 때문이다. 그래서 자신도 모르는 사이 나태해진 것이다.

야율한이었다면 이런 생각은 처음부터 하지도 않았을 것이다.

'반성은 끝났다.'

반성은 끝났고 자신도 모르게 물든 나태함도 확인했다.

그러니.

"이제 나도 제대로 싸워줘야겠지. 목숨 걸고!"

애초에 상성이니 하는 것은 말도 안 된다. 야율한이었을 때는 오로지 패도로 그 상성마저 무너트리며 달려왔었다.

몸이 바뀐다고 달라지는 것은 없다.

껍데기는 이현일지 몰라도, 그 본질은 야율한이다.

쿵!

진각을 밟았다.

그 충격에 땅이 치솟는다.

서걱! 서걱! 서걱!

동시에 땅이 일어서고 일어선 땅이 설치된 은사에 의해 예리하게 잘려 나갔다.

그것이면 충분하다.

타닷!

이현이 달렸다.

"이잇!"

바뀐 이현의 기세에 초희가 입술을 깨물며 급히 손을 놀렸지만, 이미 늦었다.

스확!

은사가 볼을 스치고 지나갔다.

붉은 핏방울이 허공에 튀어 올랐다.

하지만 멈추지 않는다. 오히려 속도를 더했다. 은사가 앞을 가로막는다. 거도로 찍어 누르고, 허공에 몸을 띄웠다.

그리고.

타다다닷!

벽을 밟고 내달렸다.

그사이 이현의 어깨와 팔에는 작은 실핏줄이 생겨났다. 발바닥도 마찬가지다.

설치된 은사에 스쳤다. 때론 은사를 그대로 밟고 내달렸다.

'그래! 나는 처음부터 이래야 했다!'

처음부터 이렇게 싸워야 했다.

이것이 그가 싸워 온 방식이고, 천하를 발아래 무릎 꿇렸던 방식이다.

쿵!

벽을 타고 달리면서 또다시 진각을 크게 밟았다.

이번엔 벽이 일어섰다.

일어선 벽에 달려오는 이현의 신형이 가려졌다.

"흥! 제가 생각대로 되게 내버려 둘 것 같나요?"

앙칼진 초희의 목소리와 함께 은사가 횡으로 날아들었다.

아예 치솟은 벽면과 함께 잘라 버릴 심산인 것이다.

서걱!

치솟았던 벽이 갈라졌다.

그리고.

그 갈라진 틈으로 이현이 튀어나왔다.

무사하진 못했다. 도를 세워 막았지만, 그 도 하나만으로 정면에서 날아오는 은사를 모두 막지는 못했다.

도를 든 왼팔을 깊게 가로지르는 상처가 선명하게 새겨졌다.

하지만 그 상처를 대가로.

이현은 어느덧 초희의 코앞까지 도달해 있었다.

"꺄악!"

놀란 초희가 비명을 질렀다.

하지만 차갑게 가라앉은 이현의 눈동자는 여전히 미동도 없다.

"닥쳐! 애 깬다!"

다만 으르렁거리듯 낮게 경고할 뿐이다.

그리고.

부웅!

다시 한 번 도를 휘둘렀다.

관자놀이를 향해 휘두른 횡 베기다. 긴 도의 길이와 무거운 무게.

초희가 피할 수 있는 방법은 없다.

그때 초희가 또다시 움직였다.

펄럭!

붉은 장포가 이현의 시야를 가득 채웠다.

"흥! 강철을 가르는 검도 비단을 가르진 못하는 법이지요."

천잠보검.

천잠은 은사의 재료인 천잠사를 뜻하고 검은 말 그대로 이현을 노렸던 비수를 뜻한다. 그렇다면 보는 장포 그 자체로 검강도 막아 내는 갑옷임을 뜻하는 의미다.

검강도 막아 내는 갑옷이 눈앞을 막았다.

그리고.

장포 너머로 빠르게 접근해 오는 서늘한 예기가 느껴진다.

이현이 잡은 것과 쌍을 이루는 또 다른 비수다.

초희의 의도가 보인다.

장포로 이현의 도를 막고, 그 틈을 비수가 파고들어 숨통을 끊는다.

간단하지만 지금 순간에는 절묘한 한 수가 된다.

하지만.

"뭐래 이 아줌마가?"

초희가 잊고 있었던 것이 있었다.

베이지 않는다면 때리면 그만이다.

퍼억!

거도가 장포를 때렸다.

거도는 장포를 가르지 못했지만 대신 그대로 초희의 관자놀이를 강타해 버렸다.

이현의 휘두르는 힘에 거도의 무게까지 더해진 공격이다.

예상하지 못한 초희가 막아 낼 수 있는 공격이 아니다.

대비하지 못한 이상 초희는 그저 사람일 뿐이다. 관자놀이를 격타당한 초희는 그대로 구석으로 날아가 처박혔다.

이현을 노리던 비수가 힘을 잃는 것은 당연했다.

"……."

숨은 붙어 있다.

하지만 이미 관자놀이를 격타당한 공격에 정신을 잃은 뒤다.

저벅저벅.

이현은 무방비 상태로 기절한 초희를 향해 담담히 걸음을 옮겼다.

스윽.

그리고 도를 겨눈다.

이미 기절했다고 여기서 끝낼 생각은 없다.

처음부터 죽이기로 마음먹었었고, 그 생각은 지금에 와서도 변하지 않았다. 오히려 더욱 확고해졌다.

이현은 차가운 눈으로 도를 들어 올렸다.

그때.

"으음. 사질아 나 어지러워!"

술 취해 등 뒤에 업혀 잠들어 있던 청화가 눈을 비비고 일어섰다.

"응? 사질아 내가 왜 네 등에 있어? 어? 여긴 어디야?"

청화는 잠들기 전과 달라진 주변을 어색한 듯 잠시 둘러보다가 이내 시선을 한곳으로 옮겼다.

"우와! 사질아 저 언니 봐!"

청화의 시선이 머문 것은 쓰러진 초희에게서였다.

"어. 보고 있어."

청화가 보고 있다.

일순 망설임이 들긴 했지만, 그렇다고 마음을 바꾸진 않았다.

오히려.

"눈 감아."

청화에게 눈을 감으라고 말했다.

하지만.

청화는 이현의 말을 한 번에 들은 적 없는 고집 강한 아이다.

"우와! 저 언니 찌찌 엄청 커! 우리 엄마보다 더 큰 것 같아! 그치?"

이현의 말은 말이고, 일단 자기가 하고 싶은 말은 반드시 해야 직성이 풀리는 아이다.

그리고 그 말이.

"찌, 찌찌?"

순간 이현을 당황하게 만들었다.

천잠보검.

이러니저러니 해도 그 기본은 은사로 만들어진 장포다. 장포의 은사를 이용해 공격하는 무구다.

그 말은 즉.

공방을 계속하면 계속할수록 그만큼 뽑아 써야 하는 은

사의 양도 많아질 수밖에 없다. 반대로 장포의 크기는 그만큼 작아진다.

그리고 이번 싸움에서 초희는.

제법 많은 은사를 뽑아 썼다.

혼절한 초희를 덮고 있는 것은 겨우 중요한 부분만 아슬아슬하게 가려진 정도.

그 말은 즉.

초희의 몸매가 고스란히 드러날 수밖에 없다는 의미다.

확실히.

살의를 버린 이현의 눈에 들어온 것은.

"그, 그러네. 크, 크네?"

컸다.

매우 공격적으로.

"응! 엄청 커! 나 저 언니 마음에 들어!"

그리고 그 공격적인 것이 청화에게 제대로 통한 듯했다.

잠든 사이 초희가 자신을 노렸다는 것도 모른 채 적극적으로 호감을 드러냈다.

'그, 그럼 일단은 살려 둘까?'

죽이는 건 잠시 뒤로 미뤄야 할 것 같다.

'음…… 미관상에도 안 좋고…… 또 쥐똥이 원하니까.'

다시 한 번 생각해 보니 살려 둬야 할 이유는 많은 것 같았다.

결국 이현은 여러 가지 이유를 들어 이성적인 판단을 내
렸다.

"역시 일단 살려 둬야겠어!"

결정을 마치고.

이현은 다시 한 번 자신의 결정에 확신을 갖기 위해 초희
를 응시했다.

"역시 일단 살려 둬야 돼!"

결정은 옳았다.

일단 살려둬야 한다.

그렇게 이현이 스스로 만족할 만한 합리적인 결과를 내놓
고 있을 때.

"그…… 아무리 그래도 너무 뚫어지게 쳐다보는 것이 아
니오?"

누군가 지적한다.

화악!

순간 얼굴이 붉어졌다.

죄진 것도 아닌데! 죽이겠다는 것도 아니고 살려 두겠다
는데 뭔가 마음에 찔렸다.

"어떤 놈이야!"

이현의 고개가 확 돌아갔다.

원래 도둑이 제 발 저린 법이고, 방귀 뀐 놈이 성내는 법이다.

"저, 접니다만?"

날카로운 이현의 목소리에 그를 지적했던 주인이 조심스럽게 대답했다.

처음 이 방문을 열었을 때.

쇠사슬에 묶인 채 훌쩍이던 그 찌질이 중년 사내다.

문득 의문이 들었다.

대체 저 인간은 무슨 축복. 아니, 무슨 사정이 있었기에 여기에 있는 것인가 하는 의문이다.

"하나만 묻자! 너 뭐 하는 놈이야?"

무엇보다 얼굴이 낯이 익다.

그런 이현의 물음에.

"저…… 사도련주이오만?"

사내가. 아니, 자칭 사도련주가 답했다.

〈다음 권에 계속〉

반생학사

ORIENTAL FANTASY STORY & ADVENTURE

『학사귀환』, 『학사무경』의 작가 소유현
그가 풀어내는 또 하나의 학사 이야기!

시험에 낙방 후, 무한히 반복되는 시간의 굴레에 갇혔다.
감옥과도 같은 무한회귀 속에서 벗어나야 한다!

장담 신무협 장편소설

ORIENTAL FANTASY STORY & ADVENTURE

강호제일, 해결사

江湖第一 狗史士

탄탄한 구성과 짜임새 있는 연출로 이루어 낸 장담표 무협.

상대를 죽이지 못해 암살은 꿈도 못 꾸는 반쪽 살수, 사운평.

강호제일의 해결사가 되기 위한 좌충우돌 강호종횡기!

★
dream
books
드림북스